DAVE COUSINS

TOD.ERNST

DAVE COUSINS

TOD.ERNST

Aus dem Englischen von Anne Brauner

VERLAG FREIES GEISTESLEBEN

FÜR JEAN-CLAUDE LIN UND ANNE BRAUNER,
OHNE DIE ES DIESES BUCH NICHT GÄBE.

LEBEN - ES GIBT NICHTS SELTENERES
AUF DER WELT.
DIE MEISTEN MENSCHEN
EXISTIEREN, WEITER NICHTS.

OSCAR WILDE

EINS: DIE LEICHE

Das ist nicht meine erste Leiche, aber irgendetwas stört mich an ihr. Es könnte an dem gruseligen pinken T-Shirt des Mädchens liegen – ich meine, in so was will ich nicht tot überm Zaun hängen! Oder es ist der Spruch, der in schwarzen Spraydosenbuchstaben auf dem T-Shirt steht: LIVE FAST, DIE YOUNG. Die Tatsache, dass sich ihr Wunsch so eindeutig erfüllt hat, lässt mich frösteln.

Aber ich weiß, dass es nicht das T-Shirt ist, das mir eiskalte Schauer über den Rücken jagt und mein Herz zum Rasen bringt. Sondern dass das tote Mädchen auf dem Edelstahltisch bis auf die Kleidung genauso aussieht wie ich.

Nein, schlimmer ...

Sie IST ich.

Das ergibt keinen Sinn, oder? Wie kann ich tot sein und gleichzeitig total schockiert hier rumstehen? Gute Frage. Glaubt mir, sie schwirrt mir auch gerade durch den Kopf – unter anderem.

Als Erstes denke ich: Ich träume! Kann doch gar nicht anders sein, denn ich muss dazu sagen, dass ich splitterfasernackt bin! Das muss einer dieser Albträume sein, in denen man in die Schulkantine geht und sich wundert, warum alle lachen und mit dem Finger auf einen zeigen, bis man an sich herunterschaut und merkt, dass man vergessen hat, sich anzuziehen.

Also werde ich ja wohl gleich aufwachen, oder?

Ich versuche, den bohrenden Zweifel zu verdrängen, der in meinem Hinterkopf vermeldet, dass ich nie auch nur ansatzweise etwas wie das hier geträumt habe, aber was sollte es bitte schön sonst sein? Wenn ich da tot auf der Bahre liege, was macht das dann aus mir hier? Ein Gespenst? Einen Geist, der verflucht ist, unter den Lebenden zu spuken, bis mein vorzeitiges Ende gerächt wird?

Das glaube ich nicht, schließlich haben wir bereits festgestellt, dass ich nackt bin – und nicht durchsichtig. Wäre ich tot, würde ich kaum merken, wie kalt es hier ist, dabei habe ich eine mega Gänsehaut, das könnt ihr mir glauben.

Mit anderen Worten, wenn ich kein Geist bin und das Ganze kein Traum ist, dann muss es – ich zögere, das Wort auch nur zu denken – WIRKLICHKEIT sein. Wenn ich aber akzeptiere, dass das alles tatsächlich geschieht, muss ich auch die Angst und die Panik zulassen. Ganz zu schweigen von einem Haufen Fragen, zum Beispiel: *Wo zum Teufel bin ich hier? Und wie bin ich hergekommen?*

Eins ist jedenfalls sicher: In unserer Schulkantine bin ich nicht, eher in einer Art Leichenhalle. Ich habe zwar noch nie eine von innen gesehen, aber die kalten Edelstahloberflächen, die gekachelten Wände und die herumliegenden Leichen weisen mit tödlicher Sicherheit darauf hin. Voll das lustige Wortspiel, was?

Schon gut, ich finde es auch nicht zum Lachen. Die meiste Zeit versuche ich, nicht auf die stillen Ausbuchtungen in den beiden Leichensäcken zu schauen, die auf den Rollwagen neben meiner Doppelgängerin in dem pinken T-Shirt liegen. Einen verrückten Augenblick lang bin ich in Versuchung, den Reißverschluss des einen Sacks aufzuziehen und nachzusehen, ob die Leiche darin auch so aussieht wie ich, doch ich halte mich zurück. Mir ist nicht klar, was mich mehr verstören würde – wenn es so wäre oder wenn jemand Fremdes darin läge.

Da wir gerade von verstörenden Dingen reden … Was läuft hier eigentlich für eine grauenhafte Musik? Es klingt wie Beatles-Hits auf Panflöte oder so. Wahrscheinlich soll das beruhigend wirken – als Hintergrundgeräusch, damit den Bestattern die Arbeit mit den Sägen und Bohrern, die da hinten auf Aluminiumschalen liegen, leichter von der Hand geht. Doch was ist aus dem Respekt vor den Toten geworden? Warum tut man diesen Leuten, die ohnehin einen schlechten Tag erwischt haben, so etwas an, während ihre Eingeweide rausgesaugt werden? Musik ist wichtig – und so ein Schund trifft mich in der Tiefe meiner Seele!

Ich muss mich konzentrieren.

Okay, ich bin in einer Leichenhalle. So weit, so sonderbar.

Die nächste Frage, die sich aufdrängt, lautet: *Wie bin ich bloß hier gelandet?*

Bei dem Versuch, mich zu erinnern, fühlt sich mein Gedächtnis seltsam wattig an, als würde ich durch ein schmutziges Fenster in einen dunklen verrauchten Raum blicken. Ich erkenne schattenhafte Figuren, die sich bewegen, und höre gedämpfte Stimmen, aber ich kann mir kein Bild davon machen, was geschieht.

Meine letzte klare Erinnerung stammt von heute Morgen, als ich meinen Frühstückstoast verbrannt habe.

Einen Moment lang rieche ich ihn buchstäblich – den trockenen Rauch, als wäre jemand hereingekommen, der gerade noch an einem Lagerfeuer stand. Und plötzlich habe ich das deutliche Gefühl, nicht mehr allein im Raum zu sein.

Der Verdacht wird durch ein höfliches Räuspern in meinem Rücken bestätigt.

Da fällt es mir wieder ein – ich bin NACKT!

Jetzt *muss* ich doch wirklich AUFWACHEN, oder? Ich meine – *Hallo*?

«Möchtest du vielleicht das hier überziehen?» Eine männliche Stimme, war ja klar. Ein weißer Laborkittel schwebt in mein Sichtfeld. «Ich sehe nicht hin, versprochen.»

Ich ziehe das dargebotene Anstandshemd über und knöpfe es unbeholfen zu, während meine Ohren vor Scham rot anlaufen.

Schließlich drehe ich mich um und sehe ihn an.

Ich will ganz ehrlich zu euch sein: In den Horrorbildern in meinem Kopf kommt kein Turniertänzer vor.

Außerdem bezweifle ich, dass dieser Typ, der ein rotes Seidenhemd, eine schwarze Weste und eine etwas zu knapp geschnittene Hose trägt, wirklich Turnier tanzt. Er sieht nur so aus.

«Hallo.» Für einen Moment blendet mich sein Lächeln, und das meine ich nicht metaphorisch. Der Typ hat die weißesten, perfektesten Zähne, die ich je gesehen habe. Sein Teint in dunklem Orange und der gepflegte Kinnbart verstärken diese Wirkung noch.

Er macht nicht den Eindruck, als wäre er sonderlich verärgert, peinlich berührt oder auch nur überrascht, weil er ein nacktes Mädchen in seiner Leichenhalle entdeckt hat. (Ich gehe davon aus, dass er hier arbeitet.) Vermutlich war er auf dem Heimweg von einem Salsakurs oder dergleichen und wollte nur noch mal kurz nach den Leichen sehen.

«Hi!» Ich lächle zurück und winke ihm aus unerfindlichen Gründen zaghaft zu. «Tut mir leid, ich ...» Als ich merke, dass ich nicht erklären kann, was ich hier mache, verstumme ich. Stattdessen stelle ich eine Frage. «Arbeiten Sie hier?»

Er nickt und lässt den Blick mit einer Miene durch den Raum schweifen, die man nur als tiefe Zuneigung deuten kann. «Ja! Hier findet der ganze Zauber statt! Gefällt's dir?»

«Äh ... jep, es ist ... toll!» Ich werfe einen flüchtigen Blick auf das tote Mädchen.

«Ach ja, das war bestimmt ein ganz schöner Schock.»

Ich lache. «Das können Sie laut sagen!»

Er lächelt, als wolle er mir versichern, dass es eine absolut vernünftige Erklärung gibt. Kein Grund zur Sorge. Gleich amüsieren wir uns darüber, und dann können alle wieder nach Hause gehen.

«Was es doch für Zufälle gibt?!», sage ich. «Wenn dieses scheußliche T-Shirt nicht wäre, könnten wir Zwillinge sein.»

«Allerdings!» Jetzt sieht er mich bekümmert an.

Vielleicht hätte ich die Kleidung des toten Mädchens nicht kritisieren sollen. Das war ein bisschen unsensibel, über so etwas macht man sich nicht lustig.

«Sie werden es mir nicht glauben», sage ich zu dem Mann und setze ein reumütiges Lächeln auf. «Aber ich weiß nicht mehr, wie ich hergekommen bin!»

Er runzelt seine makellose Stirn und neigt den Kopf. «Du bist gestorben, Darling. Wie soll man deiner Meinung nach sonst hier landen?»

ZWEI: EINER MUSS STERBEN

Okay, nicht ausflippen! Sicherlich gibt es eine logische Erklärung. Bloß weil mir gerade keine einfällt, heißt es nicht, dass es keine gibt. Ich muss nur ruhig bleiben und atmen. (Aber wie soll das gehen, wenn ich tot bin?)

«Hier, trink das.» Die Hand, die mir das Wasserglas reicht, ist gebräunt und streckt sich aus einem blutroten Ärmel, der von einem Manschettenknopf in Form zweier gekreuzter Sensen zusammengehalten wird. «Flüssigkeitsmangel kann zum Problem werden, also trink möglichst viel Wasser.»

Ich sitze auf einem harten Kunststoffstuhl, wie es sie auch in unserer Schule gibt, und wähne mich kurz im Sanitätsraum. Ich rieche Desinfektionsmittel und andere fremde Gerüche, die nur in Arztpraxen und Kliniken vorkommen, doch in Wahrheit weiß ich, wo ich bin …

«Was ist passiert?»

«Du bist ohnmächtig geworden, Darling.»

Das kommt hin und wieder vor. Außerdem neige ich zu Panikattacken. Und manchmal muss ich mich übergeben. Ehrlich, meine Talente sind unerschöpflich.

Nachdem ich noch einen Schluck getrunken habe, sehe ich auf und blicke in ein gebräuntes Gesicht mit strahlend weißen Zähnen.

«Einfach nur atmen!», sagen die Zähne, und ich spüre eine beruhigende Hand auf meiner Schulter. «Du wirst dich noch ein Weilchen komisch fühlen. Das bringt das Sterben so mit sich.» Als der Mann glucksend lacht, hört es sich an, als würde etwas Festes, Klebriges durch den Ausguss gespült.

Ich nicke. «Geht schon. Ich wache bestimmt gleich auf.» Das wollte ich eigentlich nicht laut sagen.

Der Leichenbestatter seufzt. «Dabei lief es doch ganz gut.»

Mit zusammengekniffenen Augen schaue ich ihn an.

«Leugnung», sagt er. «Das kostet *unendlich* viel Zeit. Je eher du die Dinge akzeptierst, meine Liebe, umso schneller geht's weiter.»

«Weiter? Sie haben mir gerade mitgeteilt, ich sei tot! Wo soll ich denn bitte hingehen?»

«Ich habe gesagt, dass du *gestorben* bist – von Totsein war keine Rede.»

«Da gibt es einen Unterschied?»

Der Mann lacht. «Das will ich meinen! Wenn du tot wärst, wäre unsere Unterhaltung recht einseitig, findest du nicht?»

«Ich bin also lebendig?»

«Und wie.»

Ich sehe an mir herunter, um zu prüfen, ob alles dort ist, wo es hingehört, und ich nicht mittlerweile verblasse oder so. Ich spüre, wie der Sitz aus Hartplastik in meine Beine schneidet und wie glatt und kalt das Wasserglas in meiner Hand ist. Ich kann aufstehen – okay, vielleicht doch nicht so eine gute Idee! – und mich wieder hinsetzen. Ich kann sprechen, und soweit ich das beurteilen kann, atme ich noch. Ich halte kurz die Luft an, nur um zu wissen, wie es sich anfühlt, erneut einzuatmen. Mir scheint, ich bin tatsächlich noch hier.

Aber sie auch, mein totes Ich.

«Und wenn ich lebendig bin, wer oder was ist sie dann?»

«Meine Güte, du stellst vielleicht Fragen!» Wieder lässt der sonnengebräunte Mann seine weißen Zähne aufblitzen. «Darling, ich fürchte, das arme Kind auf dem Rolltisch bist du.»

«Aber Sie haben gerade gesagt ... Also, wie kann das Mädchen ich sein, wenn ich doch hier sitze und mit Ihnen rede?»

Das Lächeln schwächelt. «Es tut mir leid, aber ich habe keine Zeit für lange Erklärungen. Belassen wir es dabei, dass es auf der Welt nicht ganz so zugeht, wie man es dir weisgemacht hat.»

Witzig! «Das erklärt aber noch lange nicht, warum es mich doppelt geben kann!»

Der Leichenbestatter seufzt schwer. «Nichts für ungut, meine Liebe, aber du hast noch nicht ganz verstanden, worum es hier geht. An deiner Stelle würde ich mich darauf konzentrieren, dass es noch eine lebendige Ausgabe von dir gibt, und die Frage, die dir auf der Zunge brennen sollte, wäre: *Das ist eine wunderbare Neuigkeit, Gerry. Was soll ich jetzt machen?*»

«Gerry?»

«Sorry, habe ich mich etwa nicht vorgestellt? Wie unhöflich.»

«Sie heißen *Gerry*?»

«Eigentlich Gerald, aber das klingt so offiziell, findest du nicht auch? Ich habe mich nie so richtig wie ein Gerald gefühlt … außer einmal …» Für einen kurzen Moment geht sein Blick glasig in die Ferne, doch dann blinzelt er und sieht mich an. «'tschuldigung! Wo war ich doch gleich?»

«Das ist eine wunderbare Neuigkeit, Gerry. Was soll ich jetzt machen?»

«Fantastisch!» Er klatscht in die Hände. «Du gehörst auf die Bühne! Falls du die nächsten vierundzwanzig Stunden überlebst, heißt das.»

«Wie bitte?»

«Ich gebe dir mehr oder weniger vierundzwanzig Stunden. So lange brauchst du eigentlich nicht, aber es erleichtert den Neustart, und warum sollte man es den Leuten unnötig schwermachen, nicht wahr? Das ist dir doch sicher auch klar. Hey, das ist ja das reinste Gedicht! Ich bin so was von begabt, stimmt's?»

«Hilfe, jetzt mal langsam! Was heißt das, Sie geben mir vierundzwanzig Stunden? Um was genau zu tun?»

Jetzt funkeln seine Augen. «Du darfst die letzten vierundzwanzig Stunden deines Lebens wiederholen, aber diesmal solltest du versuchen, nicht zu sterben.»

Ich starre ihn an. «Sie meinen … wie eine Zeitreise?»

«Ha! Was für eine Vorstellung!» Gerry schüttelt den

Kopf. «Nein – das, was du als *Zeit* bezeichnest, ist wohl leider nur ein menschliches Gerüst für Ordnung und Begrenzung und außerdem ...» Er hält inne, um das passende Wort zu suchen. «Relativ.»

Mein Kopf wird ganz heiß, während ich all diese Informationen verarbeite.

«Gut, wie spät ist es jetzt?» Gerry zeigt auf eine Wanduhr, die mir bisher nicht aufgefallen ist. Meine Freundin Tash hat genau die gleiche in der Küche. Ihre Mutter hat sie bei Ikea gekauft.

«Fünf vor halb zwölf.»

«Aber in New York ist es erst fünf vor halb sieben.» Er lächelt. «Wenn wir nach New York fliegen würden, wäre das tatsächlich eine Zeitreise, weil wir eher ankämen, als wir losgeflogen sind.»

«Aber das sind nur ... Uhren!»

Gerry wirkt enttäuscht, doch dann hellt sich seine Miene auf. «Magst du Videospiele?»

«Ja, ich spiele manchmal mit meinem Dad.»

«Dann stell dir das Ganze als Videospiel vor. Du stirbst und bekommst ein Extraleben, damit du auf das letzte gespeicherte Level zurückgehen und von vorne beginnen kannst.»

«Das heißt, ich kehre zum heutigen Morgen zurück und fange noch mal an?»

«Hurra! Sie hat's begriffen!» Gerry klatscht in die Hände. «Aber diesmal musst du versuchen, deinen Tod zu verhindern, Darling.»

Ich will ihn schon darauf hinweisen, wie lächerlich, um nicht zu sagen unmöglich das ist, doch dann fällt mein Blick auf meine tote Ausgabe, die reglos auf der Bahre liegt, und die Worte verdorren mir auf der Zunge.

«Was ist denn letztes Mal genau passiert? Wie bin ich … nun ja, gestorben?»

«Ach nee», sagt Gerry. «Ich soll aus dem Nähkästchen plaudern?»

«Ja, los, verraten Sie es mir! Wurde ich ermordet? Überfahren? Oder von einem Stier auf die Hörner genommen?» Ich werfe einen Blick auf die Leiche. Äußerlich sind keine Verletzungen erkennbar, aber was heißt das schon?

Gerry schlägt in gespieltem Entsetzen die Hand vor den Mund. «Du meine Güte, was hast du für eine grausige Fantasie!»

«Also? Was ist mir zugestoßen?»

Gerry schwebt zum Spülbecken und füllt mir Wasser aus dem Hahn nach. «Wieso bist du so vom Tod besessen, Darling?» Er wirbelt herum und reicht mir das Glas. «Konzentriere dich lieber auf das Leben.»

«Sie wissen gar nicht, wie ich gestorben bin, oder?»

«Es würde dir sowieso nichts nützen, das zu wissen», antwortet er mit einem Lächeln, das andeutet, dass er sehr wohl Bescheid weiß, es aber für sich behält.

«Doch. Wenn ich zum Beispiel wüsste, dass es bei einem Verkehrsunfall passiert ist, würde ich mich nicht ins Auto setzen.»

«Ja, aber das würde dich dennoch nicht zwangsläufig retten. Kann sein, dass du beim letzten Mal verunglückt bist und es diesmal etwas ganz anderes ist – dein blutrünstiger Stier zum Beispiel.» Er erschauert. «Einiges ist festgelegt, aber längst nicht alles. Sieh es mal so: Je mehr du diesmal änderst, umso besser. Es geht vor allem um Entscheidungen. Um da zu landen, wo du hingehörst, musst du alles richtig machen. Eine falsche Entscheidung, und du bist wieder hier und hast nichts mehr zu lachen. Da, schon wieder – Reim, Reim, Reim –, ich kann einfach nicht anders!» Kichernd klatscht er in die Hände.

«Aber wenn ich keine Ahnung habe, was ich beim letzten Mal getan habe, wie soll ich es dann ändern? Es könnte passieren, dass ich von Anfang an alles einfach wiederhole!»

«Das ist vollkommen richtig.» Die Vorstellung bereitet Gerry sichtlich Kummer. «Ist dir bewusst, wie viele Entscheidungen der Mensch jeden Tag trifft? Tausend! Zehntausend! Von den kleinen, was es zum Frühstück gibt, bis zu den großen, die das ganze Leben verändern.» Er geht zu der Instrumentenschale und nimmt eine große Edelstahlsäge in die Hand. «Wir sind Gewohnheitstiere, Alex – in neun von zehn Fällen tun wir immer das Gleiche. Wir haben Vorlieben, Vorurteile, Lieblingsfarben, abergläubische Vorstellungen ... die alle unterbewusst unsere Entscheidungen beeinflussen.» Gerry hält inne und begutachtet seine Zähne im Spiegel des Sägenblatts. «Also, ja, wahrscheinlich begehst du die gleichen Fehler wieder, aber du hast dennoch die Chance, es besser zu machen. Die wenigsten Menschen bekommen diese Gelegenheit, du solltest dich glücklich schätzen. Auserwählt.»

«Und wieso ich?»

«Wieso nicht du? Schicksal. Schwein gehabt. Manchmal steckt kein Grund, keine Logik dahinter, wer lebt und wer stirbt. Ehrlich gesagt, ist es eine Lotterie, und du, meine Liebe, hast das Glückslos gezogen.» Klirrend lässt er die Säge wieder in die Schale fallen. «Um das Warum solltest du dir keine Gedanken machen.»

«Worum denn dann?», frage ich, ohne zu wissen, ob ich die Antwort wirklich hören möchte.

«Überlege dir, was du mit dieser seltenen und ziemlich wunderbaren Möglichkeit anfängst. Wie oft bekommt man schon eine zweite Chance im Leben, geschweige denn im Tod?»

Obwohl Gerry lächelt, werde ich das Gefühl nicht los, dass er mir etwas verheimlicht.

Ich massiere meine Schläfen, um die Kopfschmerzen zu lindern, die sich hinter meinen Augen zusammenziehen.

«Selbstverständlich kann ich dir nur garantieren, dass du überlebst, wenn du jemanden findest, der deinen Platz einnimmt.»

«Was!?»

«Tut mir leid, Alex, das hätte ich vielleicht eher erwähnen sollen.» Er lächelt kurz. «Einer muss sterben, so ist das Leben beziehungsweise der Tod nun mal!» Er schmunzelt und zuckt mit den Schultern, als hätte er darüber keine Macht. «Außerdem brauche ich eine Leiche, Darling. Ich muss mein Soll erfüllen.»

Ich sehe ihn fassungslos an.

«Kein Grund, so geschockt zu gucken. Ständig sterben Menschen, zwei pro Sekunde sogar. Was glaubst du denn, was passieren würde, wenn niemand mehr stirbt? Man könnte sich kaum noch bewegen, so voll wäre es, und es gäbe weder genug zu essen noch zu trinken. Und im Bus müsste man die ganze Zeit stehen!»

Allmählich sickern die Konsequenzen dessen, was er sagt, durch die Mauer der Verdrängung, die mein Gehirn aufbauen möchte.

«Sie wollen behaupten ... Wenn ich nicht selbst sterben will, muss ich JEMANDEN UMBRINGEN?»

DREI: DAS ZEICHEN

Gerry legt mir sanft eine Hand auf den Arm. «Oh, so darfst du das nicht sehen! Du musst niemanden eigenhändig *ermorden,* du musst nur einen … aussuchen.» Das Gefühl der Zuwendung wird durch das Funkeln in seinen Augen ein wenig beeinträchtigt.

«Und der- oder diejenige stirbt dann an meiner Stelle?»

Gerrys Zähne glänzen im grellen Lampenlicht.

«Aber dann bin ich ja doch schuld! Auch wenn ich nicht selbst abdrücke!»

Er strahlt mich an. «Betrachte es als Selbsterhaltungstrieb – so wie wenn man nach rechts und links schaut, bevor man die Straße überquert. Man springt ja auch nicht ohne Fallschirm aus einem Flugzeug. Du sorgst einfach für dich, das ist vernünftig.»

Fast hat er mich so weit, aber noch nicht ganz. «Trotzdem würde ich nur überleben, weil ein anderer stirbt. Es wäre, als ob man jemandem den Fallschirm klaut und ihn aus dem Flieger schubst!»

«Hmm», erwidert er stirnrunzelnd. «Hauptsache, du sorgst vorher dafür, dass das Opfer das hübsche pinke T-Shirt überzieht.»

«Was?»

«Das pinke T-Shirt.» Er zeigt auf das tote Mädchen. «Das ist das Zeichen.»

Sprachlos sehe ich ihn an.

«Ich muss erkennen können, wen du ausersehen hast, statt deiner zu sterben», sagt Gerry. «Einige Kollegen bevorzugen etwas Dunkleres – einen schwarzen Fleck auf einem Zettel oder Krähen auf einem Fenstersims, aber das ist alles so trostlos und schaurig! Ich favorisiere etwas, das mehr Pfiff hat, aber mein Humor ist vielleicht ein wenig abgründig.» Er grinst.

«Noch mal zum Mitschreiben: Wenn ich möchte, dass jemand mich ersetzt und für mich stirbt, soll ich ihm oder ihr das pinke T-Shirt geben?»

«Du musst natürlich schon dafür sorgen, dass es auch angezogen wird.»

«Und wie soll ich das genau machen?»

«Wie genau, kann ich dir auch nicht sagen, aber dir wird schon etwas einfallen. Es geht hier ganz akut um dein Leben und deinen Tod, Darling! Wenn du selbst im äußersten Notfall keine Lösung findest, hast du es offen gesagt nicht verdient zu leben!»

Vor lauter Panik ziehe ich die Schultern hoch und kann kaum noch atmen. Ich spüre, wie mein Herz sich windet und gegen den plötzlichen Druck ankämpft.

Dann ermahne ich mich, dass das Ganze nicht real sein kann. Das ist doch der Beweis: *Ich soll jemanden auswählen, der sterben soll, und ihm dafür ein pinkes T-Shirt überziehen!* Ein klassisch unsinniger Traum, oder nicht? Deshalb gibt es auch keinen Grund zur Panik. Ich muss einfach weiter mitspielen und abwarten, bis der typische Albtraummoment kommt, in dem ich in den Abgrund springen soll und vor Schreck aufwache.

Als ich den Blick wieder hebe, lacht Gerry.

«Was ist so lustig?»

«Wenn du dein Gesicht sehen könntest!» Er wischt sich eine Träne von der Wange. «Eine Minute lang bist du mir auf den Leim gegangen, nicht wahr? *Das pinke T-Shirt ist das Zeichen* – als ob!» Er lacht bellend und schlägt mit der Hand auf den Rollwagen aus Edelstahl. «'tschuldigung, Darling. Hier unten gibt es nicht viel zu lachen – wir müssen uns amüsieren, wenn wir können.»

Ich weiß nicht, ob ich sauer oder erleichtert sein soll. «Ich muss also keinen Ersatz für mich finden?»

«O doch, der Teil stimmt. Wie gesagt, Alex: Jemand muss sterben. Und wenn du es nicht sein willst ...», er tippt sich an die Nasenspitze, «wäre es eine hervorragende Idee, eine andere Person dafür zu finden.»

Mir wird erneut eng um die Brust.

«Aber du kannst dir das Zeichen aussuchen – es mag sein, was immer du willst. Du musst sie dem oder der Glücklichen nur überreichen. Es spielt keine Rolle, ob die Person den Gegenstand dann wegwirft oder zurückgibt – das Zeichen steht nach der ersten Berührung.»

«Das T-Shirt hat nichts damit zu tun?»

«So kann man das auch nicht sagen. Vergiss nicht, je mehr du veränderst, umso besser – diesem T-Shirt würde ich an deiner Stelle dringend aus dem Weg gehen.» Gerry lächelt. «Was soll es nun sein? Was hast du denn so?» Er zeigt auf das tote Mädchen.

Ich kann den Blick nicht von ihm losreißen. Schlägt er gerade wirklich vor, was ich vermute?

«Es muss etwas sein, das du dabeihattest, als du gestorben bist», sagt Gerry und weist mit dem Kinn zur Bahre. «Schau mal nach, was du in deinen Taschen findest.»

Das ist hoffentlich wieder ein Scherz, doch ich fürchte, Gerry meint es todernst. «Mir kann nichts passieren, oder? Wenn man die Taschen der eigenen Leiche durchsucht, ist es schließlich eher so, als würde man seinem früheren Ich begegnen, nicht wahr?»

Gerry kichert kurz und schrill. «Deine Fantasie möchte ich haben! Eine Begegnung mit seinem früheren Ich! Wirklich unmöglich!»

Klar, und ansonsten läuft alles völlig normal ab, was?

Ich gehe vorsichtig auf die Leiche zu und hoffe, dass sie sich als unecht erweist – eine raffiniert ausgestattete Schaufensterpuppe oder eine Wachsfigur –, doch je näher ich komme, umso menschlicher wirkt sie. Mein Kopf fühlt sich mit einem Mal schwer und schwebend zugleich an, und ich muss mich seitlich an der Bahre festhalten. Als ich den kalten Stahl berühre, wird es jedoch schlimmer, realer.

Ich wende den Blick von dem schrecklich vertrauten, aber leblosen und grauen Gesicht ab und strecke die Hand zu der Jeanstasche des Mädchens aus. Fast glaube ich, dass die Gestalt ruckartig aufwacht und mich packt, sobald ich sie berühre. Doch vielleicht ist das eben der Moment, auf den ich die ganze Zeit warte und der mich aus diesem wahnsinnigen Albtraum reißt?

Nachdem ich tief Luft geholt und mich gewappnet habe, zittert meine Hand so sehr, dass es mir erst beim dritten Versuch gelingt, die Finger hineinzustecken.

Das Mädchen bewegt sich nicht.

Weil sie tot ist.

Und ich stehe gezwungenermaßen immer noch hier und hole *mein* Handy aus der Tasche meiner eigenen Leiche. (Ernsthaft – kann es noch gestörter werden?) Ich tippe aufs Display, aber es bleibt dunkel und reagiert nicht.

Obwohl ich weiß, dass ich ein Zeichen finden soll, suche ich insgeheim auch nach möglichen Hinweisen auf die Todesursache oder zumindest darauf, was in den letzten Stunden passiert ist.

In der Handyhülle steckt, wenig überraschend, eine Busfahrkarte zu meinem Wochenendjob, hin und zurück. Weiter hole ich meinen Honiglippenbalsam, ein Taschentuch und einen gelben Post-It-Klebezettel aus der Tasche. Wenn das kein Hinweis sein soll! Aber als ich das Papier entfalte, finde ich nur einen blauen Kulikrakel, als hätte jemand überprüft, ob der Stift funktioniert.

Ganz unten in der Tasche ertaste ich einen runden Klumpen und muss die Hand ganz hineinstecken, um ihn herauszuholen. Ich spüre durch den Stoff, wie fest das Bein des Mädchens ist, hart und schrecklich kalt. Erschauernd packe ich den Gegenstand und ziehe meine Finger schnell zurück.

Als ich die Hand öffne, ist es ein Ring, den ich nicht wiedererkenne. Er ist scheußlich – ein grünes wasserspeierartiges Wesen, das die Zunge herausstreckt – und gehört bestimmt nicht mir. Keine Ahnung, warum sich jemand so etwas zulegen sollte oder was zum Teufel es in meiner Hosentasche macht. Gleichzeitig erscheint mir der Ring wiederum nicht als besonders bedeutsam oder hilfreich, um zu beleuchten, wie ich gestorben bin. Es sei denn, der Ring ist verflucht? Vor einer Stunde hätte ich darüber noch gelacht, aber jetzt bin ich mir nicht mehr sicher.

Als ich mich über die Leiche beuge, um die andere Tasche zu untersuchen, weht mir etwas entgegen, das mich an den Obdachlosen an der Bushaltestelle erinnert. Einen schrecklichen Moment lang fürchte ich, es wäre der Geruch von verwesendem Fleisch, doch dann registriere ich den Alkohol – mein totes Ich stinkt nach Schnaps!

Dabei trinke ich nicht mehr. Seit dem letzten Mal. Aber vielleicht ist das der Grund, warum alles den Bach runtergegangen ist? Kürzliche Erfahrungen haben Folgendes ergeben:

Alkohol + Alex = komplette Katastrophe.

Bierbedingte Blindheit würde auch den schlechten Geschmack bei der Wahl des T-Shirts erklären.

«Ich will dich ja nicht drängen, Darling», sagt Gerry. «Aber die Zeit ist heute Nacht nicht auf unserer Seite.»

Ich bin schwer in Versuchung zu erwidern, dass er eben noch bestritten hat, es gebe so etwas wie Zeit überhaupt, aber ein rötliches Mal auf dem linken Handrücken des Mädchens lenkt mich ab. In meinen Augen sieht es wie ein Hase aus, mit einem Klecks als Gesicht und zwei langen Ohren. Zunächst halte ich es erschrocken für verschmiertes Blut, doch so eine kleine Wunde konnte nun wirklich nicht tödlich sein.

In der anderen Tasche finde ich nur meinen Schlüssel mit dem Schlüsselring in Form eines Drachens, der Flagge von Wales.

«Perfekt!» Gerry klatscht in die Hände. «Der Drache des Schicksals. Wie überaus passend!»

«Das soll das Zeichen sein?»

«Warum nicht?»

Ich betrachte den roten Filzdrachen mit den großen Augen und dem albernen Lächeln. «Und das gebe ich nun der Person, die meinen Platz einnehmen soll, und die stirbt dann?»

Gerry lässt die Zähne aufblitzen. «Einfach, oder?»

Grauenhaft einfach und total wahnwitzig. Gott sei Dank ist es nur ein dämlicher Traum.

«Jetzt kommt noch etwas Wichtiges, Alex.» Gerry packt meine Schultern und zieht ein ernstes Gesicht. «Du musst dich daran erinnern, was hier geschehen ist. Du musst daran *glauben*!»

Meine Wangen werden heiß. «Ja, natürlich!» Obwohl ich bereitwillig nicke, ist mir das alles plötzlich sehr unangenehm. «Äh ... und wenn es mir kurz entfällt oder wenn ich beim Aufwachen glaube, es sei alles nur ein Traum?»

«Echt? Ich hätte dich für klüger gehalten.» In seiner Stimme klingt nun eine gewisse Schärfe mit. «Dieses Traumding ist ein blödes Klischee, Alex. Wenn du es vergisst oder verdrängst, wirst du höchstwahrscheinlich genau das Gleiche tun wie vorher und das gleiche Ergebnis erzielen.» Er weist mit dem Kopf auf das tote Mädchen.

«Aber das kann ja eigentlich nicht passieren, oder? Das kann ich doch gar nicht vergessen!»

«Es gibt leider keine Garantie, denn das hängt davon ab, wie dein Gehirn mit einem eventuell noch vorhandenen Sterbetrauma umgeht.» Gerry zeigt auf das Glas, das ich in der Hand halte. «Trink das Wasser lieber aus. Der Flüssigkeitspegel kann in Bezug auf die Schmerzen bei einem Neustart viel ausmachen.»

«Schmerzen?»

«Du bist gestorben, Darling. Da geht's nicht einfach ohne Nebenwirkungen weiter.» Er lächelt. «Hattest du schon einmal einen Kater?»

Ich nicke und zucke bei der Erinnerung zusammen.

«Tja, ich muss gestehen, so wird es im Allgemeinen wahrgenommen. Wenn du aufwachst, fühlst du dich wie nach einer sehr harten Nacht!»

«Na super!»

«Besser als die Alternative, das kann ich dir versichern. Oh, und noch etwas: Beim Aufwachen hast du die ersten fünf Stunden nach dem Neustart bereits verschlafen, also würde ich mich an deiner Stelle ranhalten. Bist du bereit?»

«NEIN!»

Wie eine Flut rauscht Schwärze von allen Seiten auf mich zu. Als Letztes sehe ich ein blendend weißes Lächeln in der Luft hängen, das unmittelbar von dem Gefühl begleitet wird, als hätte mir jemand voll ins Gesicht geschlagen.

1 DAS ALEXANDRA-SYNDROM

Ich höre Gesang. Lieblich. Besänftigend, vielleicht ein Engelschor. Mein Körper schwebt, sinkt zurück in den Schlaf … und in warmes dunkles Vergessen …

Eine Kreissäge von Gitarre bricht kreischend in das Wiegenlied hinein und holt mich zurück. (Ich habe diesen Song aus gutem Grund zum Wecken ausgesucht.) Obwohl ich eigentlich die Augen lieber immer noch nicht aufschlagen würde, kann ich die innere Alarmglocke, die mich schrillend auf etwas hinweist, nicht ignorieren. Es ist dringend und benötigt meine Aufmerksamkeit.

Es geht um die Toilette.

Ich taumle aus dem Bett quer durchs Zimmer und fluche, weil mein Schädel so furchtbar wehtut und mir mein aufgewühlter Mageninhalt hochkommt.

«Wo zum Teufel kam das denn her?»

Meine Stimme hallt durch die Kloschüssel.

So muss sich der weltschlimmste Kater anfühlen.

Abgesehen davon, dass ich nichts trinke.

Seit dem letzten Mal.

Es sei denn …

Doch in dem Moment, wo ich mich an letzte Nacht erinnern will, fühlt es sich an, als hätte mir jemand eine Axt in den Schädel gerammt und würde versuchen, sie wieder herauszuziehen. Ganz schlecht. Glaubt mir.

Ich wanke zum Waschbecken und lege meinen

feuchten Kopf einen Augenblick lang auf meine zitternden Arme. Als ich aufschaue, blickt mir ein totes Mädchen aus dem Spiegel entgegen, mit blutunterlaufenen Augen in tiefen Höhlen, die Haut so blass, fast durchsichtig – ein Geist. Die hohläugige verwesende Leiche meines früheren Ichs. Offenbar werde ich krank.

Aber was kann ich nur haben, dass ich so furchtbar aussehe und mich genauso fühle?

Sofort türmen sich unliebsame Vorschläge wie schmutziges Geschirr in mir auf: Gehirntumor, Herzinfarkt oder irgendeine bisher unentdeckte Krankheit, bei der man sich fühlt, als hätte jemand einem einen Holzpflock durchs Auge gestoßen und das Gehirn rausgetrieben.

Das passt. Ich werde an einem seltenen Fall von Gehirnablösung krepieren. Damit werde ich berühmt.

Tot, aber berühmt.

Auf jeden Fall schaffe ich es auf die Titelseite der *Hardacre Gazette*: STADT TRAUERT UM TOTE SCHÜLERIN. Mein Gesicht wird in unserem Viertel auf Katzenstreusäcken abgebildet, und anerkannte Ärzte schreiben Artikel oder geben Vorlesungen über mich. Vielleicht benennen sie das Leiden nach mir – zum Beispiel die «Ernst-Erkrankung» oder das «Alexandra-Syndrom» oder «Morbus Alexis»? Das klingt gut, finde ich, wenn man davon absieht, dass ich vorher daran sterben muss.

Meine Kopfschmerzen treiben den Holzpflock eine Umdrehung weiter.

Es könnte natürlich auch am Schlafmangel liegen. Um halb zwölf war ich noch wach – ich erinnere mich daran, weil ich in Tashs Küche auf die Wanduhr geschaut habe.

Was rede ich denn da? Gestern Abend war ich gar nicht bei meiner Freundin Tash. Ich war … Bilder von Orten und Menschen gehen mir bruchstückhaft durch den Kopf, aber sie sind zu vage und zu fern, um sie festzuhalten. Sie können auch gar nicht stimmen, weil ich gestern Abend hier war – allein. Anscheinend habe ich Wahnvorstellungen.

Mein Hals fühlt sich an, als hätte ich Glasscherben gegurgelt. Kopfschmerzen und Durst bis zum Umfallen? Irgendwo habe ich gelesen, dass dies klassische Symptome für etwas ganz Schreckliches sind. Ich nehme die Zahnbürsten aus dem Becher und halte ihn unter den Wasserhahn. Das Wasser schmeckt nach Minze und etwas körnig, ist aber trotzdem einfach himmlisch. Ich trinke den Becher aus und fülle ihn erneut.

Vielleicht fehlt mir nur Flüssigkeit.

Aber Flüssigkeitsmangel ist keine ausreichende Erklärung für diese entsetzlichen Schmerzen. Und wenn es nun doch ein Tumor ist?

Ich gehe lieber wieder ins Bett.

Aber etwas nagt in meinem Hinterkopf und will sich durch die Kopfschmerzen und die Übelkeit bohren, beharrlich und drängend, als wollte es mir sagen:

DAS MUSST DU DIR ANHÖREN – JETZT!

Als ich die Uhrzeit auf meinem Handy sehe, fluche ich.

ARBEIT! Natürlich! Wie konnte ich das vergessen? Warum sollte ich sonst an einem Samstag um zehn vor sechs aufstehen?

Trotzdem merkwürdig – ich hätte schwören können, dass heute Sonntag ist.

Um genau zu sein, kann ich mich daran erinnern, dass ich gestern aufgestanden bin, um arbeiten zu gehen.

Doch sobald ich diese Erinnerung festhalten will, entgleitet sie mir.

Ich prüfe das Datum. Eindeutig Samstag, schon wieder! Anscheinend verfliegen die Wochen im Nu, wenn das Leben eine lustige Achterbahnfahrt ist wie meins.

Bevor ich noch einen Gedanken fassen kann, fängt mein Handy erneut zu trällern an.

2 MEIN HELD

Das dürfte Dad sein, der hören will, ob ich die Nacht überlebt habe. Wenn er auswärts arbeitet, ruft er morgens sofort an. Er macht sich Sorgen, wahrscheinlich weil wir nur noch zu zweit sind und ich, wie er andauernd betont, sein Ein und Alles bin. Die Frau zu verlieren ist schlimm genug, aber Frau *und* Tochter – das würde er wohl nicht überleben.

«Hey, Dad!» Ich lege meine beste Good-Day-Sunshine-Stimme auf, aber heute Morgen klingt sie ein wenig wolkenverhangen. Vielleicht merkt er es nicht.

«Ich wollte nur mal sehen, ob du auch aufgestanden bist. Nicht dass du zu spät zur Arbeit kommst.» Ich höre sein Grinsen durchs Telefon. «Alles in Ordnung?»

«Jep, alles bestens. Damit du es weißt, ich bin schon seit fünf Minuten wach.»

Er lacht. «Geht es dir wirklich gut? Du hörst dich nicht so an.»

Ich fühle mich, als hätte mir jemand eine Axt in den Schädel gerammt, Dad, was möglicherweise zu einem Aneurysma führen wird, wäre die ehrliche Antwort darauf, aber Ehrlichkeit ist nicht automatisch die beste Strategie. «Ich bin noch nicht richtig wach … So in der Übergangsphase.»

Noch ein Lachen. «Das Gefühl kenne ich. Ist Tash schon auf?»

«Ja, sie duscht gerade.» Ich werfe einen schuldbewussten Blick auf den stummen Duschkopf über der Badewanne – wie gesagt, Ehrlichkeit ist nicht immer das einzig Wahre. Trotzdem habe ich ein schlechtes Gewissen, wenn ich lüge, und eigentlich habe ich meinem Vater auch nicht ausdrücklich gesagt, dass Tash bei mir übernachten würde. Er geht einfach davon aus, weil wir das normalerweise so machen, wenn er auswärts arbeitet. Natürlich brauche ich keinen Babysitter mehr, zu zweit macht es eben mehr Spaß. Und, auch klar, Dad fühlt sich besser, wenn er weiß, dass ich nicht allein bin.

«Und wie ist Nantwich so?», frage ich, um das Thema zu wechseln.

«Ach, weißt du, wie das Paradies mit einem Billighotel.»

«Schon! Und weißt du schon, wann du zurückkommst?»

«Wieso? Damit du alle rechtzeitig rausschmeißen kannst, wenn du eine Party gibst?» Er gluckst, aber darin schwingt ein Hauch von Wehmut mit, als wünschte er sich beinahe, ich würde genug Leute für eine Party kennen, selbst wenn die Wohnung darunter leiden müsste.

«Ha, klar! Also, weißt du zufällig, wie man Blutflecken vom Teppichboden entfernt? Ich frag nur so.»

«Ich denke, bis Sonntagnachmittag sollte ich es schaffen», sagt er. «Damit bleiben dir noch gut sechsunddreißig Stunden, um das Blut rauszuwaschen! Um wie viel Uhr fängt das Konzert heute Abend noch mal an?»

Meine Schultern verkrampfen sich.

«Kommt drauf an, wie lange Tash braucht, um sich schönzumachen. Sie würden es nicht wagen, ohne sie anzufangen.»

Diesmal lacht er nicht. Ich spüre, wie seine Angst die Entfernung überbrückt und wie er unsichtbar die Arme nach mir ausstreckt. «Du weißt, ich bin nicht gerade glücklich, dass ihr in diesen Club gehen wollt.»

«Das ist doch nur ein Konzert, Dad. Außerdem spielt Tokyo Girl!»

«Ich weiß, aber pass auf dich auf, ja?»

Fast wünsche ich mir, Dad würde es mir verbieten. Und das würde er wohl selbst liebend gern tun, aber gleichzeitig denkt er, dass ich etwas unternehmen und rausgehen soll – wie eine glückliche normale Jugendliche, falls es so was überhaupt gibt.

«Vergiss nicht, was Dr. Hiaasen gesagt hat», meint Dad. «Wenn du einen Anflug von Panik spürst …»

«Ich weiß, Dad! Mir passiert schon nichts, außerdem ist Tash dabei. Sie weiß, was sie tun muss.»

«Ruf mich an, wenn ihr wieder zu Hause seid. Wann ist es zu Ende?»

«Keine Ahnung, ich schätze mal, so gegen halb zwölf.» Ich weiß selbst nicht, warum ich das gesagt habe, denn in Wirklichkeit habe ich keinen Schimmer, wann wir da rauskommen. «Aber es kann etwas dauern, bis wir wieder hier sind, also mach dir keine Sorgen, wenn ich vor Mitternacht noch nicht angerufen habe.»

«Nehmt ein Taxi», sagt Dad. «Ich habe dir Geld hingelegt.»

«Okay, danke. Es ist wirklich alles gut, kein Grund zur Sorge.» Während ich mich das sagen höre, bin ich nicht sicher, ob ich damit meinen Vater oder vielleicht mich selbst überzeugen möchte. Was bescheuert ist. Schließlich geht es nur um ein Konzert.

Tokyo Girl ist *unsere* Band – sie gehört zu Tash und mir. Ihretwegen haben wir uns überhaupt erst angefreundet, als wir feststellten, dass wir beide auf Tokyo Girl stehen. Sobald Tash erfahren hat, dass die Band in unserer kleinen Popelstadt auftreten, war klar, dass wir hingehen müssen – nicht einmal ich habe auch nur eine Sekunde darüber nachgedacht. (Oh, jugendlicher Leichtsinn …)

«Dad, ich muss mich langsam mal beeilen und Tash aus der Dusche holen.»

Doch mein Vater ist noch nicht bereit, die Verbindung zu kappen. «Funktioniert der Boiler einigermaßen? Denk bloß dran, das Fenster aufzulassen!»

Seit Wochen drängt Dad den Vermieter, dass er den Boiler reparieren lässt. Das Teil fällt andauernd aus, und seit Kurzem ist Dad überzeugt, dass Kohlenmonoxid austritt. Vor zwei Wochen sind wir beide vor dem Fernseher eingeschlafen und mit schrecklichen Kopfschmerzen aufgewacht. Seitdem läuft Dad durch die Wohnung, schnüffelt wie ein Bluthund und besteht darauf, dass die ganze Zeit die Fenster aufstehen.

«Geht schon, Dad. Du glaubst nicht, was wir zu hören bekämen, wenn bei Tash das Wasser plötzlich kalt würde!»

Er lacht und legt endlich auf.

Ich weiß, ich habe Glück, weil sich jemand um mich kümmert, aber manchmal macht es mir zu viel Druck, dass sein Glück und seine geistige Gesundheit von mir abhängen! Deshalb denke ich viel über meinen Vater nach: wie sich das, was ich tue, auf ihn auswirkt. Wenn ich zum Beispiel sterben würde – damit würde er nicht gut zurechtkommen.

Andererseits ist es leicht, anderen die Schuld für die eigenen Probleme in die Schuhe zu schieben. Ohne Dad wäre ich nicht einmal hier, und das meine ich keineswegs rein biologisch. Um diese lange und traurige Geschichte kurz zusammenzufassen: Meine Mutter hat uns praktisch sitzengelassen, gleich nachdem sie mich rausgepresst hat. Dad hat alles aufgegeben, um mich allein großzuziehen.

Als ich klein war und versuchte, mit den ersten grundsätzlichen Dingen klarzukommen – also zum Beispiel mehr als zwei Schritte zu machen, ohne auf den Po zu fallen, aufs Klo zu gehen, solche Sachen –, da war mein Vater mein Held. Ich schäme mich keineswegs, das zuzugeben. Gut, ich hatte keine Vergleichsmöglichkeiten, aber ich begriff, dass der Mann sich viel Mühe gab und mir einen Großteil seiner Zeit opferte. Ich war glücklich, das Leben mit Dad war gut.

Doch die Jahre vergehen, man wird älter, und die Dinge verändern sich. Das geschieht nicht über Nacht, eher ganz allmählich, bis einem eines Tages dieses alberne Zeug, die Kosenamen und die Witze, die nur Insider verstehen, auf den Wecker gehen. Plötzlich merkt man, dass der Held auch nicht auf alles eine Antwort hat und nicht jedes Problem lösen kann, ja, dass er nicht einmal dafür sorgen kann, dass einem nichts passiert.

Diese unliebsame Erkenntnis kam mir ungefähr zur gleichen Zeit, als mir auffiel, dass die Welt außerhalb meiner gemütlichen kleinen Kindheitsblase groß und erschreckend war und nicht alle automatisch mit mir befreundet sein wollten – oder wenn doch, dann nicht unbedingt aus den richtigen Beweggründen.

Aber als sich langsam alles, worauf ich vertraut und woran ich geglaubt hatte, in Luft auflöste, gerade da erschien Tash auf der Bildfläche.

Ich entdeckte sie eines Abends vor unserer Siedlung, wo sie wie ein schlecht gelaunter Gartenzwerg auf der Mauer saß. Da es eiskalt war und ich sie von der Schule kannte, fragte ich sie, ob sie mit reinkommen wollte. Tash meinte, ich solle mich verziehen, doch ich sah, dass sie geweint hatte, und setzte mich einfach neben sie. Nach einer Weile brach sie ihr Schweigen.

Sie erzählte mir, dass sie nicht nach Hause wollte, weil es dort ständig Streit mit ihrer Mutter und ihren Schwestern gab. Schließlich konnte ich sie doch überreden, mit zu mir zu kommen, aber Tash brauchte vor allem jemanden, der ihr zuhörte. Wir bildeten so etwas wie unsere eigene kleine Therapiegruppe – wir schimpften, jammerten und machten Pläne, aus der Stadt abzuhauen … Das Übliche eben. Wir waren so verschieden, dass unsere Mitschüler nicht kapierten, warum wir uns angefreundet hatten. Dabei ist genau das der Grund, weshalb es funktionierte: Wir hatten beide etwas zu bieten, was die andere jeweils brauchte.

Unsere Wohnung bot Tash einen freundlichen Unterschlupf, während ihre unverdrossen lodernde Wut meine aufkommende Paranoia und meine Angstvorstellungen zurückdrängte. Sie verdrehte die Augen oder wütete, sie würde sie es mit der ganzen Welt aufnehmen, und zwar mit links, und schon fühlte ich mich stärker, nur weil sie bei mir war. Tash war wie ein Lagerfeuer in der Wildnis. Selbst wenn ich dort draußen tausend unbekannte und ungesehene Dinge spürte, die mich quälen wollten, fühlte ich mich sicher, solange ich in ihrer Nähe war.

Es war wie früher mit meinem Vater.

Ich will in keiner Weise kleinreden, was Dad für mich tut, und ihm nicht zu nahe treten, aber es ist nun mal eine Familienbeziehung, und er hat die Aufgabe, mich zu lieben. Tash dagegen ist einfach meine Freundin, ohne Verpflichtungen, ohne Blutsbande, und wir sind Schwestern, weil wir es so wollten, was etwas vollkommen anderes ist.

Ich schließe den Toilettendeckel und greife endlich zum Handy. Normalerweise schreibe ich Tash morgens direkt als Erstes, aber heute ist mir etwas dazwischengekommen.

Eine Nachricht wartet schon auf mich. Sie wurde kurz vor ein Uhr heute Morgen abgeschickt:

Was für ein Abend
Val ist wirklich der Wahnsinn
Muss dir total viel erzählen.
Nacht, Süße

Tash steht total auf kleine Bildchen.

Tief in meinem Bauch rührt sich die Schlange der Eifersucht. Das war bereits das dritte Mal in dieser Woche, dass Tash mit Val weg war. Ich scherze schon, dass sie Tashs neue beste Freundin wird, nur ist das leider gar nicht lustig.

Jetzt verdränge ich den Gedanken und setze meine Daumen in Bewegung:

Schön, dass ihr es schön hattet

Vielleicht sollte ich ein Emoji mit *zwei* Gesichtern suchen? Haha!

Ich schreibe Tash weiter:

Ich bin krank 🥴 😷
Kotze voll 🤢 🤮
Schwanger vielleicht? 😄
Fühle mich total irre. 🤪 😝
Ehrlich, das mein ich todernst.
XO.

Todernst. Angeblich sagt ein Bild mehr als tausend Worte, aber dieses eine Wort wird Tash mehr sagen als tausend Emojis.

Tash und ich haben die Regel aufgestellt, dieses Wort niemals zu gebrauchen. So werde ich in der Schule gehänselt. Mein Nachname ist Ernst – man muss kein Genie sein, um «Tod» voranzustellen und es lustig zu finden.

Womit ich das verdient habe? Tja, vielleicht weil ich alles immer extrem tragisch nehme. Auch die Panikattacke vor ein paar Monaten während der Vollversammlung in unserer Aula könnte etwas damit zu tun haben. Aber es liegt wohl vor allem daran, dass ich bei einer Party betrunken ausgeflippt bin und dann einen auf sterbenden Schwan gemacht habe. Das ist der eigentliche Grund, warum sie mir das für den Rest meiner Zeit an der «Hardacre-Anstalt für Analphabeten» (nicht der richtige Name) nachrufen werden.

Aber es ist *wirklich* sonderbar. Nicht nur die Kopfschmerzen und das Kotzen, da ist noch etwas. Das Gefühl, als hätte ich die Welt noch schlechter im Griff als sonst – als würde die Schwerkraft nicht so gut funktionieren wie sonst.

Irgendwie fühlt es sich an, als wäre meine Situation nicht nur beschissen, sondern tatsächlich todernst – das ist das einzige Wort, das diesen Zustand treffend beschreibt.

3 MEINE NEMESIS

Die Versuchung ist groß, wieder ins Bett zu gehen, mir die Decke über den schmerzenden Kopf zu ziehen und abzuwarten, bis das alles vorbei ist. Doch die Vorstellung, den Tag eingemummelt vor dem Fernseher zu verbringen, ist nicht so verlockend wie sonst. Ich weiß nicht, ob es daran liegt, dass ich das Gefühl nicht loswerde, etwas sehr Wichtiges vergessen zu haben, oder an dieser merkwürdigen Vermutung, nicht richtig hier zu sein.

Albern, ich weiß! Natürlich bin ich hier. Das bin *ich*, die vom Bad in die Küche geht. Ich bin es, die das Licht anschaltet und den Wasserkocher aufsetzt. Wäre ich nicht hier, könnte ich den kalten Linoleumboden unter meinen nackten Füßen nicht spüren und den Gestank in der Spüle nach totem Dachs, der im Siphon klemmt, nicht riechen.

Trotzdem. Ich fühle mich losgelöst, als würde ich mich selbst durch ein Fenster sehen oder auf einem Bildschirm – jedenfalls nicht im richtigen Leben.

Wie gesagt … komisch.

Ich schalte das Radio ein, um ein bisschen Leben und eine andere menschliche Stimme in die Bude zu bringen. Eigentlich macht es mir nichts aus, allein zu sein, aber ich weiß auch nicht, heute Morgen fühle ich mich aus unerfindlichen Gründen irgendwie … verfolgt. Das liegt teilweise an Tash beziehungsweise daran, dass sie nicht da ist. Ohne sie fühlt sich die Wohnung zu groß und zu leer an, was eigentlich ein Witz ist, denn sagen wir es mal so: Wenn wir eine Katze hätten, könnten wir sie nicht im Kreis schwingen.

Ich stecke zwei Brotscheiben in den Toaster und drehe das Radio lauter.

Der DJ heißt Baz oder Cliff und labert ständig totalen Schwachsinn. Im Moment redet er über Bauarbeiten auf der Umgehungsstraße. Wetten, gleich sagt er so was wie *Die stehen da Stoßstange an Stoßstange* und spielt dann «Pull up to the Bumper» von Grace Jones. Obwohl, wenn ich so darüber nachdenke, hat er das gestern schon gespielt. (Dad steht auf Musik der Achtziger, und darum kenne ich den Song – falls ihr euch das gefragt habt.)

Aber als ich mir einen Teller aus dem Schrank hole, zieht er das durch – Wort für Wort!

Mein Herz erschauert. Wahnsinn!

Jetzt warte ich, ohne wirklich zu glauben, dass er den Song spielt, und gleichzeitig in dem *Wissen*, er macht es doch.

Er regelt die Musik leise nach oben und übertönt sie mit seinem Gequatsche: «Der ist für alle, die im Verkehr steckengeblieben sind. Runter vom Stresspedal, Leute, lehnt euch zurück und genießt einen absoluten Klassiker …»

Unmöglich!

Das kann doch nicht wahr sein!

Wie erstarrt lausche ich «Pull up to the Bumper», das

in unserer Küche erklingt. Sogar für diesen DJ ist das eine Umdrehung zu viel. Als hätte er seine Sendung von gestern aufgezeichnet und würde sie einfach noch mal abspielen.

Mein Handy reißt mich mit einem Pling aus der Schockstarre. Wahrscheinlich Tash mit weiteren Details von ihrem tollen Abend mit Val.

Val ist mein Racheengel. Mein Todbringer. Meine Nemesis.

Schon gut, ich weiß. Echte Menschen haben keine Nemesisse.

Ist das der richtige Plural, wenn es überhaupt einen gibt? (Wie zum Teufel schreibt man das? Ohne Val würde ich das gar nicht wissen wollen.)

Val – die schwarze Wolke an meinem Toy-Story-Himmel, das Steinchen in meinem Schuh, der Wurm in meinem Apfel. Ihr habt vielleicht schon mitbekommen, dass Val nicht gerade ganz oben auf der Liste meiner Lieblingskontakte steht?

Kein Problem, denn Tash springt hier nur zu gern für mich ein. Ihr solltet sie hören:

Oh, Wahnsinn, Süße, das GLAUBST du nicht, was Val getan / gesagt / angehabt / getrunken hat.

Tash zufolge ist das Mädchen *soooooo* unfassbar *suuuuper*. Ein Mädchen, dessen außergewöhnliches Supersein (und ja, ich weiß, das Wort gibt es gar nicht) man nur mit all diesen zusätzlichen Buchstaben beschreiben kann. Aber so ist Val, so einmalig, dass ihr zu Ehren neue Wörter erfunden werden müssen – sie hat's *verdient*. Die drei Millionen, die gerade im Umlauf sind, können ihrer unglaublichen Einzigartigkeit nicht Genüge tun.

Das hört sich ganz schön verbittert an, was?

Verbittert und schräg und vielleicht ein kleines bisschen psychotisch? Jep, ich weiß, tut mir auch leid. Keine Ahnung, wen ich mehr hasse: Val, weil sie mir meine beste Freundin abspenstig macht, oder mich selbst wegen dieser Eifersucht.

Das Schlimmste ist – und ihr wisst es hoffentlich zu schätzen, dass ich euch Einblick in die tiefste Finsternis meiner Seele gewähre und Gefahr laufe, mich lächerlich zu machen –, also, was wirklich total ärgerlich ist: Ich verstehe, warum Tash sie mag. Val ist tatsächlich super, sie ist selbstbewusst und lustig, sie hat glänzende lange schwarze Haare und große Augen. Da ihre Familie aus Rumänien stammt, hat sie auch noch einen coolen Akzent à la sexy russische Spionin. Wie soll *ich* dagegen anstinken?

Ich wappne mich und lese die Nachricht.

Doch Tash ist die Fürsorge in Person.

Süße! 😌
Bleib 🏠 im Bett & 🎬
Du musst heute Abend fit sein 😵 🎉 🧜‍♂️ 🧜‍♀️
XO XO

Ich will antworten, zögere aber und schaue auf der Suche nach Inspiration für eine interessante oder witzige Entgegnung zum Fenster. Dort sehe ich aber nur mein eigenes Spiegelbild, blass und gespenstisch und mit einem dümmlichen Gesichtsausdruck.

> Danke, Schatz
> Geht schon bisschen besser
> Schleppe meine verfaulende Leiche aus dem Bett zur Arbeit.
> Lass dich beim Wickeldienst nicht im Stich.
> XO

Ich hänge noch Bilder von einer Windel, einem alten Frauengesicht und einem grünen Teufelsding dran. Ehrlich, bei der Hälfte weiß ich nicht, was sie bedeuten sollen.

Mit Val, dem durchgeknallten Partygirl, kann man vielleicht geil die Nacht durchmachen, aber das ist nicht schwer. Ob man wirklich gut befreundet ist, zeigt sich bei weniger glamourösen Dingen, wie zum Beispiel dann, wenn man einem inkontinenten Rentner eine Erwachsenenwindel anziehen muss. Wenn man vom Totenbett aufsteht, damit die andere ein Heim voller nörgelnder alter Leute nicht mutterseelenallein waschen, anziehen und füttern muss. Das ist *echte Freundschaft*.

Ich tippe auf «Senden» und bin ganze drei Sekunden lang mit mir zufrieden.

Wem mache ich hier etwas vor? Unsere gemeinsame ehrenamtliche Arbeit im Altenheim wird Tash kaum eine Nachricht an Val wert sein, etwa:

> OMG! Was für ein Morgen! 😳
> Muss dir unbedingt erzählen, was Alex beim Frühstück gemacht hat. 🍤🍮🍳🍩🍞👵

Hört sich nicht so toll an, was?

Tokyo Girl live im Pandemonium dagegen, das bietet Stoff für einen ganzen Haufen Emojis *und* die perfekte Gelegenheit, mit Tash wieder in die Spur zu kommen.

Was ist also das Problem?

Es gibt keins. Ich habe ein komisches Gefühl, wenn ich an heute Abend denke. Nicht der Rede wert.

Zwei Sekunden, bevor zwei Scheiben rauchender Kohle aus dem Toaster springen, steigt mir der Brandgeruch in die Nase. Fluchend reiße ich die Fenster auf und wedle den Rauch nach draußen, damit ja der Alarm nicht losgeht. Gestern war es genauso – man sollte meinen, ich wäre lernfähig.

4 BITTE BLEIBEN SIE SITZEN, BIS DER BUS VOLLSTÄNDIG ZUM HALTEN GEKOMMEN IST

Um 6:38 Uhr an einem Samstagmorgen ist der Bus Nummer Drei so gut wie leer. Sechs weitere Zombies, die sich vor dem Morgengrauen aus dem Bett gequält haben, sehen mir beim Einsteigen zu.

So dämlich, um diese Zeit wach zu sein, sind nur geistesabwesende Clubber, die verschwitzt und mit glasigem Blick nach Hause fahren, während sie immer noch zu dem langen Ausklang des letzten Songs dieser Nacht nicken. Und außerdem die arbeitende Bevölkerung – Mindestlohnsklaven der Friedhofsschicht. Reinigungspersonal und Krankenhauspförtner, Lagerarbeiter und Fabrikmalocher. Allen steht die gleiche Frage auf die Stirn geschrieben: *Was mache ich hier eigentlich?*

Eine Frau in einem Putz-Overall blickt von ihrem Buch auf und grüßt mit einem verhaltenen Lächeln. Ich nicke zurück und stelle fest, dass sie *Harry Potter* liest – eine kurze Flucht in eine andere Welt, in der man Besen zum Fliegen benutzt statt dazu, den Dreck anderer Leute aufzufegen.

Nachdem ich mir im oberen Deck einen Fensterplatz in der Mitte ausgesucht habe, klingelt auch schon mein Handy. Tash, wer sonst?

«Hey, Süße, wo bist du?»

«Im Bus.» Ich rede leise, weil ich es peinlich finde, wenn man im Bus in sein Handy schreit. Aber das dürfte heute kein Problem sein, weil Tash nicht fürs Zuhören geboren ist.

«Geht's denn? Du hättest dich besser krank melden sollen.»

«Ich konnte das doch nicht alles dir überlassen.» (Seht ihr's? Also stimmt für Alex, sie ist die Beste!)

«Wow, Danke! Ich bin echt mega aufgeregt.» Aus den Hintergrundgeräuschen schließe ich, dass sie ebenfalls auf dem Weg zur Arbeit ist. «Was für ein Abend! Du hättest mitkommen sollen, Süße.»

Sie hat recht, das hätte ich besser gemacht.

«Val hat uns doch tatsächlich umsonst ins Pandemonium geschleust!»

«Wow!»

«Kann man wohl sagen!» Tash sprudelt Emojis in die Leitung. «Val kennt den Türsteher. Echt, die Frau kennt einfach jeden!»

Ich verkneife mir die naheliegende Bemerkung.

«Und rate mal, wer gespielt hat? Einfach mal *Prayer for Halo!*»

«Echt.» Ich mag *Prayer for Halo*. Ich hätte wirklich mitkommen sollen.

«Du ahnst nicht, was Val noch gemacht hat!»

Bestimmt was Tolles.

«Sie ist auf die Bühne geklettert!»

Okay, das würde man von mir tatsächlich nicht zu sehen bekommen.

«Und dann – das glaubst du nicht – ist sie geradewegs zu Marco gegangen und hat die Arme um seinen Bauch gelegt, während er gespielt hat!»

«Marco?»

«Marco Lee!» Ich höre ihr an, wie fassungslos sie ist. «Der geilste Bassist auf unserem Planeten!»

«Ach, *der* Marco. Ich dachte, du meinst den anderen Marco, der bei Coop arbeitet.»

Tash schnalzt missbilligend mit der Zunge, aber sie ist viel zu begeistert von ihrer Geschichte, um aufzuhören. «Egal, Val tanzt da oben hinter Marco, und dann kommen die Leute von der Security und schleppen alle von der Bühne. Ich dachte schon, jetzt wird Val verhaftet oder rausgeworfen, aber sie hat Marco einfach einen Kuss auf die Wange gegeben und ist von der Bühne gesprungen – mitten in die Menge!», erzählt Tash wie ein Fangirl aus der Siebten bei einer Signierstunde von Boys 'R' Us. «Ich so: Wahnsinn! Und wenn sie sie nicht auffangen?»

Ja, das wäre eine wahre Tragödie gewesen.

«Ich sag's dir, Süße, du hast was verpasst!»

«Jep.»

«Und du?», fragt Tash. «Hast du gestern noch was gemacht?»

Bevor ich antworten kann, feuert mein Brummschädel eine weitere Salve durch meine Stirn. Als ich vor

Schmerzen die Augen schließe, schwimmt ein Bilderfetzen von weißen Kacheln oder auch von Zähnen über meine Netzhaut. Der Anblick kommt mir vertraut vor, als müsste er mir etwas sagen.

«Alex? Bist du noch da?»

Ich öffne die Augen – leicht überrascht, weil ich immer noch im Bus bin. «Ja, ich bin hier.» Ich betrachte mein Spiegelbild in der Scheibe, doch die beleuchteten Fenster der Geschäfte und Wohnungen schieben sich über mein geisterhaftes Gesicht, bis ich mich erst nicht mehr scharf und dann gar nicht mehr sehe.

«Also, was hast du denn nun gestern gemacht?», fragt Tash beharrlich.

Ich könnte ihr sagen, was sie Tolles verpasst hat, weil sie nicht bei mir war, nämlich einen adrenalingesteuerten Abend, an dem ich meine Bücher und CDs neu sortiert habe.

Als ob.

«Heute Abend Tokyo Girl, ja?», sage ich stattdessen und schüttle den eisigen Schauer ab, der mich durchfährt.

«Unbedingt!»

★

Der Ausblick verändert sich, nachdem wir das Labyrinth der Siedlung verlassen haben, und ich verspüre allmählich eine immer stärkere Beklommenheit. Dem

Bus scheint es ähnlich zu gehen. Mit einem Eifer, als müsste er dem Ort entkommen, bevor jemand die Räder abschraubt, rast er den Hügel hoch und kriegt genügend Schwung, sodass er es schafft, die klebrigen Straßen, die ihn anscheinend festhalten wollen, hinter sich zu lassen.

Ich stecke meine Ohrhörer wieder ein und lehne den Kopf ans Fenster. Meine Lider sind schwer und brennen, weil ich zu wenig geschlafen habe, und es schadet sicher nicht, sie ein Weilchen zu schließen.

Es ist dunkel, und ich bekomme keine Luft. Ich will mich bewegen, doch vergeblich. Ein Gewicht lastet auf meiner Brust und drückt mich zu Boden. Ich muss schreien, doch als ich den Mund öffne, geschieht gar nichts.

Ruckartig werde ich wach, peinlich berührt.

Wie lange habe ich wohl geschlafen? Habe ich etwa geschnarcht oder meine Haltestelle verpasst?

Ich wische über die beschlagene Scheibe, bis ich hindurchsehen kann.

Bäume. Große Häuser mit langen Auffahrten und teuren Autos. Also bin ich fast da.

Der nächste Song ist von Tokyo Girl. Ich finde ihn super, aber im Moment möchte ich lieber nicht an heute Abend denken, also fasse ich in die Tasche und drücke auf die Handytaste, mit der der Track übersprungen wird.

Ein Schauer läuft mir über den Rücken, als ich mich

an einen Traumfetzen erinnere: an das Gefühl, nicht atmen zu können. Grauenhaft.

Haus Ulmenblick, Heim für Lebenserfahrene (nicht der offizielle Name) liegt auf einer Hügelkuppe mit Aussicht auf die Stadt, als würde es sie beherrschen. Früher war das tatsächlich so, als Hardacre nur aus versprengten Bauernhöfen im Tal und kleinen Häuschen bestand und der Gutsbesitzer mit seiner Familie in Haus Ulmenblick residierte. Am Empfang hängt ein Porträt von ihm, vor dem ich mich wahrhaftig fürchte. Mit den Koteletten und seinem Rüschenhemd wirkt er wie der Teufel in Person, und sein Blick strahlt die Warnung aus: *Ihr, die ihr hier eintretet, lasst alle Hoffnung fahren!*

Ein dumpfes Geräusch, jemand flucht. Als ich aufschaue, dreht sich die Harry-Potter-Leserin auf ihrem Platz um. Unsere Blicke treffen sich, und sie entschuldigt sich mit einem kleinlauten Lächeln. «Ich habe meinen Ring fallenlassen. Siehst du ihn vielleicht? Ich glaube, er ist unter deinen Sitz gerollt.»

Ich schaue in die trüben Schatten an meinen Füßen, ohne den Ring zu entdecken.

«Moment.»

Ich rutsche herunter, gehe im Gang in die Hocke und leuchte mit dem Handy in das Dickicht aus Schuhen und Taschen. Als wir um eine Kurve biegen, rollt etwas hinter einer weggeworfenen Chipstüte hervor und trudelt Richtung Rückbank.

Ich verfolge den Ring im Krebsgang und schnappe ihn mir, bevor das Ding wieder außer Sicht rollt. «Hab ihn!»

Ich bin immer noch in der Hocke, da macht der Bus plötzlich einen Satz nach vorn und schlingert so heftig, dass ich umfalle.

Nach einem lauten Knall explodiert plötzlich eine Scheibe, und Glassplitter fliegen durch die Luft. Ein dicker Ast schlägt ein Fenster ein, er windet seine Zweige wie hölzerne Fangarme durch den Bus und krallt sich in die Decke. Wehende Blätter, knackendes Holz und Staub wirbeln durch die Luft.

Schließlich kommt der Bus mit einem Ruck zum Stehen und schwankt auf seinen Rädern.

Jemand flucht. Ich wahrscheinlich.

Nach einem Augenblick vollkommener Stille ruft der Fahrer von unten und will wissen, ob jemand verletzt ist. Ich höre die Panik in seiner Stimme, als er mit donnernden Schritten die Treppe hocheilt. Er sagt etwas über ein Motorrad – er musste ausscheren, um auszuweichen, ist dabei auf den Bürgersteig geraten und gegen einen Baum gefahren.

Auf einmal merke ich, dass die anderen Fahrgäste mich anstarren.

«Dein Platz», sagt die Harry-Potter-Frau und streckt einen zitternden Finger aus.

Ich drehe den Kopf dorthin, wo ich eben noch gesessen habe.

Die Fensterscheibe ist zerstört, und ein Ast, dicker als mein Arm, hat sich in den Sitz gebohrt, und zwar mit so viel Wucht, dass er den grünen Bezug, die Kunststoffpolsterung und den Holzrahmen satt durchstoßen hat und auf der anderen Seite hervorsticht.

Hätte ich noch dort gesessen, wäre ich ebenfalls aufgespießt worden.

5 WO BIN ICH NUR MIT MEINEN GEDANKEN?

Ich starre wie gebannt auf das Loch im Sitz, das der Ast gerissen hat. Er hätte genau mein Herz getroffen, das gerade auf und ab hüpft wie ein Shih Tzu auf dem Trampolin.

Um ein Haar wäre ich gestorben.

Aus irgendeinem Grund schockiert mich das nicht so, wie man meinen könnte. Erneut blitzt ein Bild auf: das meiner Leiche auf einer Bahre in einer Leichenhalle … Ich spüre in meiner Kehle, dass sich mein Frühstück wieder auf den Weg nach oben macht – wie Ratten, die aus einem überlaufenden Abflussrohr fliehen.

«Geht's? Alles in Ordnung?» Der Busfahrer ist blass, und die Hand, die er mir auf die Schulter gelegt hat, zittert.

Ich nicke, obwohl es mir schlecht geht und nichts in Ordnung ist.

Der Fahrer teilt uns mit, dass ein neuer Bus geschickt wird und der Krankenwagen unterwegs ist. Er möchte, dass ich auf die Sanitäter warte, aber ich will nur noch hier weg – fort von meinem ramponierten Sitzplatz. Ich starre auf die Polsterung, die aus dem Loch quillt, auf das gesplitterte Holz und den zerfetzten Stoff. Wenn ich noch dort säße, würde es auch aus mir herausquellen …

«Ich muss zur Arbeit!», platze ich heraus, taumle die

Stufen hinunter und halte mich am Geländer fest, weil meine Beine wie Wackelpudding sind.

Die Türen sind offen, und draußen auf dem Bürgersteig stehen Fahrgäste und Passanten, die den Unfall beobachtet haben und helfen oder vielleicht auch nur Fotos machen wollen.

Ich dränge mich hindurch und zwinge meine Beine, mich aufrecht zu halten und so lange weiterzugehen, bis ich die Unfallstelle hinter mir gelassen habe.

Beinahe wäre ich gestorben, aber es macht mich auch fertig, dass ich *wusste*, es würde irgendetwas Schlimmes passieren. Das war mir schon beim Aufwachen klar.

Soll ich das vielleicht lieber mal erklären?

Einen klassischen Horrorfilm hat ja wohl jeder schon gesehen. Und diese Szene ist auch bekannt: Mitten in der Nacht bleibt ein Auto auf einer einsamen Straße liegen. Ein paar Freunde steigen aus und gehen zum nächstgelegenen unheimlichen Häuschen, um Hilfe zu holen. Während sie darauf zugehen, sagt einer von ihnen: *Äh, Leute, ich habe ein schlechtes Gefühl.* Die anderen fallen über ihn (oder sie) her, weil er oder sie Angst hat, aber man weiß schon, dass sie am Ende des Films alle tot sein werden.

Tja, dieser Typ beziehungsweise dieses Mädchen bin ich. Die Szene spielt sich in Dauerschleife in meinem Kopf ab und tauscht immer wieder die Location aus, je nachdem, was ich gerade machen will. Es fühlt sich wie ein eingebauter Sabotage-Mechanismus an. Sobald ich etwas vorhabe, macht mich meine bösartige Fantasie verrückt, bis ich von einer nahenden Katastrophe derart überzeugt bin, dass ich eine Panikattacke bekomme und nicht mehr in der Lage bin, das Haus zu verlassen.

Der heutige Morgen war eine Warnung – die Kopfschmerzen, die Übelkeit … Auf die Art und Weise hat mein Körper mir geraten, wieder ins Bett zu gehen und mich unter der Decke zu verstecken.

Nur weil ich Tash so dringend sehen wollte, habe ich nicht darauf geachtet. Und das kommt dabei heraus.

Erst am Tor von Haus Ulmenblick fällt mir auf, dass ich immer noch den Ring der Harry-Potter-Leserin umklammere. Ich hatte ihn mir vorher gar nicht angesehen, doch jetzt erkenne ich, wie hässlich er ist. Der eingefasste Stein besteht aus einem grüngesichtigen Wasserspeier, der die Zunge rausstreckt. Wie kann man nur so etwas tragen?

Doch wenn die Frau ihn nicht aus Versehen fallen gelassen hätte …

Wenn ich nicht am Boden herumgekrochen wäre, um ihn zu suchen …

Wäre ich jetzt tot.

Mit einem Mal ist dieser abscheuliche Ring das schönste Ding auf der ganzen Welt.

Ich sollte ihn zurückgeben, das wäre das Mindeste. Wenn ich das nächste Mal in der Stadt bin, gebe ich ihn am Busbahnhof ab. Bis dahin muss ich ihn sicher aufbewahren.

Als ich den Ring tief in die Jeanstasche stecke, flackert erneut das Bild meiner Leiche auf einer Bahre auf.

«Ja, ich hab's verstanden!», sage ich laut. «So hätte es laufen können. Ist es aber nicht, also halt die Klappe!»

Doch was mich wirklich verstört, ist die absurde Annahme, es sei kein Unfall, dass der Ast den Sitz durchbohrt hat, auf dem *ich* normalerweise gesessen hätte. Das ergibt keinen Sinn, ich weiß, aber die Idee klebt wie Kaugummi in meinem Hinterkopf.

Ich rede mir gut zu, dass ich sonst einfach Pech gehabt hätte, dass es purer Zufall war.

Auf keinen Fall konnte es sich um einen Mordversuch handeln.

Allein die Vorstellung ist total lächerlich.

Oder?

★

Meine Hand zittert, als ich den Mitarbeiterausweis ans Tor von Haus Ulmenblick halte. Es ist sowieso schon unheimlich, im Dunkeln hier anzukommen, an der perfekten Location für einen Horrorfilm. Gruselig, wie das alte Haus am Ende der verschatteten Auffahrt lauert, umgeben von turmhohen Ulmen, die im Wind rauschen.

Darum fluche ich wahrscheinlich auch ausführlich und mache beinahe mir in die Hose, als mir eine Gestalt aus der Finsternis entgegentorkelt.

Ein Hausbewohner im Schlafanzug läuft mit nackten Füßen über den Rasen und schlurft auf mich zu.

Augenblicklich kommt meine umfassende Pflegeausbildung für Senioren zum Einsatz, und ich schließe messerscharf, dass der Mann nicht hierhergehört. (Beeindruckt? So soll das sein.)

«Äh … Hallo?»

Beim Klang meiner Stimme zuckt er zusammen.

Ich lächle. «Geht es Ihnen gut?»

Der Rentner runzelt die Stirn und senkt den Blick auf seine Füße. «Ich bin auf dem Rasen», sagt er mit verwirrter Miene.

«Das stimmt. Ohne Pantoffeln ist es bestimmt sehr kalt.»

Ich überlege, ob er ein Demenzpatient ist. (Stellt euch euren Verstand wie ein Zimmer vor, in dem eure Erinnerungen ordentlich auf Regalen gestapelt sind. Eines Tages platzt die Demenz wie ein ungezogenes Kleinkind herein und wirft alles auf den Boden. Das ganze Zeug gerät durcheinander, wird mit Buntstiften bekritzelt und verschwindet in einem Spalt im Fußboden.)

«Wir dürfen nicht auf den Rasen.» Jetzt klingt der Mann beunruhigt.

Ich muss ihn wieder ins Haus schaffen, bevor er sich eine Lungenentzündung holt.

«Dann gehen wir besser rein, oder? Ich mache Ihnen einen schönen heißen Tee zum Aufwärmen.» Sanft fasse ich seinen Ellbogen.

Es ist, als würde eine Falle zuschnappen. Wahrscheinlich *will* er gar nicht zuschlagen, sondern mich nur abschütteln. Wie auch immer, das Ergebnis ist das gleiche: Ich habe eine dicke Lippe und schmecke Blut.

Fluchend schaue ich ihm hinterher, als er erneut über den Rasen torkelt.

Ernsthaft? Ich wäre im Bus beinahe zu Kebab geworden, da hat mir das hier gerade noch gefehlt!

Aber ich kann den Mann nicht einfach frei herumlaufen lassen.

Ich folge ihm in sicherem Abstand und hoffe, dass er die Kraft verliert und ruhig zurückkommt. Ein Plan B fällt mir gerade nicht ein.

Dieser erscheint in Gestalt meiner Chefin.

Ich höre sie schon kommen, bevor ich sie sehen kann – mit klimperndem Schmuck und einem neonblauen Seidenschal, der sich wie ein Umhang hinter ihr aufbauscht, kommt sie angerauscht. Marianne ist sehr klein, knapp einsfünfzig, doch was ihr an Größe fehlt, gleicht sie mit Breite, Farbe und Lärm aus.

«Wollen wir vielleicht ausbüxen, Derek?» Keine Sirene könnte den alten Mann ruckartiger zum Stehen bringen als Mariannes Stimme.

Derek wirkt regelrecht geschockt, als wäre er gerade aufgewacht und wüsste nicht, wo er ist.

«Wir können doch nicht zulassen, dass Sie weggehen und in Schwierigkeiten geraten, oder?» Marianne spricht mit allen, als wären sie fünf Jahre alt. Auch wenn sie schimpft, lächelt sie wie in einer Fernsehsendung für Kinder.

Derek schüttelt wenig überzeugt den Kopf.

«Gut, dass du da warst, Alexandra!» Marianne schenkt mir ihr typisches Lächeln, doch dann runzelt sie die Stirn. «O je, du blutest ja an der Lippe! Das war doch nicht etwa Derek, oder?»

«Nein! Ich, hm, mein Bus ist gegen einen Baum gefahren, gerade eben, auf dem Weg hierher. Ich bin mit dem Gesicht auf den Vordersitz geschlagen.» Was soll ich machen? Einen verwirrten alten Mann verpetzen? Ich habe gesehen, wie Marianne die Bewohner behandelt, wenn sie sich unbeobachtet glaubt.

«Dein Bus!» Sie reißt die Augen auf und ist die Fürsorge in Person. «Ach du meine Güte! Bist du sicher, dass du heute arbeiten kannst?»

Einen Augenblick lang bin ich in Versuchung … Seit ich aufgewacht bin, habe ich ein schlechtes Gefühl, was diesen Tag angeht, und bisher hat sich die Vorahnung mehr als bewahrheitet. Aber ich muss dringend mit Tash sprechen.

«Ja, geht schon», antworte ich. «Ich helfe Ihnen, Derek ins Haus zu bringen.»

Sie lächelt. «Ach, das schaffe ich schon allein. Geh lieber nach oben. Natasha fragt sich bestimmt, wo du bleibst. Wir verstehen uns gut, Derek und ich, nicht wahr, Derek?»

Der alte Mann gibt keine Antwort. Sein Blick schweift in die Dunkelheit, als hätte er dort etwas vergessen und könnte sich nicht mehr daran erinnern, was es war oder wo er es hingelegt hat.

Ich habe ein schlechtes Gewissen, weil ich ihn mit ihr allein lasse, aber sie ist die Chefin, was soll ich machen?

6 «DAS MACHST DU IMMER SO»

«Du siehst ja vielleicht fertig aus, Süße!», sagt Tash am anderen Ende des Speisesaals.

«Danke.»

«Bitte.»

Das ist unser gewohntes Geplänkel, aber ich muss trotzdem lächeln.

Dann schnappe ich mir einen Stapel Müslischüsseln vom Küchenwagen und bringe Tash auf den neuesten Stand meines lustigen Vormittags.

«Das ist ja fürchterlich! Geht's denn einigermaßen?» Sie kommt quer durch den Raum und umarmt mich.

«Ehrlich gesagt, fällt es mir sehr schwer, nicht komplett auszuflippen! Schon als ich aufgewacht bin, fühlte sich alles sehr merkwürdig an. Kein Witz, das meine ich ... ganz ernst.» Unsere Blicke treffen sich – sie weiß, was ich beinahe gesagt hätte.

«Ich habe dir geraten, zu Hause zu bleiben», sagt Tash und fährt fort, die Tische fürs Frühstück zu decken.

«Aber ich wollte dich nicht im Stich lassen.»

«Wenn das so ist – meinst du, du könntest auch diese Schüsseln auf den Tischen *verteilen*? In fünf Minuten geben wir das Essen aus.»

«'tschuldigung!» Ich setze mich in Marsch. «Ich muss nur andauernd an diesen Ast denken – es war, als hätte er direkt auf mich gezielt!» Die Worte sprudeln hervor, bevor ich richtig darüber nachgedacht habe.

Tash hält in ihrer Frühstücksvorbereitung so lange inne, bis ich mir ihren Gesichtsausdruck gut einprägen konnte. «Alex! Ich weiß, du denkst, die ganze Welt hat es auf dich abgesehen, aber überleg mal, was du da sagst! Wenn dir jemand den Tod wünschen würde, gäbe es tausend einfachere Methoden.»

Wie üblich hat Tash recht.

Trotzdem.

… es ist dunkel, und ich spüre das Gewicht der Körper, die von allen Seiten gegen mich drücken. Kann nicht atmen, kann mich nicht bewegen. Ich will schreien, brüllen, aber in meinen Lungen ist nicht genug Luft …

Ich erschauere.

«Alex?» Tash beobachtet mich.

Kopfschüttelnd ringe ich mir ein Lächeln ab. «Tut mir leid! Ich …» Doch ich weiß selbst nicht, was gerade geschehen ist, und kann es noch weniger erklären.

Ehe ich länger darüber nachdenken kann, wird die Tür aufgestoßen, und die alten Leute drängen in den Speisesaal.

«Los geht's», murrt Tash. «Halt dich ran.»

In der nächsten Stunde schenke ich Tee und Kaffee aus, hole Toast und Haferbrei und werde von der Hälfte der Bewohner mit *Alice* angeredet, weil es ihnen nicht in den Kopf geht, dass ein Mädchen Alex heißen kann. (Ist mir egal, ich habe schon Schlimmeres gehört.)

«Du da!» Eine makellos gekleidete Dame mit silbernem Haar schnipst mit den Fingern, um meine Aufmerksamkeit zu erregen. Tash meint, auf so etwas sollte ich gar nicht reagieren, aber das bringe ich nicht übers Herz.

«Hallo Nerys. Wie geht es Ihnen heute Morgen?» Ich ziehe es vor, auf Grobheiten mit ausgesuchter Höflichkeit zu reagieren, damit die Leute sich schämen und netter werden. Es klappt nur selten, aber ich gebe die Hoffnung nicht auf.

Mit ihrem Verhalten bestätigt Nerys genau meine bisherigen Erfahrungen. Sie ignoriert meine Begrüßung und gestikuliert angewidert mit der Hand über ihrem Teller. «Hätte ich Brot haben wollen, dann hätte ich Brot bestellt. Ich hatte um Toast gebeten. Dieses dumme Gör hört einfach nie zu.»

Nerys meint Tash und hat vielleicht sogar recht, aber das bringt mich trotzdem auf die Barrikaden. Ich habe den starken Verdacht, dass sie Tash nicht mag, weil sie schwarz ist. Da sie sich letzte Woche beschwert hat, Tash habe ihr verbrannten Toast serviert, hat Tash ihr heute wahrscheinlich einen zu kurz getoasteten gebracht.

«Sie ist auf einem Ohr taub», sage ich zu Nerys, bevor ich es mir verkneifen kann. «Wahrscheinlich haben Sie zu ihrer schlechten Seite gesprochen. Sie müssen schreien, damit sie Sie versteht.» Ich nehme den beanstandeten Toast wieder mit. «Gleich gibt es frischen.»

Fünf Minuten später komme ich auf dem Weg zur Küche an Tash vorbei.

«Was hat Nerys bloß heute Morgen?», fragt sie. «Sie schreit mich die ganze Zeit an.»

Ich erkläre ihr mein Geflunker von eben.

Tash lacht, und ein boshaftes Funkeln strahlt in ihren Augen. «Oh, okay, cool!»

Bei meiner Rückkehr in den Speisesaal höre ich Nerys schon an der Tür. Sie regt sich furchtbar auf und schnauzt Tash an, die absichtlich alles falsch versteht.

«Ja, das ist schon schade. Aber zum Glück ist nur ein Ohr betroffen», sagt Tash.

«Ich sagte, ich möchte mehr MARMELADE!», brüllt Nerys.

«Zum Frühstück gibt es keine Limonade», erwidert Tash, ohne mit der Wimper zu zucken, die Unschuld in Person.

Nerys sieht aus, als wäre sie kurz vorm Platzen.

Im Vorbeigehen fängt Tash meinen Blick auf und grinst.

Einen Augenblick lang kann ich so tun, als hätte sich nichts verändert und alles wäre, wie es sollte. Für kurze Zeit vergesse ich sogar den Vorfall im Bus und alles andere.

Dann haben wir das Frühstück hinter uns.

Während sich der Saal leert, kehren die Gedanken, die ich erfolgreich verdrängt habe, zurück und machen sich in der Stille breit.

Ich hole Tash ein, die mit einem Stapel schmutziger Teller auf dem Weg zur Küche ist. «Ich dachte …»

«Das hatten wir doch gerade erst!»

«Ich meine ja nur, wegen allem, was schon passiert ist. Wärst du sauer, wenn wir da heute Abend nicht hingehen würden? Mein Vater ist nicht da, wir könnten bei mir bleiben, uns mit Junkfood vollstopfen und Horrorfilme gucken! Wie früher.»

Tash antwortet nicht. Sie stellt die Teller ab und sortiert sie in die Spülmaschine, bevor sie mich ernst ansieht.

«Süße! Das ist der Auftritt von Tokyo Girl!» Sie packt meine Schultern. «Sie kommen HIERHER! In unsere öde Kleinstadt! HEUTE ABEND!»

«Weiß ich.»

«Und wenn sie nun nie wieder nach England kommen? Und selbst wenn, werden sie nie wieder HIER auftreten! Das könnte deine letzte Chance sein, sie zu erleben. Und die willst du wirklich vergeuden? Du willst zu Hause bleiben und alte Filme schauen?»

«Ich weiß, es ist ja auch nur …»

Ich folge ihr zurück in den Speisesaal.

«Ich hab's kapiert, dass du einen schlechten Tag hast», sagt Tash. «Nach deinem Morgen würde jeder ausflippen. Aber es war nur ein Unfall und keine Warnung davor, dass die Welt dich umbringen will!»

Sie rollt den Müsliwagen in die Mitte. «Das machst du immer so, weißt du? Sobald wir etwas planen, bekommst du Angst. Du redest dir ein, du wärst krank, oder hast eine deiner ‹schlimmen Vorahnungen›. Erinnerst du dich an die letzte Kirmes? Du wolltest auf kein einziges Karussell, weil du ‹wusstest›, dass irgendwo eine Schraube locker war. Oder als wir nach London fahren wollten, da hast du geträumt, es gäbe ein Zugunglück, und wir sind hier geblieben. Kommt dir das bekannt vor?»

«Es tut mir leid!»

«Alex! Es geht hier nicht um mich – du bist es, die mir Sorgen macht! Es darf einfach nicht sein, dass du dir das entgehen lässt – schon wieder! Heute spielt Tokyo Girl!» Sie steckt die Hand in die Tasche ihrer Arbeitshose und reicht mir eine kleine rechteckige Plastikkarte. «Außerdem habe ich schon Vals Ausweis für dich ausgeliehen.»

Natürlich, das hatte ich vergessen. Val ist schon achtzehn, noch ein Gummipunkt für sie.

Ich betrachte die Karte. Da ist sie: Valentina Tereshkova. Sogar ihr Name hört sich nach russischer Spionin an. Und wie kann *irgendwer* auf diesem dämlichen digitalen Ausweisfoto derart gut aussehen?

«Niemand glaubt, dass ich das bin, Tash! Ich sehe ihr überhaupt nicht ähnlich!»

«Wenn du die Brille abnimmst und denen sagst, dass du deinen Pony rauswachsen lässt, passt das schon. So genau sehen sie nicht hin. Oh, und vergiss nicht, das du Rumänin bist.»

«Was? Ich spreche kein Wort Rumänisch!»

«Echt, Alex! Du musst die Sprache doch nicht können! Val spricht sie auch nicht.» Tash schüttelt den Kopf. «Worüber haben wir gerade gesprochen? Ich dachte, du freust dich?»

«Ja, tue ich auch. Danke! Aber ich mache mir eben Sorgen, das ist alles.» Ich stecke den Ausweis in die Tasche. «Was ist, wenn ich wieder eine Panikattacke bekomme? Das will ich dir nicht noch mal antun. Ich dachte einfach, es wäre besser, wenn ich nicht hingehe. Lieber zu vorsichtig als zu leichtsinnig, nein?»

«Nein!» Tash zeigt mit einem Marmeladenmesser auf mich. «Wenn du es nicht einmal versuchst, kommst du nie weiter. Das garantiere ich dir.» Sie lächelt. «Ich lasse es nicht zu, dass du zu einer alten verrückten Einsiedlerin wirst, die tausend Katzen hält und die alle Kinder für eine Hexe halten.»

Ich muss lachen. «So schlecht hört sich das doch gar nicht an. Ich wollte immer schon eine Katze haben. Das könnte mir echt Spaß machen – eine überfahrene Katze an mein Gartentor hängen und den kleinen Scheißern Angst einjagen!» Ich grinse, doch Tash will nichts davon hören.

«Mach ruhig Witze, Süße, aber es ist dein Leben, und aus meiner Sicht ist es nicht so lustig.» Mit einem Seufzer wendet sie sich ab. «Ich gehe heute Abend zu Tokyo Girl, Alex, und ich fände es toll, wenn du mitkommst. Aber ich werde dich nicht zwingen.»

Es ist noch nicht lange her, da hätte Tash nicht so schnell aufgegeben.

«Ach, räumt ihr immer noch das Frühstück weg, Mädels?» Marianne erscheint ganz plötzlich wie ein Geist aus einem Märchen (allerdings ohne die Rauchwolke). Sie wirft einen missbilligenden Blick auf die halb abgeräumten Tische. «Könnte eine von euch bitte in Zimmer Zwölf vorbeischauen? Thelma ist gerade aus dem Krankenhaus zurückgekommen und muss zur Toilette.» Ihre Stimme wird immer leiser, bis sie die letzten Worte nur noch flüstert, als wäre es peinlich, sie laut auszusprechen.

Ich fange Tashs Blick auf. Sie hasst den Klodienst.

«Ich mache das.»

«Danke, Alex!»

«Bitte schön!»

Tash lächelt, aber plötzlich kommt mir unser altes Geplänkel überholt vor.

★

In den Gängen von Ulmenblick herrscht ein gewisses – sagen wir mal – Aroma. Marianne hat in regelmäßigen Abständen Lufterfrischer installiert, doch auch sie können den Geruch nicht vollständig überlagern, der einem sofort sagt, dass hier nur alte Menschen wohnen. Damit meine ich gar nicht den Hauch von Lavendel und Urin – ich meine den Tod. Die Luft ist davon erfüllt, als würde der Sensenmann höchstpersönlich in den Fluren lauern, sich in den Schränken und unter den Betten verstecken und sich im Badezimmer auf einen stürzen.

Ein Schauer läuft mir über den Rücken.

Das war gruselig! Was zum Teufel ist mit mir los? Das kommt vermutlich daher, dass ich den Klauen des Todes so knapp entronnen bin. Trotzdem, mach dich locker, Mädchen!

Vor Zimmer Zwölf klemme ich die Bettpfanne fester unter den Arm und klopfe.

7 MEINE NEUE LIEBLINGSBEWOHNERIN

«Herein!» Die Stimme ist schwach, aber bestimmt, und sie hat einen starken Akzent – Newcastle, würde ich sagen.

«Thelma?» In Haus Ulmenblick reden sich alle mit Vornamen an.

Die alte Frau im Bett nickt und schenkt mir ein zahnloses Lächeln. Sie ist sehr klein. Oder das Bett ist riesig, aber das glaube ich nicht.

Ich lächle zurück. «Ich heiße Alex. Wir sind uns noch nicht begegnet, oder?»

«Freut mich sehr, Alex. So gerne ich dich näher kennenlernen würde, gibt es doch gleich eine Überschwemmung, wenn ich nicht sofort ins Bad gehe. Eine Flutwelle – falls du verstehst, was ich meine?»

Ich grinse. Könnte sein, dass ich gerade meine neue Lieblingsbewohnerin getroffen habe.

«Keine Sorge, ich habe das Richtige dabei!» Als ich Thelma die Bettpfanne zeige, runzelt sie die Stirn.

«Wenn es dir nichts ausmacht, möchte ich doch lieber auf die Toilette gehen. Ich bin nicht mehr aufs Töpfchen gegangen, seit ich drei war, und will damit gar nicht erst wieder anfangen.»

«Okay! Wie Sie möchten. Nur weil Marianne gesagt hat …»

«Die will, dass ich im Bett bleibe», schnaubt die alte Frau. «Das macht weniger Ärger. Aber auch weniger Spaß, oder?»

Als ich Thelma aus dem Bett hole und auf die Beine helfe, holt sie scharf Luft und verkrampft den Kiefer vor Schmerzen.

«Sie sind sicher, dass Sie das wollen?»

Sie nickt. «Ich brauche nur meinen Wagen.»

Ich ziehe den Rollator hinter der Tür hervor.

«Werde bloß nicht alt, Alex, Liebes!», sagt Thelma und umklammert die Griffe. «Wenn du mich so siehst, wirst du es nicht glauben, aber ich war das fitteste Mädchen in meiner Schule. Bin immer allein klargekommen!» Sie mustert mich von oben bis unten. «Wenn ich wollte, könnte ich dich sogar jetzt noch mit bloßen Händen erwürgen! Das heißt, wenn ich mich nicht an diesem dummen Ding festhalten müsste, weil ich sonst auf den Rücken fallen würde!»

Ich lache und stelle mir eine jüngere Ausgabe von Thelma vor. Ich male mir aus, wie ihre Haut glatt und straff wird und wie ihr weißer Flaum sich als dunkles, welliges, kräftiges Haar um ihr Gesicht legt.

«Das liegt an diesem verflixten Körper», sagt sie und schlurft in den Gang. «Er bröselt mir einfach weg und lässt mich trotzdem nicht sterben. Ich kann dir sagen: Wenn ich wüsste, wie ich den Stecker ziehen könnte, wäre ich überglücklich!»

Ich bin entsetzt.

«Jetzt guck nicht so! Verwechsle Atmen nicht mit Leben! Sieh mich doch an, ich bin in diesem nutzlosen Gerippe gefangen. Aber hier oben stimmt's noch.» Sie hebt die Hand und tippt sich seitlich an den Kopf. «Ich habe noch alle Tassen im Schrank. Manchmal wünschte ich, ich würde wie Derek in La La Land leben und allen befehlen, das Klassenzimmer aufzusuchen und zum Unterricht zu kommen!» Sie grinst mit zahnlosem Lächeln und mit Haaren am Kinn. «Das wäre schön! Angeblich ist die schlimmste Strafe, wenn man einem Häftling eine Zelle mit Aussicht gibt. Es ist die reine Folter zuzusehen, wie die Welt ohne einen weitermacht, und man weiß, dass die da draußen ein Leben haben, während man selbst auf ein kleines Zimmer verbannt ist und wartet, bis jemand einen zum Klo bringt.»

Sie bleibt stehen und fixiert die Toilettentür, die nur noch wenige Meter entfernt ist.

«Das ist kein Leben, Alex, aber ich will mich nicht beschweren. Ich hatte eine tolle Zeit und mehr Spaß, als ich hätte erwarten dürfen. Aber jetzt bin ich bereit zu gehen und Platz für euch Junge zu machen.» Mit frischer Entschlossenheit geht sie weiter, angespornt von der Ziellinie.

In ihren Worten liegt kein Funken Selbstmitleid. Es ist schlicht die Wahrheit.

Aber sich zu wünschen, man wäre tot – ich erschauere.

★

Wir sind zurück, der Tsunami konnte abgewendet werden.

«Lass mich nur kurz verschnaufen, dann können wir mit dem Anziehen weitermachen, falls du noch Zeit hast, mir zur Hand zu gehen, Liebes.»

«Selbstverständlich.»

«Ich glaube nicht, dass ich dich hier schon mal gesehen habe», sagt Thelma und schneidet eine Grimasse, als ich ihr aufs Bett helfe.

«Ich arbeite nur samstags. Ehrenamtlich.»

«Du wirst nicht dafür bezahlt?»

Ich schüttle den Kopf.

«Hey, das ist doch nicht richtig! Du weißt aber schon, dass die Sklaverei abgeschafft wurde?»

Ich muss lachen. «Meine Freundin Tash arbeitet auch hier. Sie will auf die Krankenpflegeschule gehen und braucht ‹grundlegende Erfahrungen› für ihre Bewerbung. Ich bin hier, um ihr Gesellschaft zu leisten.»

«Das ist sehr nett von dir. Ihr seid offenbar richtig gut befreundet.»

«Jep.»

Aber eine *richtig* gute Freundin würde mit ihrer besten Freundin zu dem Konzert der Band gehen, auf die sie beide stehen, und nicht wegen einer «bescheuerten Vorahnung» kneifen.

Als Tash meinte, sie werde mich nicht zwingen, hat sie mir ein wenig den Druck genommen. Die Enttäuschung in ihrer Stimme und ihr bekümmerter Blick sind mir jedoch nicht entgangen. Andererseits: Wie enttäuscht wäre sie erst, wenn ich tatsächlich mitkäme und dann eine Panikattacke hätte? Wenn ich ihr so den Abend verderben würde? Wenn man darüber nachdenkt, bin ich ebenso rücksichtsvoll wie sie und entlasse *sie* aus der Verantwortung. Genau genommen bin ich also *wirklich* eine richtig gute Freundin. Außerdem muss Dad sich dann keine Sorgen machen. Das heißt, ich bin eine gute Freundin *und* eine rücksichtsvolle Tochter. Bravo! Manchmal muss man eben eine schwere Entscheidung treffen, um das Richtige zu tun.

Wem mache ich eigentlich etwas vor? Das ist der *leichte* Weg – zu kneifen und sich zu verstecken. Und das kann ich am besten. Auch wenn ich mir einrede, es ginge mir um Tash oder um meinen Vater, wissen alle, was für eine tolle Lügnerin ich bin.

Plötzlich merke ich, dass Thelma mit mir redet. «'tschuldigung! Ich war …»

Sie zeigt lächelnd auf einen schmalen Kleiderschrank in der Ecke ihres Zimmers. «Ich sagte gerade, dass mir heute nach ein wenig Glanz zumute ist. Im Schrank hängt eine rote Bluse, wenn du die kurz holen könntest, Alex?»

Das Oberteil ist nicht zu übersehen und ist so ausgefallen, dass es sich kaum beschreiben lässt. Aber ich versuche es trotzdem, so gut ich kann: Die Bluse ist aus einem glänzenden Material genäht und mit der Skyline von Manhattan bedruckt. Schon das ist mehr als auffällig, es hat das … gewisse Etwas. Aber das ist längst nicht alles: Die Fenster in den Gebäuden sind mit Pailletten verziert. Es müssen Hunderte sein. Und Thelma meinte, ihr wäre nach «ein wenig Glanz» zumute.

«Wow!»

«Zu heftig?»

«Überhaupt nicht! Was soll man auch sonst an einem Samstagmorgen im Aufenthaltsraum tragen?»

«Du hältst mich bestimmt für bekloppt – so ein altes Mädchen –, als würde man einem altersschwachen Gaul neue Hufeisen geben. Aber mir war immer ziemlich egal, was die anderen dachten. Mir geht es besser, wenn ich etwas Schönes anziehe, mir die Haare mache und ein bisschen Lippenstift auflege!»

«Nein, Sie haben ja recht.» Ehrlich gesagt, sind mir aufgedonnerte Frisuren und Lippenstift persönlich eher peinlich, und ich hätte nie den Mut, so ein Oberteil zu tragen.

Mein Vater hat sich früher oft Sorgen gemacht, weil es in meinem Leben keine Frau gab – also eine Mutter oder eine Oma. Eine Zeit lang hat er meiner Meinung nach hauptsächlich eine Freundin gesucht, damit ein weibliches Wesen bei uns ein- und ausging. Nach sechs Monaten voller katastrophaler Versuche konnte ich ihn endlich davon überzeugen, dass wir gut allein klarkommen würden. Doch er hat weiterhin versucht, diese Mutter-Tochter-Angelegenheiten zu kompensieren, die mir seiner Meinung nach fehlten.

Kurz nach meinem dreizehnten Geburtstag brachte Dad mir eine Ausgabe der *Vogue* mit. Nach dem Abendessen sahen wir uns das Magazin gemeinsam an, kamen aber nur bis zu dem vierseitigen Artikel mit der Überschrift «Geheimtipps für besseren Sex». An dieser Stelle murmelte Dad, das sollten wir für später aufheben, und flüchtete in die Küche, um den Abwasch zu machen.

Er hätte sich keine Sorgen machen müssen, denn alle Lücken in meinem Training «Wie werde ich eine erwachsene Frau?» wurden von Tash ausgefüllt – sie wuchs in einem Haushalt auf, in dem die Luft anscheinend mehr Lockstoff als Sauerstoff, mehr Östrogen als Oxygen enthielt. Nur zu gern flüchtete Tash daher zu uns. Hin und wieder frage ich mich dennoch, wie es mit einer Mutter oder zum Beispiel mit einer Oma wie Thelma gewesen wäre.

Die alte Frau hebt die Arme, damit ich ihr das bauschige Nachthemd ausziehen kann. Ohne den Stoff sieht sie noch kleiner aus, verletzlich wie ein Küken; ihre schlaffe, durchsichtige Haut ist so dünn, dass man das Netz der Adern und Knochen darunter sehen kann.

«Ich wollte immer schon nach New York», sage ich und nehme die Bluse vom Bügel.

«Hey, dann musst du dahin!»

Ich lache. «Tja, irgendwie kann ich mir nicht vorstellen, dass was daraus wird.»

«Wieso nicht?» Thelmas Stimme ist kurz gedämpft, während ich ihr das Oberteil über den Kopf ziehe. Als sie wieder auftaucht, blinzelt sie und richtet ihren strengen Blick auf mich. «Was hält dich davon ab?»

«Also, Geld zum Beispiel.»

«Geld!», schnaubt Thelma. «Die Wurzel alles Bösen, wonach alle Narren streben.» Sie zeigt mit ihrem krummen Finger auf mich. «Ich gebe dir einen Rat, Liebes: Lass es nicht zu, dass dir Geld oder der Mangel daran je in die Quere kommt.»

«Außerdem fliege ich nicht gerne. Ich habe kein Vertrauen in dieses große Metallding am Himmel, das niemand dort festhält!» Ich grinse sie an.

Doch Thelma bleibt ernst. «Aye, pass bloß auf, Alex. Angst darf nicht dein Leben bestimmen. Wenn du immer schon nach New York wolltest, dann fahr hin. Wozu ist das Leben sonst da, wenn wir uns unsere Wünsche nicht erfüllen? Wer nicht leben will, kann auch gleich sterben.»

Einen Augenblick lang blinkt das Bild der Leiche auf der Bahre in meinem Kopf wie eine schwache Glühbirne.

Ich schüttle es ab. «Es ist jetzt auch keine lebenslange Sehnsucht, so nun auch nicht», erwidere ich. «Ich dachte nur, na ja, könnte cool sein.»

Thelma sieht aus, als wollte sie noch mehr dazu sagen, doch dann ändert sie ihre Meinung. «So, noch ein bisschen Lippenstift zur Untermalung. Oder findest du das zu dick aufgetragen?»

«Thelma, mit diesem Top können Sie gar nicht zu dick auftragen!»

Sie grinst und spitzt die Lippen.

★

Nach zwanzig Minuten ist die Verschönerung rundum gelungen, und ich schiebe Thelma im Rollstuhl zum Aufenthaltsraum.

Sie erzählt mir eine Geschichte, wie sie auf einer Party betrunken über Bord gegangen ist, doch ich werde von der Musik abgelenkt – obwohl eine solche Bezeichnung für dieses Gedudel wirklich nicht angemessen ist.

Es ist die Sorte Schund, nach der man sich die Ohren ausspülen möchte. Eine dieser grässlichen Coverversionen, in dem ein Instrument die Gesangsmelodie übernimmt – Beatles-Hits auf Panflöten. So in der Art. Die musikalische Entsprechung eines Diätshakes, fad, künstlich versüßt und ohne die geringsten Nährstoffe. (Und glaubt mir, Leute, Musik nährt die Seele!)

«Hilfe! Was ist das?»

«Was ist was, Liebes?»

«Dieser scheußliche Lärm, den uns jemand als Musik verkaufen will!»

Thelma neigt den Kopf wie ein Vogel. «Tut mir leid, ich höre nichts. Meine Ohren sind allerdings auch nicht mehr das, was sie mal waren.»

«Glück gehabt!»

Ich überlege, aus welchem Zimmer der Krach kommen könnte, doch dann hört er auf, von einem Moment auf den anderen. Aber er hinterlässt ein unangenehmes Echo in meinen Ohren, als hätte ich die Klänge vor gar nicht langer Zeit schon einmal gehört. Leider weiß ich nicht mehr, wo. Mein Gehirn hat die Erinnerung wahrscheinlich mitsamt den anderen traumatischen Erfahrungen der jüngsten Zeit blockiert, um mir weitere Qualen zu ersparen.

Ich stelle mich wieder auf Thelmas Geschichte ein, doch das Echo klingt nach.

8 DOPPELTER WORTWERT

Der Aufenthaltsraum ist nach dem Frühstück im Schlummermodus, und nicht einmal Thelmas Auftritt als menschliche Discokugel kann den allgemeinen Stumpfsinn durchdringen.

«Bah, sieh dir das an!», murrt sie. «Hier ist es ja wie im Wartezimmer des Todes!»

Ich betrachte die erschlafften Bewohner, die in Übereinstimmung mit dem eintönigen Dudeln des Fernsehers schnarchend in ihren Sesseln hängen.

Nur am Fenster gibt es Anzeichen von Leben, wo Tash mit drei alten Frauen Karten spielt. Wir versuchen immer, die alten Menschen zu irgendwelchen Unternehmungen zu animieren – Karten- oder Brettspiele und sogar Origami und gemeinschaftliches Singen. (Nicht alles gleichzeitig, obwohl das vielleicht auch ginge?) Grundsätzlich geben wir alles, damit sie wach und interessiert bleiben, bis Marianne auftaucht, weil sie etwas gefunden hat, wo wir uns ihrer Meinung nach «nützlich» machen können.

Ich wende mich Thelma zu. «Was möchten Sie denn gerne tun?»

«Tja, ich hätte nichts gegen einen Ausflug in die Stadt. Ist eine Weile her, seit ich mir die Läden angesehen habe. Vielleicht verbunden mit einem weinseligen Mittagessen und dann ab in den Zug nach Newcastle, damit ich rechtzeitig zum Anpfiff da bin.»

«Wie wäre es mit einer Partie Scrabble?»

Als Thelma den Kopf hebt, sehe ich die Enttäuschung hinter dem Lächeln. «Aye, warum nicht? In der Stadt ist jetzt sowieso zu viel los, verschieben wir das auf später.»

Um ehrlich zu sein, bin ich auch kein großer Fan von Scrabble, aber Tashs Gruppe ist schon mitten im Spiel, und außerdem habe ich so eine Ausrede, mehr Zeit mit Thelma zu verbringen. Ihr Status als neue Lieblingsbewohnerin hat sich weiter gefestigt, seit sie ihre Megaglitzerbluse trägt.

Ich schiebe sie zu einem der sechseckigen Tische und bereite das Scrabble-Spiel vor, während mir durch den Kopf geht, was Thelma zum Thema «Leben und Tod» gesagt hat. Ich bin nicht dumm – ich verstehe die Botschaft. Ich weiß, was ich tun *sollte* und tun *muss*. Verdammt, ich *will* es ja auch! Aber es ist leicht, die Dinge theoretisch zu begreifen, und schwer, sie umzusetzen.

«Kann ich noch mitspielen?» Als Nerys sich einen Stuhl heranzieht, fallen ihr beim Anblick von Thelmas Bluse fast die Augen aus dem Kopf, doch sie sagt nichts.

«Hi, Nerys, klar. Je mehr, desto besser.» Ich lächle, obwohl sich Nerys nicht zum Spaß zu uns gesellt hat, sondern weil sie gewinnen will.

Ich verteile die Holzbänkchen und lasse den grünen Beutel mit den Buchstaben herumgehen.

Ohne Zeit zu verschwenden, legt Nerys das erste Wort. JAGD.

«Doppelter Wortwert, weil es das erste Wort ist, das gelegt worden ist, also zwanzig», verkündet sie und vergewissert sich, dass ich die richtige Zahl auf dem Block eintrage.

«Als ich klein war, habe ich Kaninchen gejagt», erzählt Thelma und senkt den Kopf tief über ihre Buchstaben. «Unser Sydney hat immer gebettelt, ich sollte ihn mitnehmen, aber dann hat er sich aufgeregt, wenn wir welche gefangen haben! Und *ich* habe von meiner Mutter einen drübergekriegt, weil ich ihn zum Heulen gebracht habe.» Sie schüttelt den Kopf und kehrt widerstrebend in die Gegenwart zurück.

Nerys hüstelt, das geht ihr alles zu langsam.

«Ich kann da oben EXTRA anbauen!», ruft Thelma fröhlich und verstreut die Buchstabensteine bei dem Versuch, sie vom Bänkchen aufs Brett zu befördern. «Legst du die Dinger für mich hin, bitte?»

Nerys freut sich nicht gerade, weil Thelma mit diesem pfiffigen Beitrag ihr X loswird und immerhin dreizehn Punkte erhält.

Als ich Thelmas Ergebnis aufschreiben möchte, steht es da schon, und das ist … sonderbar.

Ich wende mich wieder den Buchstabensteinen zu, doch mein Blick wandert immer wieder zu dem Block. Ich kann mich nicht erinnern, die Zahl dorthin geschrieben zu haben.

«Lass dir Zeit», sagt Nerys und tippt ungeduldig mit dem Finger an ihr Bänkchen.

«Wetten, sie hat was richtig Gutes, Alex?», sagt Thelma und zwinkert mir zu. «Sie hat Angst, dass du ihr den Platz zum Anlegen verbaust und ihr alles verdirbst.»

Thelma hat recht, Nerys hat tatsächlich schon ein Wort im Sinn. Sie will das X in EXTRA nehmen und MAXIMAL anlegen, was ihr den doppelten Wortwert und damit achtunddreißig Punkte einbringt.

Eine Hitzewelle erfasst mich. Ich blinzle.

Wo kam das denn her?

Es war, als könnte ich zusehen, wie das Ganze ablief, direkt vor mir auf dem Tisch.

Einen Augenblick lang scheint der Aufenthaltsraum zu flackern, als würde das Licht ausgehen, doch die Lampen sind gar nicht eingeschaltet. Einzig die Sonne strahlt durch die Fenster. Ich zupfe am Kragen meines Arbeitskittels und spüre, wie klamm die Haut darunter ist. Wahnsinn, wie heiß es hier ist!

Meine Kopfschmerzen kehren auch zurück. Ist es vielleicht doch ein Tumor? Das könnte erklären, warum ich unsinnige Dinge sehe. Wahrscheinlich steht mein Gehirn unmittelbar vorm Kurzschluss, und meine letzte Aktion in den armseligen sechzehn Jahren auf diesem Planeten besteht darin, kopfüber auf einen doppelten Wortwert zu fallen.

Oder … vielleicht ist es nur eine Erinnerung an das letzte Spiel. An einem Ort wie diesem verliert man leicht den Überblick, denn ein Samstag gleicht dem nächsten.

Und wie hätte ich sonst, bitte schön, wissen können, was Nerys vorhat? Nein, ich kann in keinem Fall vorhersehen, was sie legen wird.

Bedenkt man die zwei Möglichkeiten, ist diese definitiv die beste.

Die beiden alten Frauen warten zwischenzeitlich immer noch auf mich.

«Sorry!» Obwohl ich versuche, mich auf die Buchstaben zu konzentrieren, tanzen sie wie Fliegen über ein Fenster und weigern sich, Ruhe zu geben.

Reiß dich zusammen, Alex, das sind nur Buchstaben. Aus Buchstaben macht man Wörter, schon vergessen?

Stimmt, also, okay, ich könnte das E in EXTRA nehmen und ESEL legen. Na ja, das ist nicht gerade ein Zug, der meine Gegnerinnen zum Schlottern bringt, und noch dazu nicht sehr originell. Aber immerhin komme ich damit auf das Feld mit dem doppelten Wortwert. Und es ist ein Wort, das ich sogar im Schlaf buchstabieren kann.

Warum machen meine Finger dann nicht mit?

Weil ich gerne sehen möchte, was passiert, wenn ich Nerys die Möglichkeit zum Anlegen überlasse. Ich glaube zwar nicht, dass sie mit ihren Steinen das Wort MAXIMAL bilden wird, aber wer weiß?

Und wenn doch?

Wäre das cool?

Oder total unheimlich?

Es lässt sich leicht herausfinden.

Ich füge ein A, ein N und ein S an das G von JAGD und sichere mir spektakuläre sieben Punkte.

Doch ich schreibe sie nicht direkt auf, weil ich Nerys nicht aus den Augen lasse. Es kann ihr gar nicht schnell genug gehen, ihre Steine auf dem Brett zu platzieren.

Jetzt kommt's.

M und A links neben das X von EXTRA und rechts I-M-A-L.

Mein Herz bleibt stehen, ich schwöre.

«Das macht achtunddreißig für mich, Alice!»

Ich kann mich nicht rühren.

Sie beobachten mich.

«Geht's dir nicht gut, Liebes?», fragt Thelma. «Du bist ganz blass geworden.»

Ich befeuchte meine Lippen. «Doch, es ist nur …»

Mir geht's gar nicht gut. Mir geht's so was von schlecht, das ist unbeschreiblich.

Immerhin kenne ich jetzt die Antwort auf die Frage, ob es cool oder unheimlich ist. Eindeutig unheimlich, hundertprozentig UNHEIMLICH. Es ist kein bisschen cool!

Und es geht weiter … Gleich bietet Nerys mir ein Bonbon an. Ein extrastarkes Pfefferminzbonbon.

Das Wissen überfällt mich mit einer absoluten Sicherheit, so wie ich weiß, dass heute Samstag ist und A der erste Buchstabe im Alphabet.

Ich kann nichts dagegen tun.

«Hier, nimm eins», sagt Nerys und kramt in ihrer

Handtasche. «Die bringen mich immer wieder hoch, wenn mein Kreislauf mich im Stich lässt.»

Sie schiebt eine Packung *Extrastarke Pfefferminzbonbons* über den Tisch.

Das ist zu viel für mich.

«Entschuldigen Sie mich kurz?» Mein Magen macht nicht mehr mit. Ich schlage die Hand vor den Mund und renne zur Toilette.

9 ES GIBT EIN WORT DAFÜR

Ich beuge mich über das Waschbecken und spritze mir kaltes Wasser ins Gesicht.

Wie war das nur möglich?

Woher konnte ich *wissen*, was Nerys tun würde?

Unheimlich ist gar kein Ausdruck!

Ich kann nicht aufhören zu zittern.

Dann hebe ich den Kopf und streiche mir die feuchten Strähnen aus dem Gesicht. Das Mädchen im Spiegel wirkt gespenstischer und schemenhafter als je zuvor.

Wie geschieht mir?

Ich spritze mit noch mehr Wasser, aber als ich die Augen schließe, sehe ich erneut das Bild der Leiche auf der Bahre. Doch diesmal verschwindet es nicht sofort wieder. Weitere Bruchstücke werden an die Oberfläche geschwemmt, die ich ebenso wenig verstehe: Ein Typ mit Bart und glänzenden Zähnen; ein kalter Plastikstuhl, der in meine nackten Beine schneidet; und dieses Gefühl, nicht atmen zu können …

Die Panik breitet sich aus wie schnell trocknender Beton. Ich sehne mich danach, zu schlucken und den Kloß in meinem Hals loszuwerden, doch alles ist wie zugeschnürt. Es fühlt sich an, als würde ich von einer Riesenfaust zerquetscht. Meine Arme und Beine werden steif und kribbeln, bis eine vollständige Taubheit eintritt. Ich habe das Gefühl zu sterben – und dann wieder nicht. Es ist nur eine Panikattacke. Als ich merke, dass ich die Luft anhalte, atme ich aus und zwinge mich, tief durchzuatmen.

Langsam.

Aus.

Und ein.

Aus.

Und ein.

Meine Sinne werden überschwemmt mit dem bitteren Geschmack von Desinfektionsmitteln und anderen … Aromen. Was mich daran erinnert, dass tiefe Atemzüge in einer engen Toilette vielleicht keine gute Idee sind. Wenigstens habe ich die Panik mittlerweile in den Griff bekommen.

Doch irgendetwas ist immer noch da. Ich spüre, wie es sich durch den Tumult der widersprüchlichen Bilder, die mir im Kopf herumschwirren, nach vorne drängen und über dem Getöse und der Verwirrung bemerkbar machen will. Es winkt und gestikuliert wie wild, als hätte es mir etwas Dringendes zu erzählen. Ich sehe geradezu, wie es die Lippen bewegt, doch ich bin zu weit weg.

Als die Tür aufgerissen wird, zucke ich zusammen.

«Was ist los?», fragt Tash. «Ich habe gesehen, wie du rausgerannt bist.»

Ich lasse noch mehr Wasser aus dem Hahn in meine Hand laufen, während ich überlege, wie ich das Geschehene in Worte fassen soll.

«Das glaubst du mir nie.»

Tash zieht eine Augenbraue hoch.

Ich schildere ihr, was beim Scrabble passiert ist.

Sie lacht. «Mensch, Alex! Das kennt doch jeder. Man nennt das ...» Sie runzelt die Stirn. «Es gibt einen Begriff dafür. Was Ausländisches.»

«Déjà-vu?»

«Genau!»

Ich schüttle den Kopf. «Das war anders. Es ist nicht so, dass es passiert ist und ich *danach* das Gefühl hatte, ich hätte es schon erlebt – ich wusste es *vorher*!»

Tash zieht die Augenbrauen noch ein Stück höher. «Was? Jetzt kannst du auch noch die Zukunft vorhersagen?» Sie lehnt sich ans Waschbecken und verschränkt die Arme. «Und, was sage ich als Nächstes?»

Ich denke nach, aber da ist nichts.

«Weiß ich nicht.»

«Natürlich nicht. Weil sich das alles nur in deinem Kopf abspielt, Süße! Du drehst ein bisschen durch.» Sie lächelt. «Wahrscheinlich setzt der Schock von heute Morgen im Bus jetzt erst ein.»

Sie hat recht, ich weiß. Außer ...» Aber das ist nicht das erste Mal.» Es ist mir gerade erst klar geworden, und ich wünschte, ich wäre weiterhin ahnungslos. «Heute Morgen lief das Radio, und ich wusste vorher, was der Typ sagen würde – *und* welchen Song er als nächsten spielt.»

«Welcher Sender? Radio HAM?»

«Ja.»

«Da hast du's!», schnaubt Tash. «Der Typ hat doch nur zwei CDs, der spielt immer das Gleiche ab.» Sie legt mir eine Hand auf den Arm. «Jetzt mal ernsthaft, das sind Déjà-vus, wirklich! Und du siehst das eben alles sehr alexmäßig.»

Tja, was sonst?

Die Alternativen schießen in mir hoch wie Wasserleichen im Kanal. Ich unterdrücke sie und schöpfe noch eine Hand voll Wasser. «Ja, wahrscheinlich hast du recht.»

«Genau. Habe ich dich jemals enttäuscht?»

Ich ringe mir ein Lächeln ab.

«Das sieht schon besser aus!» Tash grinst und nimmt mich in den Arm. «Komm, wir gehen zurück. Wenn Marianne uns beide hier erwischt …» Sie zuckt mit den Schultern und zieht dann die Augenbrauen hoch. «Obwohl du sie vermutlich kommen siehst, da du ja in die Zukunft schauen kannst.»

Ich muss lachen, denn die Vorstellung, ich könnte irgendetwas vorhersagen, ist total lächerlich – im wahrsten Sinne des Wortes.

★

Wir lachen immer noch, als wir in den Flur hinausgehen – wo wir direkt auf Marianne stoßen. Ein weiteres Zeichen dafür, dass Tash recht hat.

«Oh! Mir war nicht klar, dass wir so viel Zeit haben,

um zusammen aufs Klo zu gehen.» Mariannes Blick straft ihre muntere Stimme Lügen. «Obwohl ich natürlich einsehe, dass ihr nicht *beide* im Aufenthaltsraum gebraucht werdet. Das sehen wir doch richtig, oder?»

«Wir spielen Spiele mit den alten Leutchen», erklärt Tash. «Wir wollen doch nicht, dass sie einfach nur vorm Fernseher pennen. Oder machen wir da was falsch?» Ich zucke innerlich zusammen und hoffe, unsere Chefin hat nicht gemerkt, dass Tash sie nachgemacht hat.

«Wenn ihr Zeit zum Spielen habt, dann schlage ich vor, dass wir eine von euch auch im oberen Stockwerk einsetzen können.»

«Oben?»

«Ja, Alexandra. Ich möchte, dass du für mich in den dritten Stock fährst und einen Wäschekorb nach unten bringst.»

Na gut ... *Das* habe ich nun wirklich nicht kommen sehen.

Ich bitte Tash, Thelma und Nerys zu sagen, dass sie ohne mich weiterspielen sollen. Die fragen sich sicher auch, wieso ich so plötzlich davongerannt bin. Hoffentlich sind sie mit dem Spiel fertig, wenn ich zurückkomme, damit ich keine peinlichen Erklärungen abgeben muss.

Einen Augenblick lang finde ich es verlockend herauszufinden, ob ich visualisieren könnte, wer von beiden gewinnt. Das klappt natürlich nicht.

Ich mache mich auf den Weg.

Im dritten Stock leben die Demenzpatienten, und ich

finde es furchtbar, dass ich dahingehen muss. Es fühlt sich wie ein Land verlorener Seelen an, die körperlich an die Gänge von Ulmenblick gefesselt sind, während ihr Verstand vergeblich nach Antworten auf Fragen sucht, an die sie sich nicht mehr erinnern können.

Nachdem ich mich vergewissert habe, dass Marianne mich nicht beobachtet, gehe ich am Aufzug vorbei und nehme die Treppe. Ihr könnt mich für verrückt erklären, doch ich denke nicht daran, Leib und Leben einem Metallkasten anzuvertrauen, der an einem Stück Draht hängt. Nach den Ereignissen dieses Morgens ist ein Aufzug vielleicht immer noch besser als ein Bus, steht aber für mich trotzdem ganz unten auf der Liste.

Außerdem hat mich der ganze Scrabble-Quatsch so nervös gemacht, dass ich kein Risiko mehr eingehe.

Wahrscheinlich mache ich aus einer Mücke einen Elefanten, wie Tash meint, aber es ist nun mal so, und ich kann es nicht einfach abschütteln, dass sich der Vorfall im Aufenthaltsraum nicht wie ein Déjà-vu anfühlt …

Sondern wie eine Erinnerung.

10 DIE WORST-CASE-SZENARIO-PICTURE-SHOW

Da der dritte Stock rund um die Uhr abgeschlossen ist, braucht man einen Mitarbeiterausweis, um hinein oder hinaus zu gelangen. Die meisten Leute, die hier oben leben, verlassen nie das Stockwerk. Laut Marianne dient die Maßnahme der Sicherheit der Bewohner, aber für mich hört sich das nach Gefängnis an.

Ich drücke die Ausweiskarte an das Lesegerät und ziehe die Tür auf.

Der Mann springt aus dem Nichts.

Es ist mein alter Freund Derek von heute Morgen, der jetzt in Anzug und Krawatte über mir aufragt, als würde er auf einen Maskenball gehen.

«Was glaubst du, wie viel Uhr wir haben, Miss?» Seine Augen quellen comicartig hinter seinen dicken Brillengläsern hervor. «Der Unterricht beginnt um Viertel vor neun. Du bist zu spät.»

Einen Augenblick lang bin ich wahrhaftig sprachlos – bis mir wieder einfällt, wo ich bin. Logik darf man im dritten Stock nicht erwarten, obwohl diese Tatsache wenig tröstlich ist. Eine Wiederholung von heute früh hätte ich mir gern erspart.

«Äh … wie bitte?» (Na, jetzt habe ich es ihm aber gegeben.)

Derek greift brummend in seine Jacketttasche, und ich zucke zusammen – und bin erleichtert, als er nichts Bedrohlicheres als einen gelben Post-It-Block herausholt. Er kritzelt etwas auf den obersten Zettel und reicht ihn mir. «Wir sehen uns beim Nachsitzen!»

Ich richte den Blick auf das klebrige Papier, auf dem gar nichts steht außer einem blauen Kulikrakel, als hätte jemand geprüft, ob der Stift noch schreibt.

«Ach, da sind Sie ja, Herr Direktor!»

Ich kenne den Mann nicht, der uns im Gang entgegenkommt und ruft, doch er trägt die in Haus Ulmenblick vorgeschriebene Kluft aus Hose und Arbeitskittel. Marianne nennt das «eine Vision in Sonnengelb», während Tash und ich bei der Farbe an etwas ganz anderes denken …

Der Typ hat zwar die gleiche Kleidung an wie ich, vermittelt aber einen ganz anderen Eindruck. Im Gegensatz zu mir hat er nämlich einen gewaltigen Bart und trägt ein Bandana um den Kopf; seine Erscheinung wirkt wie eine Mischung aus Pirat und Biker im OP-Kittel. Ich denke: *Er sieht aus wie ein Mitarbeiter, aber wer weiß das hier oben schon? Und was soll der «Herr-Direktor»-Scheiß?*

«Ist die Tür abgeschlossen?», fragt er und sieht mich an.

«Ich glaube schon.»

«Sie sind in der Hauptversammlung gefragt, Herr Direktor», sagt er zu Derek.

Der alte Mann reißt die Augen auf und eilt mit

flatterndem Jackett durch den Flur davon. Er trägt Pantoffeln zum Anzug.

Der Bärtige, dessen Namensschild ihn als CARL ausweist – also werde ich ihn jetzt auch so nennen –, wendet sich mir zu. «Wieso bist du nicht mit dem Aufzug gefahren?»

Da ich annehme, dass Carl sich nicht für das Pro und Kontra der verschiedenen Fortbewegungsmittel zwischen den einzelnen Etagen interessiert, das mir durch den Kopf geht, beschränke ich mich auf die Antwort: «Äh, ich gehe lieber über die Treppe. Gutes Training.» Wen juckt das überhaupt?

«Nimm nächstes Mal den Lift.» Carl schaut dem davoneilenden Derek nach. «Er hat rausgefunden, dass die Tür nicht sofort schließt, und lauert am Eingang darauf, dass jemand kommt. Dann flitzt er nach draußen. Darum benutzen wir den Aufzug. Ohne Mitarbeiterausweis funktioniert er nicht.»

Ich nicke, obwohl ich jetzt schon weiß, dass ich für den Rückweg auch wieder die Treppe nehmen werde.

«Was willst du denn nun eigentlich hier?»

«Ach ja. Marianne hat mich hochgeschickt, damit ich einen Wäschekorb runterbringe.»

Carl verzieht das Gesicht. «Na, da musst du in deinem letzten Leben aber etwas verbrochen haben. Okay, komm mit.»

«Und was soll das mit dem Herrn Direktor?», frage ich und gehe schneller, um mit Carl Schritt zu halten.

«Derek ist dement.»

«Hab ich mir gedacht.»

«Die Krankheit ist bei jedem unterschiedlich ausgeprägt», erklärt Carl. «Derek war früher Schulleiter und hält diesen Ort nun für seine Schule! Alle, die hier rumlaufen, sind in seiner Vorstellung Schüler oder Lehrerkollegen. Wenn man ihm sagt, wo er wirklich ist, kapiert er es nicht und regt sich auf. Am besten spielt man einfach mit.»

«Du meinst, wir sollen ihn anlügen?»

«Marianne bevorzugt das Wort *Umleitung!*» Carl zieht eine Augenbraue hoch. «Aber du hast recht, wir lügen. So geht es ihm gut. Glaub mir, keiner will, dass Derek in Stress gerät.»

Ich berühre meine dicke Lippe und denke: *Da liegst du nicht falsch, Mann!*

Carl hält kurz an, um bei einer alten Dame reinzuschauen, die am Fußende ihres Bettes sitzt und einen Stoffhasen auf ihrem Schoß hält. «Ist alles in Ordnung, Savita?»

Die Frau antwortet nicht und gibt nicht zu erkennen, ob sie ihn gehört hat.

Wir gehen weiter. «Derek wird nicht damit fertig, wo er jetzt ist und wie er lebt. Im Kopf kehrt er in eine Zeit zurück, in der es ihm gut ging, in der er alles im Griff hatte. Man könnte sagen, er blockt die Wahrheit ab, um sich zu schützen.»

«Ist er die ganze Zeit so?»

«Nein, hin und wieder landet er tatsächlich in der *Wirklichkeit.*» Carl malt Anführungszeichen in die Luft. «Aber das ist dann kein Spaß. Er regt sich furchtbar auf und wird manchmal sogar gewalttätig.»

Ich kann mir nicht vorstellen, wie es ist, wenn man plötzlich herausfindet, dass die Vorstellung, die man sich von seinem Leben macht, eine einzige Lüge ist, und die Welt, in der man zu leben glaubt, gar nicht existiert. Kein Wunder, dass Derek immer abhauen will.

«Hier ist es», sagt Carl und öffnet eine Tür zu einem kleinen Raum, der dringend gelüftet werden müsste. «Du musst mit dem Güteraufzug in den Keller fahren.»

Der Typ ist von Aufzügen besessen, denke ich.

Dann schaltet er das Licht ein, und vor mir steht der «Wäschekorb». Das Wort wird dem Teil in keiner Weise gerecht. Es ist größer als ich – ein riesiger Metallkäfig auf übergroßen Einkaufswagenrollen, gestopft voll mit schmutziger Bettwäsche.

«Viel Spaß», sagt Carl, doch ich höre ihn kaum.

In meinem Kopf läuft die *Worst-Case-Szenario-Picture-Show* ab – wie eine Reihe von Trailern für billig produzierte Horrorfilme mit Titeln wie *GEFANGEN IN DER HÖLLE* oder *STAHLTROSSEN.* Die Hauptperson sieht jeweils aus wie ich: kreischend, während der Aufzug an zerfetzten Stahlkabeln in die Tiefe saust; beziehungsweise keuchend, weil es in dem Metallsarg bald keine Luft mehr gibt.

Die Lampen flackern, und ich werde wie bei dem Scrabble-Spiel von einer Hitzewallung übermannt.

Nein, bitte! NICHT SCHON WIEDER!

Ich will nicht darüber nachdenken, was Carl als Nächstes sagen oder tun könnte. Wenn ich nicht daran denke, wird es auch nicht passieren.

Doch Carl sagt gar nichts.

Muss er auch nicht, weil meine Ängste sich nicht auf ihn beziehen.

Diesmal ist es der Aufzug.

Wenn ich darin stecke, wird etwas Schreckliches passieren – das spüre ich.

Um sicherzugehen, dass ich es auch richtig verstanden habe, blitzt das Bild meiner Leiche auf der Bahre wieder auf.

«Ja, ja, ich hab's kapiert!» Ich merke erst, dass ich das laut gesagt habe, als ich Carls Miene sehe.

«Dich meine ich nicht. Ich … ach egal.» Ich schenke ihm ein Lächeln, das hoffentlich freundlich und verständig wirkt, und nähere mich dem Rollwagen.

11 ZURZEIT GESTÖRT

Kein Grund zur Panik. Es muss doch eine Möglichkeit geben, den Mist runterzuschaffen, ohne den Aufzug zu benutzen.

Mir ist bewusst, dass ich mich hier lächerlich mache. Das ist alles *nur in meinem Kopf,* und es kommt darauf an, *was ich wirklich tue,* blabla. Gleichzeitig ist das Gefühl, etwas Schlimmes würde in diesem Aufzug geschehen, so stark, so *real*, dass ich es nicht ignorieren kann, sosehr ich es mir wünsche. Freiwillig betrete ich diesen Aufzug ebenso wenig, wie ich mich von einer Klippe stürzen würde.

Wie ein Bauarbeiter, der sich auf seinen Job vorbereitet, umrunde ich den Rollwagen.

Ich könnte ihn nach und nach leeren und die Wäsche zu Fuß herunterbringen. Es würde Stunden dauern, und ein Teil der Bettwäsche sieht total verdreckt aus, doch etwas Besseres fällt mir nicht ein.

Tja, *dem Mutigen gehört die Welt* und so, aber ich bin nicht mutig, im Gegenteil. Schon lustig, wie viele aufmunternde Sprüche es auf der Welt für uns Feiglinge gibt. Wenn man darüber nachdenkt, haben wir sie wirklich am nötigsten. Die Mutigen und die Frechen wagen bereits alles Mögliche wider besseres Wissen, während wir, die wir uns vor Schiss in der Ecke verkriechen, jede Unterstützung gebrauchen können.

Ich schinde Zeit.

Im Übrigen, selbst wenn ich die Wäsche irgendwie nach unten befördere, würde Marianne verlangen, dass ich sie in den Wagen zurücksortiere, damit er zu dem LKW gefahren werden kann, der die Wäsche abholt.

Könnte ich den leeren Wagen möglicherweise seitwärts die Treppe hinunterschaffen?

Kann das wirklich gut gehen? Ich stelle mir vor, wie er die Treppe hinunterpoltert wie ein Bob, der außer Kontrolle geraten ist, und dabei Mitarbeiter und Bewohner unter sich begräbt.

Doch dann, als ich unter der Hoffnungslosigkeit meiner Lage fast zusammenbreche, habe ich eine Erleuchtung. Ich weiß nicht, warum ich nicht eher darauf gekommen bin.

Nur weil der Rollwagen mit dem Lift transportiert werden soll, muss ich noch lange nicht dabei sein. Es ist sicher möglich, von außen die Knöpfe zu drücken und meinen Mitarbeiterausweis zu aktivieren. Sobald der Aufzug unterwegs ist, kann ich die Treppe runterlaufen und den Wagen im Keller in Empfang nehmen – beziehungsweise auf den lauten Knall warten, wenn er unkontrolliert runtersaust, und «Siehst du!» sagen.

So könnte es funktionieren!

Als ich den Wagen in Bewegung setzen will, rollt er seitlich weg wie ein widerspenstiger Einkaufswagen mit einem schiefen Rad, der sich nicht mehr steuern lässt.

«Es ist leichter, wenn du ziehst», sagt Carl, nachdem er mir eine Minute lang zugesehen hat.

«Vielen Dank», sage ich mit einem ironischen Lächeln.

«Immer gerne.» Das Lächeln hat er auch drauf.

Wir sind eine glückliche Familie hier in Ulmenblick.

Jetzt bewegt sich das dumme Ding endlich, und ich gehe rückwärts zum Lastenaufzug, doch dann –

«Entschuldigung, Miss!»

Ernsthaft? Schon wieder?

Derek ist am anderen Ende des Flurs aufgetaucht und kommt auf mich zu. «Wo wolltest du damit hin?»

Ich stehe am Lift, drücke den Knopf, um ihn hochzuholen, und höre, wie das Metallungeheuer in den Tiefen des Hauses erwacht und sich knirschend, ächzend auf den Weg nach oben macht.

Nun muss ich den Wagen nur noch in dem Moment, in dem die Türen aufgehen, in die Kabine schieben und den Knopf drücken – am besten, bevor die Türen wieder zugehen und ich mitgefangen bin. Leider ergibt sich jetzt die zusätzliche Schwierigkeit, das alles zu schaffen, bevor Derek mit dem Lift die Reise in die Freiheit antritt.

Ich riskiere einen Blick um die schmutzige Wäsche herum. Wo ist er?

Ganz schlecht.

«Ja, ich rede mit *dir*!» Jetzt zeigt er auch noch mit dem Finger.

Und wo zum Teufel ist Carl, wenn man ihn braucht?

Hinter mir klingelt der Aufzug, und ich höre, wie die Türen zur Seite gleiten. Als ich den Wagen mit einem Ruck nach hinten ziehen will, verdreht sich erneut das blöde Rad, und der Wagen schwingt nach links statt rückwärts.

«Bleibst du wohl stehen!», schreit Derek. «Ich *rede* mit dir!»

Fluchend gebe ich dem vermaledeiten Rad einen Tritt und wuchte den Wagen wieder in die richtige Richtung. Doch zu spät, Derek packt meinen Arm, und ich bereite mich seelisch auf den nächsten Schlag vor.

Aber ihm steht die Verwirrung ins Gesicht geschrieben.

Außerdem sieht er mich gar nicht an, sondern blickt über meine Schulter hinweg in den Aufzug.

Offenbar ist da jemand – Marianne, wie ich mein Glück kenne …

Doch als ich mich umdrehe, ist niemand im Aufzug.

Wahrscheinlich, weil er gar nicht da ist, sondern nur –

Ein Loch.

Ein schwarzes Viereck mit zwei dicken, verdrehten Stahlkabeln, die in der Leere schwingen.

Aus der Dunkelheit weht ein schwacher Ölgeruch.

Mit einem Mal zittere ich am ganzen Körper. Ich will nicht darüber nachdenken, was passiert wäre, wenn Derek mich nicht festgehalten hätte. Doch meine Gedanken lassen sich nicht aufhalten …

Bildhaft stelle ich mir vor, wie ich rückwärts in den leeren Schacht taumle und wie ich auf die dicken Stahlkabel falle, die sich wie Käsedraht in meinen Körper schneiden. (Das wäre ungefähr so, als würde man einen dreieckigen Käse durch einen Tennisschläger drücken.) Dann wäre da natürlich noch der Rollwagen, der mich auf meinem Fall durch die drei Stockwerke begleiten würde und mir – vorausgesetzt, ich überlebe den Sturz wie durch ein Wunder – den Rest gäbe. Von einer halben Tonne eingepisster schweißgetränkter Bettlaken und muffiger Handtücher zermatscht zu werden steht nicht gerade ganz oben auf der Wunschliste für meinen letzten Auftritt hier auf Erden.

Derek hält mich immer noch fest, und ich wehre mich nicht, als er mich vom Rand fortzieht. Dann wirft er einen Blick in den Schacht und sucht nach dem nicht vorhandenen Aufzug wie nach einem ungezogenen Schüler, der sich hinter dem Fahrradschuppen versteckt hat.

«Das ist nicht richtig», sagt er schließlich, und ich verstehe, warum sie jemanden mit diesem Wahrnehmungsvermögen zum Schulleiter befördert haben.

Er richtet sich auf und dreht sich zu mir um. «Du solltest nicht hier sein.»

«Das denke ich allmählich auch!»

Als ich versuche zu lachen, packt mich Derek an den Schultern und kommt mir mit seinem Gesicht gefährlich nahe. «Um ein Haar wärst du gestorben!» Das sagt er, als handle es sich um eine Tatsache, die ihm gerade wieder eingefallen ist.

«Ja, wahrscheinlich … das wäre ich wohl, wenn Sie mich nicht festgehalten hätten. Sie haben mir das Leben gerettet! Ist Ihnen das klar?» Es schnürt mir den Hals zu, als ich kapiere, wie wahr das ist, und ich habe das dringende Bedürfnis, diesem wunderbaren, verwirrten alten Mann um den Hals zu fallen. Ganz ehrlich, in diesem Augenblick ist Derek mein Lieblingsmensch auf dem gesamten Planeten.

Alle kommen gleichzeitig. Gerade stand ich noch mit Derek vor einem Loch in der Wand, und jetzt werden wir von allen Seiten von Bewohnern und Mitarbeitern bedrängt.

Carl erscheint als Erster. «Was hast du gemacht?»

«ICH?» *Meinst du, außer dass ich beinahe in den sicheren und grausigen Tod gestürzt wäre?* «Ich habe nur auf den Knopf gedrückt.»

Stirnrunzelnd blickt er in den gähnenden Abgrund. «Wo ist der Lift?»

«Das, mein Freund, ist die entscheidende Frage!»

«Die Türen dürfen sich eigentlich nur öffnen, wenn der Aufzug angekommen ist.»

«Ach ja? Wir müssen also nicht an den Seilen herunterklettern?»

Carl wirft mir einen bösen Blick zu.

«Entschuldigung! Schieb es auf die hysterische Erleichterung einer Überlebenden. Wenn Derek mich nicht festgehalten hätte, wäre es aus mit mir. Der Mann ist ein Held.»

Leider fühlt sich der Mann des Augenblicks von den vielen Leuten am offenen Aufzugschacht massiv gestört, wedelt mit den Armen und will alle in den Klassenraum zurückscheuchen.

Doch da Carl seinerseits der Meinung ist, dass er das alleinige Recht hat, anderen zu sagen, was sie tun sollen, gefällt es ihm gar nicht, wie Derek sich aufspielt. Sie schreien und gestikulieren nun beide, während zahlreiche Bewohner der dritten Etage, ohne sie zu beachten, wie aufgezogene Spielzeugfiguren ziellos herumwandern.

Endlich rauscht Marianne in bauschigem Chiffon herbei, und der Flur leert sich wie durch ein Wunder. Sie holt einen Schlüsselbund hervor und schließt die Aufzugtüren. Nach einer weiteren Umdrehung leuchtet die Anzeige auf: ZURZEIT GESTÖRT.

«Wie ärgerlich!», sagt sie.

Ich widerstehe der Versuchung, ihr zu erläutern, wie unangemessen dieser Ausdruck ist, und erzähle ihr stattdessen nur, was passiert ist – und dass Derek mir das Leben gerettet hat.

Sie lächelt, doch dann setzt sie eine besorgte Miene auf, inklusive einer hochgezogenen Augenbraue. «Aber wie geht es dir, Alexandra? Das war doch sicher ein schwerer Schock.»

Ich behaupte, es gehe mir gut, was in diesem Augenblick sogar stimmt. Ich bin in Hochstimmung und schwimme auf einer Welle der Euphorie, weil ich noch am Leben bin.

Marianne meint, um die Wäsche solle ich mir keine

Sorgen machen (wäre mir nicht eingefallen), und schickt mich wieder nach unten.

Der Schock setzt am ersten Treppenabsatz ein.

Eine Gegenströmung wie aus dem Nichts.

Es haut mich um.

Als mir die Beine wegsacken und mir schlagartig die Bedeutung des Geschehenen bewusst wird, kann ich mich gerade noch am Geländer festhalten.

Bis heute ist noch keine meiner bösen Vorahnungen, die mich immer wieder mit einem mulmigen Gefühl überfallen, in Erfüllung gegangen – es sei denn, man zählt das Scrabble-Spiel und den Song im Radio dazu. Doch das war etwas anderes, weil es nicht wirklich wichtig war. Aber eben ging es um Leben und Tod!

Ich hätte mein Leben verlieren können. Schon wieder!

Und wenn ich darüber nachdenke, ist es nicht das erste Mal, oder? Seit dem Aufwachen fühle ich mich sehr seltsam und konnte es nur nicht deuten. Bis jetzt. Das sonderbare Gefühl war eine Warnung. STEIG NICHT IN DEN BUS! GEH NICHT ARBEITEN!

Das ist *nicht* gut.

Das ist *gar nicht* gut.

Wie Tash bereits sagte, sollte sich das alles nur in meinem Kopf abspielen. Wenn es so wäre, könnte ich es eines Tages abstellen und mich besser fühlen.

Doch wenn meine Vorahnungen sich nun bewahrheiten, verlasse ich am besten nie wieder die Wohnung!

Mit einem Mal habe ich die Welt nur noch minimal

im Griff, als könnte ich jederzeit den letzten Halt verlieren und weggespült werden.

Tash muss mich mit ihrer nüchternen Logik wieder erden.

Sie soll mir einbläuen, dass ich zu viel in die Vorfälle hineininterpretiere und Verbindungen herstelle, wo keine sind. Tash soll mir versichern, dass es sich um ein paar verrückte Zufälle handelt und so etwas ständig und überall passiert.

12 «SECOND CHANCE»

Weil es kurz vor Mittag ist, suche ich zunächst in der Küche nach Tash, doch da ist sie ebenso wenig wie im Speisesaal. Vermutlich sollte ich mit dem Tischdecken beginnen, aber ich muss wirklich dringend mit ihr reden, bevor meine wachsende Panik mich endgültig in ein Wrack verwandelt.

Der Aufenthaltsraum ist meine letzte Hoffnung. Von der Tür aus sehe ich mehrere müde Geschöpfe in ihren Sesseln, doch Tash ist mit ihrer Kartenspieltruppe verschwunden. Auch Nerys ist gegangen, nur Thelma ist allein zurückgeblieben und sitzt noch immer im Rollstuhl an dem Tisch mit dem angefangenen Scrabble-Spiel. Mein Herz erschauert, weil sie nach vorn gesunken ist und das Kinn auf die Brust gelegt hat. Ich weiß zwar, dass sie wahrscheinlich einfach nur eingeschlafen ist, aber ich hätte mich in dieser Hinsicht nicht zum ersten Mal geirrt. Es schnürt mir die Brust zu, während ich mich durch die Stühle zu ihr hindurchschlängle.

«Hey, Thelma!»

Sie wird ruckartig wach, reckt die geballten Fäuste und funkelt mich an. «Hau ab, du verdammter Faschist!»

Ich weiche hastig zurück. So wie der Morgen bisher verlaufen ist, gehe ich kein Risiko mehr ein.

Als die alte Frau ihre Fäuste bemerkt, verzieht sie verwirrt das Gesicht und lässt den Blick durch den Raum schweifen, bis er auf mich fällt. «Oh, hallo Alex!»

«Tut mir leid, ich wollte Sie nicht wecken.»

«Hab nur mal kurz die Augen zugemacht.» Sie sieht sich erneut um. «Anscheinend habe ich nicht viel verpasst. Hier ist genauso viel los wie immer.»

«Sie wissen nicht zufällig, wo Tash abgeblieben ist?»

«Keine Ahnung, Liebes. Als ich eingenickt bin, waren alle noch da. Sie kommt bestimmt gleich wieder.»

Am liebsten würde ich sofort durch die Flure rennen und Tash suchen, aber viel Sinn hätte das nicht. Haus Ulmenblick ist riesig, und es gibt die verschiedensten Möglichkeiten, von A nach B zu gelangen. Da warte ich besser hier und verfluche die Regel, die Handys im Dienst verbietet.

«Ist irgendwas, Alex?» Thelma lässt mich nicht aus den Augen.

Kann sie mich vielleicht beruhigen? Sie hatte vorhin schon sehr vernünftige Ansichten und kommt bodenständig und sachlich genug rüber. (Na ja, «bodenständig» ist bei der Bluse wahrscheinlich das falsche Wort, aber ihr versteht schon, was ich meine.)

Ich erzähle Thelma von dem Aufzug … und auch vom Bus. Sie reißt die Augen so weit auf, als würden sie gleich herausfallen, über das Scrabble-Brett rollen und Nerys' doppelten Wortwert zunichte machen.

«Du könntest tot sein!», sagt sie.

Ich nicke und zucke auf eine heldenhafte Art mit den

Schultern, als wäre es nichts Besonderes. Dann ziehe ich mir einen Stuhl heran und setze mich, bevor meine Wackelpuddingbeine mich verraten.

«Und wissen Sie was? Ich wusste, dass es so kommen würde. Also nicht genau, aber ich hatte ein ganz schlechtes Gefühl.»

«Das kommt aus dem Bauch.» Thelma nickt. «Mein Vater hat immer gesagt, der Kopf kann dir einen Streich spielen und das Herz kann dich täuschen, aber auf deinen Bauch solltest du hören.» Sie lächelt. «Er war ein blöder Mistkerl, mein Vater, aber auf diesen Ratschlag habe ich mich immer verlassen.»

«Und was ist, wenn einem der Bauch die ganze Zeit nur schreckliche Sachen sagt? Dann geht man doch nicht mehr aus dem Haus.»

Thelma runzelt die Stirn und sieht damit deutlich normaler aus.

«Ehrlich gesagt …», fahre ich zögerlich fort, «war das noch nicht alles. Es ist wahrscheinlich nicht wichtig. Und sicher gibt es auch dafür eine vernünftige Erklärung …»

Sie beugt sich weiter vor.

Deshalb erzähle ich ihr jetzt, was beim Scrabble geschehen ist.

«Du hast genau gewusst, was sie legen würde?»

«Ja! Es war wie eine Erinnerung, weil ich ihr schon einmal dabei zugesehen hatte! Tash meint, es wäre ein Déjà-vu – aber so hat es sich nicht angefühlt. Und dann ist das mit dem Aufzug passiert und …»

Anscheinend habe ich mein Publikum verloren. Thelma kramt unter der Decke auf ihrem Schoß, als würde sie etwas suchen. «Red weiter, Alex, ich höre dir zu.»

«Okay, also, heute Morgen lief das Radio, und ich wusste, was der Typ sagen würde – Wort für Wort.»

«Hey, die Gabe hätte ich auch gerne.» Sie hält eine zusammengerollte Zeitung in der Hand, und ihre Augen glänzen, wie ich es noch nicht gesehen habe.

«Mir kommt es eher wie ein Fluch vor.»

«Wieso?»

«Solange das alles nur in meinem Kopf ist, hat es nichts mit der Wirklichkeit zu tun, oder? Aber wenn es nun auf einmal in Erfüllung geht?»

«Dann ist es doch die Wirklichkeit, meinst du?»

«Ich will das nicht denken, aber nach diesem Morgen ...»

«Wir könnten es überprüfen.»

«Wie bitte?»

Thelma versucht, die Zeitung aufzuschlagen, doch ihre Finger sind von der Arthritis so verkrümmt, dass sie die Seiten nicht auseinanderfalten kann. Ich biete ihr meine Hilfe an.

«Seite sechs», sagt sie. «Und jetzt richte deinen zauberhaften Blick darauf und spüre, ob dir etwas auffällt.»

Es ist das Rennprogramm für das Pferderennen um Viertel nach eins in Warwick.

Der Groschen fällt.

«Sie glauben ernsthaft, ich könnte Ihnen sagen, welches Pferd gewinnt?»

Thelma hat so viel Anstand, peinlich berührt zu wirken. «Nur wenn du wirklich in die Zukunft blicken kannst. Wenn das Pferd, das du auswählst, nicht gewinnt, weißt du, dass du dir keine Sorgen machen musst.»

«Und wenn doch?»

«Dann haben wir ein paar Mäuse, um den Schock ein wenig abzumildern, nicht wahr?» Mit glänzenden Augen drängt sie mir die Zeitung auf.

Soll ich das wirklich tun?

Wenn ich damit beweisen kann, dass meine Vorhersagen eine Verkettung verrückter Zufälle waren – dann ja, zum Teufel!

Nachdem ich stockend Luft geholt habe, konzentriere ich mich auf die Liste der Pferde, die um Viertel nach eins beim Garmouth-Handicap-Wettrennen in Warwick starten. Für alle zwanzig gibt es ein kleines Bild mit den Farben, die der Jockey tragen wird, sowie die jeweiligen Wettquoten.

Nummer 6 (rot mit weißer Schärpe): Blackham's Wimpey, Quote von 2/1

13 (blau mit gelbem Kreis): See No Evil Hear No Evil, Quote von 3/1

7 (uni blau): Second Chance, Quote von 6/1

10 (schwarz-weißes Schachbrettmuster): Dark Party, Quote von 7/1

Das letzte Pferd ist:
8 (grün und gelb): Lap of Gods, Quote von 100/1

Während ich die Liste ein paar Mal überfliege, weiß ich auch nicht, was ich erwarte – vielleicht, dass wie zuvor die Lampen flackern oder mir schrecklich heiß wird.

Nichts.

«Ich glaube, das klappt nicht.» Das allein ist doch eigentlich schon ein gutes Zeichen, oder?

«Man soll nichts erzwingen», sagt Thelma. «Du hast gesagt, es ist sonst einfach so passiert. Entspann dich und versuche es noch mal.»

Ich atme ein paar Mal tief durch und lasse meine Augen einmal ins Leere schauen, bevor ich die Liste noch einmal durchgehe.

Blackham's Wimpey, Second Chance, Dark Party …

Moment.

Ich blicke noch mal nach oben.

Second Chance.

Dieses Pferd hat bereits beim ersten Überblick meine Aufmerksamkeit erregt, aber ich habe nicht darauf geachtet. Jetzt kommt es mir vor, als würden die beiden Worte auf der Seite aufleuchten, hüpfen und NIMM MICH! schreien. Es ist der Ausdruck – *Second Chance* –, der eine Bedeutsamkeit ausstrahlt, die wie für mich bestimmt ist.

Nachdem ich die Liste ein weiteres Mal überflogen habe, bin ich mir ganz sicher.

«Du hast eins, stimmt's?» Für jemanden, der behauptet, ohne Brille so gut wie blind zu sein, bekommt Thelma ganz schön viel mit.

«Vermutlich bilde ich mir das alles nur ein.» Ich muss schlucken, so durstig bin ich auf einmal. «Aber das Pferd Nummer Sieben, ‹Second Chance›, hat etwas, das mich immer wieder darauf zurückbringt.»

Thelma nimmt mir die Zeitung ab und schaut sich die Liste an. «Sechs zu eins – keine schlechte Quote.» Sie wirft mir einen interessierten Blick zu. «Das kann man schon mal wagen, oder was meinst du?»

«Sie wollen wirklich eine Wette platzieren?»

«Und ob! Was wäre das denn für ein Test, wenn wir es nicht probieren würden? Man muss dazu stehen und Worten Taten folgen lassen! Und was glaubst du, wie wir uns fühlen würden, wenn du den Gewinner gefunden hättest und wir nicht auf ihn gewettet hätten?» Sie lässt die Augenbrauen tanzen. «Natürlich teilen wir uns den Gewinn, und ich bin gerne bereit, für den Einsatz aufzukommen – schließlich hast du das Talent und überhaupt!» Sie grinst. «Komm, wir gehen zu Raj.»

«Zu wem?»

«Zu Raj, dem Gärtner, der hat da was auf seinem Ei-Ding, wo man wetten kann. Das hat er schon mal gemacht.»

«Aber das geht nicht! Wir dürfen mit den Bewohnern nicht nach draußen.»

«Ich dachte, du machst das ehrenamtlich», schnaubt Thelma. «Was soll Ihre Durchlaucht denn machen? Dich rauswerfen?»

«Und was ist mit dem Mittagessen? Ich muss die Tische decken.»

«Das können doch die machen, die dafür bezahlt werden», antwortet Thelma. «Es tut gut, ab und zu gegen die Regeln zu verstoßen. Nutze die Gelegenheit, ein bisschen zu leben. Kann doch sein, dass es dir gefällt!»

«Ja, aber …»

«Man findet immer einen Grund, etwas nicht zu tun, wenn man nur gründlich danach sucht, Liebes. Außerdem willst du doch einer alten Frau einen letzten Ausflug in die Freiheit nicht abschlagen, oder etwa doch? Die letzte Chance, frische Luft zu atmen, die Sonne im Gesicht zu spüren und den Wind in den Haaren.»

«Ist ja gut! Ich bringe Sie hin.»

«Hey, das ist wirklich ganz besonders nett von dir, Alex. Aber nur, wenn es dir wirklich nichts ausmacht.» Sie grinst. «Keine Sorgen wegen Marianne. Bevor jemand merkt, dass wir weg waren, sind wir längst wieder da. Vertrau mir.»

13 ONE FOR SORROW

Als wäre sie ein kleines Kind auf dem Weg in den Park, kann es Thelma nicht schnell genug gehen, dass ich sie aus dem Aufenthaltsraum schiebe.

«Wir müssen noch eben in mein Zimmer, um die Kohle zu holen», flüstert sie verschwörerisch, während ich prüfe, ob die Luft im Flur rein ist. «Falls jemand fragt, sagst du, dass du mich für ein Nickerchen in mein Zimmer zurückbringst. Beziehungsweise nein, wir sagen, ich muss aufs Klo. Den Job nimmt dir bestimmt keiner weg.»

Ich hoffe zwar, dass wir unterwegs Tash begegnen, doch niemand kommt uns entgegen.

Nachdem wir auf dem langen Weg zu ihrem Zimmer nicht aufgehalten wurden, steuert mich die alte Frau durch Gänge, von deren Existenz ich noch nie gehört habe, in die tiefsten Tiefen des Gebäudes.

Früher, als Ulmenblick noch mehr an *Downtown Abbey* erinnerte als an *Die wandelnden Toten*, war hier sicher eine große Dienerschaft beschäftigt. Im Souterrain liegt eine ganze Etage mit Räumen, in denen sie gearbeitet haben, und genau dorthin führt mich Thelma.

«Niemand geht je hier runter. Wenn man irgendwohin will, ohne aufzufallen, ist das der beste Weg.»

Die Flure sind trübe und unheimlich beleuchtet und erinnern mich an die Londoner U-Bahn, weil die Wände und Decken mit den gleichen vergilbten weißen Kacheln gefliest sind. An einer Stelle hängt eine Tafel mit einer Aufstellung der Zimmer und kleinen Lämpchen, die der Dienerschaft einst zeigte, wo sie gebraucht wurde. Früher war das sicherlich der letzte Schrei der Technik, doch mittlerweile ist die Tafel schwarz angelaufen, die Kacheln sind mit der Zeit gesprungen und die Fugen nach über hundert Jahren dunkel vor Schmutz.

«Wie komme ich nur darauf, dass Sie das nicht zum ersten Mal machen?»

«Ich weiß überhaupt nicht, was du meinst!» Thelmas fröhliches Gackern hallt durch den gefliesten Gang und jagt uns durch den Tunnel wie ein verrücktes Gespenst.

Schließlich gelangen wir in einen alten Wintergarten aus Holz und Glas an der Rückseite des Hauses.

«Wir sind gleich da», sagt Thelma, während die Räder ihres Rollstuhls quietschend über den Boden gleiten.

Durchs Fenster sieht der Himmel wie ein Kinderbild aus – Kartoffelbreiwolken, die auf einem schlumpfblauen Meer treiben.

Doch als wir auf der Rampe in den Garten herunterrollen, saust ein Schatten über den Rasen, und die Temperatur sinkt merklich. Ein Teil des Kartoffelpürees sieht jetzt aus wie in Soße getunkt, und die Ulmen rund ums Haus hören sich an, als würden sie uns auslachen.

Dieser Teil des Außengeländes ist vollkommen zugewachsen. Nichts als Gestrüpp. In den hüfthohen Brennnesseln, den zotteligen Hecken und den dornigen Brombeersträuchern wimmelt es geradezu vor summenden Insekten. Ich war noch nie sonderlich scharf auf zu viel Natur, in der so einiges nur darauf wartet, einen umzubringen.

Ich sollte nicht hier sein.

«Ich sehe dich!», ruft Thelma plötzlich.

Erschrocken rechne ich damit, dass Marianne hinter einer Hecke hervorspringt.

Doch Thelma zeigt auf einen schwarz-weißen Vogel, der durchs Gras hüpft. «Eine Elster! Unsere Mutter hat immer gesagt, Elstern soll man grüßen, wenn man eine sieht.»

«Wieso?»

«Ein altes Gedicht: One for sorrow, two for joy.»

«Davon habe ich schon mal gehört.»

«Ja, mehr ist auch nicht dran.» Thelma zuckt mit den Schultern. «Unsere Mutter hat immer gesagt, eine Elster allein würde Unglück bringen – so ähnlich wie in dem Gedicht.»

«Aber wieso soll man sie dann grüßen?»

«Weil sie einen in Ruhe lassen, wenn man ihnen zeigt, dass man sie bemerkt hat, meinte unsere Mutter. Eine dumme Angewohnheit, sonst nichts. Fällt mir schon gar nicht mehr auf.»

«Und was bedeutet es, wenn die Elstern zu fünft sind?» Ich zeige auf eine Reihe schwarzer Vögel – sie sitzen auf dem durchhängenden Telegrafendraht, der das alte Haus mit der Außenwelt verbindet.

«Hallo, das sind doch keine Elstern, Alex, das sind Krähen.» Sie kichert. «Die hocken da wie in dem Film *Die Vögel*. Hast du den gesehen? Von Alfred Hitchcock, dem ‹Großmeister der Spannung›, wie sie ihn genannt haben!»

Ich kann gerade nicht antworten, weil ich die Vögel im Auge behalten muss, doch ich erinnere mich, dass Dad den Film gesehen hat, in dem alle Vögel der Stadt auf einmal die Menschen angreifen. Die Spezialeffekte waren echt schlecht, aber man bekam trotzdem Angst. Thelma hat recht, genauso sieht es hier aus.

Während ich zuschaue, kommen drei weitere Krähen hinzu.

«Sollen wir vielleicht umkehren?»

«Hast du wieder eine böse Vorahnung, ja?»

Um ein Haar wärst du gestorben, sagt Derek in meiner Erinnerung. Er hat recht. Einmal kann man Pech haben, aber zweimal …? Abgesehen davon sind aller schlechten Dinge drei.

«Was denkst du denn, was passieren wird?» Thelma lässt den Blick durch den Garten schweifen. «Die größte Gefahr, die mir hier draußen je begegnet ist, bestand darin, vor Langeweile zu sterben!»

«Ich weiß es nicht, und das ist genau das Problem. Es ist nur so ein Gefühl, dass *irgendetwas* Schlimmes geschehen wird.»

«Tja, keiner weiß, wann seine Stunde schlägt. Das Klavier kann jederzeit runterfallen.»

«Welches Klavier?»

«Das sagt man so», erklärt Thelma. «Das heißt, man kann noch so vorsichtig sein, und trotzdem kann immer etwas Unerwartetes oder Blödes passieren, das man nicht hat kommen sehen.»

«Wie ein Klavier, das vom Himmel fällt?»

«Aye!» Sie nickt. «Oder ein Bus, der gegen einen Baum fährt! Darum muss man im Hier und Jetzt leben und aus jeder Minute das Beste machen. Man weiß schließlich nie, ob es nicht die letzte ist.»

«Und wenn dieses Klavier nun hier draußen auf uns wartet?» Ich schaue zu den Vögeln hoch. Mittlerweile sind es doppelt so viele, ich schwöre. «Oder wenn Ihnen etwas passiert, nur weil Sie bei mir sind?»

Thelma lächelt. «Das Risiko gehe ich ein, Liebes. Ich habe einige der besten Dinge in meinem Leben erlebt, wenn ich Angst hatte. Für mich war das immer ein Zeichen – wenn ich mich vor etwas gefürchtet habe, wusste ich, dass ich es wahrscheinlich tun sollte.»

Während ich sie über den Rasen schiebe, lasse ich die Vögel nicht aus den Augen.

«Die beobachten uns!»

«Aye, bestimmt.»

«Machen sie das immer?»

Thelma gibt keine Antwort.

Plötzlich wird mir bewusst, wie still es ist – es ist wie eine aufgeregte Erwartung, als würde der Tag den Atem anhalten, weil gleich etwas geschieht.

Und so kommt es auch.

Nur nicht so, wie ich dachte.

Da ich nur die verdammten Vögel im Blick habe, die sicherlich jeden Moment im Sturzflug angreifen, um uns die Augen rauszupicken, bemerke ich die wahre Bedrohung gar nicht.

Thelma erkennt sie als Erste.

«Guck dir diesen Riesenköter an!»

Ich schwenke mit meiner Aufmerksamkeit so ruckartig um, dass ich fast ein Schleudertrauma bekomme.

Thelma hat zwar von einem Hund gesprochen, doch was da übers Gras galoppiert, sieht eher wie ein kleines Pferd aus. Unabhängig davon, was es nun tatsächlich ist, lässt sich nicht übersehen, dass dieses Vieh uns auf dem Kieker hat – es sieht aus wie eine ferngesteuerte Rakete mit Zähnen.

Eine Million Funken sprühen in meinem Kopf, schätzen die Lage ein, wägen unsere Chancen ab und erstatten dann Bericht mit einer Empfehlung, wie nun sinnvoll vorzugehen wäre.

Renn, so schnell du kannst, lautet die einstimmige Meinung.

Aber was wird aus Thelma?

Als ich klein war, sagte Dad, ich sollte ruhig stehenbleiben, wenn ein Hund auf mich zukäme. Angeblich verfolgen sie einen nur, wenn man wegläuft. Also sollte ich vielleicht *wirklich* wegrennen – in der Hoffnung, den Höllenhund von Thelma wegzulocken.

Und wenn er den Köder nicht schluckt?

In der Zeit, in der ich stillgestanden bin und mit mir gerungen habe, statt irgendetwas zu *tun*, hat der Hund bereits die Hälfte der Strecke zurückgelegt. Wir können nicht mehr weglaufen. Thelma hätte es in ihrer Jugend vielleicht geschafft, aber heute doch nicht, gefangen in einem Rollstuhl, der vor allem durch mich bewegt wird.

Ich überlege, sie rauszuholen und mit ihr auf dem Arm abzuhauen, doch auch dafür ist es zu spät, zumal ich mich dann tatsächlich in Bewegung setzen müsste. Im Augenblick verweigert sich aber mein Körper, Angst lähmt meine Glieder.

Das Riesentier kommt rasch näher und steuert direkt auf Thelma zu. Ich sollte schreien und mich zwischen den Hund und die alte Frau werfen.

Das wäre das Richtige.

Ich tu's aber nicht.

Ich mache gar nichts.

Und schaue nur zu ... als der Hund heranstürmt und seine gewaltigen Pfoten auf Thelmas eierschalenzarte Schultern stemmt.

Die alte Frau hebt die Hände, um sich zu schützen, doch sie hat keine Chance.

14 KNAPP ENTRONNEN

Ich kann nicht hinsehen und kneife die Augen zu, doch die Geräusche kann ich nicht ausblenden – das nasse Sabbern von Speichel auf Haut, das Mahlen des Kiefers.

«Aye, ich freue mich auch, dich zu sehen», sagt Thelma. «Aber ich brauche keine Gesichtswäsche, du stinkst zu sehr aus dem Maul!»

Ich öffne die Augen.

Der Hund steht immer noch mit den Vorderbeinen auf Thelmas Schultern, und seine glänzenden Zähne sind nur wenige Zentimeter von ihrem Gesicht entfernt. Inzwischen sind mir aber zwei Dinge klar geworden, nämlich:

a) hat der Hund nicht vor, der alten Frau die Kehle rauszureißen, und

b) scheinen die beiden sich ganz gut zu kennen.

Meine Erleichterung, dass wir nicht in Stücke gerissen werden, ist jedoch gedämpft. Ich schäme mich, weil ich dachte, der Hund würde uns angreifen, und habe ein schlechtes Gewissen, da ich rein gar nichts getan habe, um mich zu wehren und uns zu verteidigen. An mir liegt es jedenfalls nicht, dass wir, Thelma und ich, uns noch bester Gesundheit erfreuen.

Da ertönt plötzlich ein lauter Pfiff, und die Hundeohren zucken. Ein junger Typ mit Springerstiefeln kommt aus dem Unterholz. Als er den Hund zu sich ruft, zieht sich das mächtige Tier sichtlich widerstrebend von Thelma zurück.

«Hallo Thelma, wie geht's?»

«Es ging mir deutlich besser, bevor dein blöder Hund mich vollgesabbert hat!»

«Das dürfen Sie nicht sagen, Sie verletzen seine Gefühle!» Der Mann lächelt. «Oh, ein super Top! Es funkelt voll.»

«Ich schaue mal, ob ich dir auch so eins in Khaki besorgen kann.» Thelma lacht. «Das ist übrigens Alex. Alex, darf ich dir Raj und Luigi vorstellen?»

Wir nicken einander zurückhaltend zu.

«Moment mal! Der Hund heißt wirklich Luigi?», frage ich erstaunt.

Raj murmelt etwas von Mario Kart und schnappt sich die Griffe von Thelmas Rollstuhl. Er schubst mich nicht wirklich weg, aber doch so gut wie.

Das nehme ich persönlich, als wollte er meine Fähigkeiten als Thelmas auserwählte Rollstuhlschieberin anzweifeln. Wir sind gut klargekommen, Typ, bis du hier aufgekreuzt bist, wenn du also bitte …

Plötzlich wird mir bewusst, dass Raj wahrscheinlich meinen ruhmlosen Moment totaler Lähmung beobachtet hat. Er hat recht, ich bin nicht geeignet, Thelmas Rollstuhl zu steuern, und im Grunde genommen auch nichts anderes. Außer vielleicht einen Einkaufswagen, der bis oben hin mit Scham gefüllt ist?

«Hoher Besuch! Was verschafft mir die Ehre?», fragt

Raj, während er uns den Weg durch die Bäume entlangführt.

«Das Rennen um Viertel nach eins in Warwick», antwortet Thelma.

«Hast du etwa einen heißen Tipp?» An diesem Punkt bezieht Raj mich grinsend und zwinkernd mit ein – aber wenn er mich auf seine Seite bringen will, muss er sich schon etwas Besseres einfallen lassen.

«Vielleicht», sagt Thelma und zwinkert ihrerseits.

Als Raj das sieht, wirft er mir einen forschenden Blick zu. «Das heißt, du hast dich mit dem Rennprogramm beschäftigt?»

Ich starre ihn an. Sehe ich wirklich so aus, als hätte ich nichts Besseres zu tun, als über Rennprogrammen zu brüten? (Das ist eine rhetorische Frage.)

«Nein, wir haben das einfach im Gefühl. Nicht wahr, Alex?»

«Jep.» So kann man es auch nennen.

Schließlich gelangen wir zu einer bröckelnden, von Efeu überwucherten Mauer mit einem verrosteten Tor in der Mitte. Ich halte es auf, während Raj Thelma hindurchschiebt, dicht gefolgt von dem riesigen Hund. Ich halte Abstand und lasse Luigi nicht aus den Augen. Nur weil ich mich eben geirrt habe, heißt das noch lange nicht, dass Thelmas Klavier nicht irgendwo außer Sichtweite hängt, jederzeit bereit herunterzufallen.

Es fühlt sich an, als würden wir hinter dem Tor

einen geheimen Garten betreten. In der Mitte des weitläufigen ungepflegten Rasens, der früher vielleicht als Labyrinth gestaltet war, steht ein gewaltiges Gewächshaus. Die Hälfte der Scheiben fehlt und wurde durch Bretter oder eine blaue Kunststoffschicht ersetzt, während das verbliebene Glas mit Schimmel überzogen und fleckig ist und die Farbe von den splitternden Rahmen abblättert. Ein Blick ins Innere zeigt einen großen Aufsitzmäher und weiteres Werkzeug für die Gartenarbeit.

Raj führt uns seitlich an dem Haus vorbei; wir betreten es durch eine Tür am anderen Ende.

Wow! Der Ausdruck «Höhlenmensch» bekommt eine völlig neue Bedeutung.

Dieser Teil des Gewächshauses ist abgetrennt. Neben den Schaufeln und einer Werkbank, auf der eine zerlegte Heckenschere liegt, sowie Säcken mit Kompost und Fässern mit Unkrautvernichtungsmitteln steht ein abgewracktes Sofa für Raj, ein riesengroßer Fernseher und eine Kollektion von Spielkonsolen.

«Ist das ein Sega?», rutscht es mir beim Anblick einer alten Konsole heraus.

«Spielst du?», fragt Raj und manövriert Thelmas Rollstuhl, während Luigi schnurstracks auf das Sofa zuschießt und sich der Länge nach ausstreckt, sodass kein Zentimeter Platz bleibt.

«Nicht wirklich, aber mein Vater ist voll der Nerd. Ehrlich gesagt, stehe ich mehr auf Musik und Filme.»

Das stimmt nicht so ganz, denn ich spiele manchmal stundenlang mit Dad. Als *The Last of Us* herauskam, haben wir ein ganzes Wochenende nichts anderes gemacht. Aber mit dieser Info gehe ich normalerweise nicht hausieren, weil es mein Image als schräges Girl noch befördern würde.

Raj wirkt nicht übermäßig enttäuscht. «Hey, Thelma», sagt er und fährt den Fernseher hoch. «Ich habe ein neues Spiel, das gefällt dir bestimmt.»

«Ach, ich weiß nicht, Raj, Schatz. Bei dem letzten, das du uns besorgt hast, haben meine Finger sich geweigert, die Knöpfe zu drücken.»

«Ja!», sagt er. «Aber das hier ist anders. Man spielt es auf einer anderen Konsole – auf der Wii.»

«Und wie soll das gehen?»

«Man muss nur den Stick schwenken, auf die Finger kommt es nicht an.» Raj reicht Thelma einen Wii Controller und bindet die Schlaufe um ihr Handgelenk. «In dem Spiel gibt's Ninjas und ganz viel Kung Fu!»

Ein boshafter Funke blitzt in den Augen der alten Frau auf. «Ah, jetzt sprichst du *meine* Sprache!»

So gern ich das bizarre Schauspiel einer vierundneunzigjährigen Rentnerin genieße, die *Wii Ninja Showdown* spielt, so läuft uns doch die Zeit davon. Eigentlich wollten wir nur kurz vorbeischauen und dann wieder gehen.

«Äh, Thelma? Sollen wir nicht mal die Wette platzieren?»

«Aye! Stimmt, Alex. Lass uns erst das Geschäftliche erledigen, dann trinken wir Tee und ich kann ein paar Leute verhauen!»

«Setz dich doch», sagt Raj und zeigt aufs Sofa. «Schmeiß ihn einfach runter.»

Ich sehe den Hund an. Er erwidert den Blick.

«Danke, ich stehe lieber. Wir bleiben sowieso nicht lange, oder, Thelma?»

«Wir haben es doch nicht eilig», meint Thelma und probiert vorsichtig ein paar Schwenker mit dem Wii-Controller aus. «Wir sind gerade erst angekommen und haben noch nicht Tee getrunken!»

«Aber ich muss zurück und Tash helfen, die Tische fürs Mittagessen zu decken.»

«Dafür ist es wahrscheinlich schon zu spät», sagt Raj und sieht auf die Uhr. «Das Essen wird um zwölf ausgegeben, nicht wahr?»

«Es ist schon nach zwölf? Shit! Das gibt bestimmt Ärger!»

«Aber dann bleib doch einfach hier, wo es schön ist.» Raj lächelt.

«Ich gehe nirgends hin, bevor ich nicht meinen Tee getrunken habe», sagt Thelma. «Raj kocht den besten Tee aller Zeiten. Liegt ihm vermutlich im Blut.»

Ich zucke zusammen, denn das ist rassistisch, doch Raj macht es anscheinend nichts aus.

«Ein schlichtes Vergnügen, eine gute Tasse Tee», sagt Thelma. «Wenn sich so eine Gelegenheit bietet, sagt man nicht Nein. Die Leute sind viel zu sehr auf die großen Dinge im Leben fixiert, während es doch die kleinen, die alltäglichen sind, die wirklich wichtig sind. Wie zum Beispiel eine Kanne Tee.»

«Aber …»

«Hey, was ist das denn?», fragt Thelma unvermittelt.

«Was? Ich höre nichts.» Außer meinem Herzen, das laut in meinem Brustkorb wummert.

«Ich auch nicht! Keinen Ausbruchsalarm, keinen Suchtrupp! Nur das angenehme Zischen des Wasserkochers!» Sie grinst. «Jetzt setz dich einfach, hör auf mit dem Stress und gib dich den einfachen Freuden des Lebens hin.»

Raj holt sein Handy aus der Tasche. «Also, Warwick um Viertel nach eins, richtig? Wie viel – das Übliche?»

«Nein, heute das Doppelte. Keine Sorge, so viel habe ich noch.»

«Zwanzig Pfund, bist du sicher?»

Thelma sieht mich an.

Ich nicke.

O ja, ich bin sicher, dass *Second Chance* gewinnt, denn das Ganze strahlt eine furchtbare Unausweichlichkeit aus. Ich fühle mich wie ein verurteilter Häftling in den letzten Stunden vor der Hinrichtung. Bis das Rennen gelaufen ist, kann ich noch auf einen Aufschub hoffen, doch sobald das Pferd über die Ziellinie galoppiert ist, hat es keinen Zweck mehr zu leugnen. Keine Ahnung, was ich dann tun soll.

«Okay, wir bleiben auf eine Tasse, aber dann muss ich zurückgehen.»

«Das hört sich schon besser an!» Thelma grinst und wendet sich wieder dem Fernseher zu. «So, wen darf ich jetzt verhauen?»

15 EINE SPÄTE AUFHOLJAGD

Hättet ihr mir heute Morgen erzählt, dass ich auf einem Plastikstuhl in einem Gewächshaus sitzen und Tee aus einem Becher trinken würde, der die Form von Darth Vaders Kopf hat – und dass dies alles im Beisein einer alten Frau passiert, die im Rollstuhl *Wii Ninja Showdown* spielt –, dann hätte ich vorgeschlagen, dass ihr besser mal euren Kopf untersuchen lassen solltet. Doch der heutige Tag war bereits in so vieler Hinsicht sonderbar. Es ist eindeutig ein Tag wie kein anderer.

«Und was meinst du?», fragt mich Raj. «Schmeckt der Tee so gut wie angekündigt?»

«Jedenfalls habe ich schon schlechteren getrunken. Obwohl es vielleicht doch der *schlimmste Becher* ist …» Ich proste ihm mit Darth Vaders Kopf zu.

Er lacht. «Ich hatte den Eindruck, dass dir die dunklen Seiten des Lebens liegen, deshalb dachte ich, er könnte dir gefallen … Aber was ist nun mit dem Tee?»

«Ja, er schmeckt richtig gut. Was ist es für eine Sorte? Oder ist es eine Familienmischung, die seit Generationen überliefert wird? Uups, 'tschuldigung, das war rassistisch! Damit wollte ich nicht sagen …»

«Nein, nein, du hast vollkommen recht, es ist wirklich eine uralte Mischung aus meiner Heimatstadt.» Raj holt eine Schachtel mit Teebeuteln aus Yorkshire aus dem Schrank. «Ich komme aus Bradford, bin da geboren und aufgewachsen. «

«Dich mache ich fertig!», ruft Thelma. Sie starrt auf den Bildschirm und schwenkt wie wild den Controller.

«Stell dir mal vor, wie sie gewesen sein muss, als sie jünger war», flüstert Raj. «Im echten Leben!»

«Ich finde sie jetzt auch ganz toll! Nicht jeder kann einen Haufen Pailletten tragen und cool aussehen!»

Raj lacht, als eine elektronische Fanfare aus der Konsole dröhnt und auf dem Bildschirm ein Feuerwerk explodiert.

«Hey, was habe ich gemacht? Soll das so sein?»

«Du hast ein Extraleben gewonnen», sagt Raj. «Das ist was Gutes.»

«So so, ein Extraleben, was?» Thelmas Augen funkeln, als sie uns angrinst. «Damit könnte ich bestimmt einiges anstellen!»

Huh! Das habe ich doch kürzlich schon einmal gehört, etwas über *ein Extraleben wie in einem Videospiel*. Wahrscheinlich von Dad, der redet so.

«Wir sollten jetzt wirklich gehen», verkünde ich und fühle mich wie der letzte Spielverderber, weil ich die Paillettenmörderin rauszerren will.

Doch Thelma wehrt sich nicht. «Aye!» Sie seufzt. «Anstrengender, als man denkt, so viele Leute zu verhauen!»

Sie lächelt, aber ich sehe auch, wie sich der Schmerz in ihre Züge zurückfrisst.

«Ist euch klar, dass das Rennen in fünf Minuten beginnt?», fragt Raj. «So lange könnt ihr doch noch bleiben und zuhören.»

Der Schreck fährt mir in die Glieder. «In *fünf Minuten?!* Wie lange sind wir denn schon hier?»

«Ungefähr eine Stunde.»

«Die Zeit verfliegt, wenn man Spaß hat, Alex!», ruft Thelma.

«Und ich bin so was von tot – nach allem, was mir heute schon passiert ist.»

«Dann kannst du auch noch bleiben und dir das Rennen anhören», sagt Raj. «Schlimmer kann es doch nicht werden, schließlich können sie dich nicht zweimal umbringen.»

Aus unerfindlichen Gründen erwarte ich, dass er in die Hände klatscht und kichert. Natürlich macht er das nicht.

Keine Ahnung, warum ich das eben gedacht habe.

Raj hat recht – wenn ich zurückkomme, kriege ich in jedem Fall Ärger. Zehn Minuten mehr oder weniger spielen dabei auch keine Rolle.

★

Wir drängen uns um das Radio, als der Reporter die Pferde und die Jockeys aufzählt. Im Augenblick könnte mein Herz ihnen einen harten Wettkampf liefern, wetten? Es rast dahin wie ein Vollblutpferd, aber es fühlt sich eher wie in einem alten Western an, in dem jemand um sein Leben galoppiert, weil er vom Sheriff und seinen Leuten verfolgt wird.

Thelma drückt meine Hand, als der Name «Second Chance» fällt.

Ich spüre, wie sie zittert. So viel Spannung ist sicher nicht gut für ihr Herz – oder auch für meins.

Das Pferd gewinnt, ich weiß es genau.

Danach muss ich mich der Tatsache stellen, dass alle schlimmen Dinge, die ich mir immer vorstelle, wirklich wahr werden.

Und dann … was soll ich dann nur machen?

«Es geht los», sagt Raj.

Ich habe noch nie ein Pferderennen im Radio gehört, eine atemlose, chaotische Wörterhetze ohne Punkt und Komma. Als im Hintergrund die Hufe donnern, stelle ich mir vor, wie Erdbrocken hochfliegen und die Jockeys in einem Wirrwarr von Farben in den Steigbügeln stehen.

«Er ist Dritter», murmelt Raj und krault gedankenverloren den Hund.

«Er lässt sich Zeit», meint Thelma.

Der Stuhl bohrt sich in meine Beine, als ich mich dichter über das Radio beuge. Wenigstens habe ich diesmal eine Hose an.

Wie komme ich denn auf diesen Gedanken?

«Allmählich sollte er sich etwas beeilen», sagt Raj.

Letzte Nacht saß ich auf einem ähnlichen Stuhl, aber

mit nackten Beinen, sodass ich den kalten Kunststoff gespürt habe.

«Ich weiß, was er vorhat», sagt Thelma. «Er nutzt den Windschatten und überlässt den anderen die Arbeit.»

Was soll das mit *letzter Nacht?* Gestern war ich zu Hause im Bett.

«Er hat zu lange gewartet», murmelt Raj.

Ich habe ein Glas Wasser getrunken.

Das hat mir dieser Typ mit den Zähnen und der gebräunten Haut gegeben … Und dazu hat er etwas über Flüssigkeitsmangel gesagt.

«Streng dich an, Junge, du schaffst das!» Thelma versucht ihn anzufeuern.

Ich wünschte, ich könnte mich erinnern, woher ich ihn kenne.

«Er legt einen späten Sprint ein. Keine Sorge, er macht die anderen nur müde.»

Obwohl ich lieber nachdenken würde, konzentriere ich mich auf das Rennen.

Masked Avenger liegt in Führung vor Blackham's Wimpey und Second Chance.

«Los jetzt!», knurrt Thelma und schwenkt die Faust vor dem Radio – immer noch auf Prügelkurs.

Jetzt kommt Second Chance, überholt auf der Innenbahn, aber hat er zu lange gewartet?

Schön wär's …

«Jetzt beweg dich!», ruft Thelma.

Auf gleicher Höhe mit Blackham's Wimpey.

«Schneller», feuert Raj das Pferd an.

Ich ergebe mich in mein Schicksal.

Second Chance auf der Überholspur.

Ich bin verflucht.

Er ist Masked Avenger auf den Fersen.

Dem Untergang geweiht.

Beide Jockeys greifen zur Peitsche, preschen Richtung Ziel.

Hundertprozentig.

Sie überqueren die Ziellinie, der Favorit Masked Avenger mit der Quote von neun zu vier gewinnt vor Second Chance und Blackham's Wimpey auf dem dritten Platz …

Es dauert ein, zwei Sekunden, bis mir wieder bewusst wird, dass «Second Chance» aus meiner Sicht gar nicht gewinnen sollte.

Das ist gut! So habe ich es mir gewünscht.

Am liebsten wäre ich aufgesprungen und hätte die Faust gereckt.

Wahnsinn! Ich habe nicht auf den Gewinner getippt. Das bedeutet, ich weiß auch nicht vorher, was geschehen wird. Alles andere war Zufall. Es geht mir gut, ich bin vollkommen normal! (Na gut, wir wollen's nicht übertreiben, aber trotzdem, yeah!)

★

Luigi begleitet uns bis zu dem Törchen in der Mauer. Thelma schaut sich noch einmal um und genießt die Aussicht, als würde sie sie nie wiedersehen. Ich habe ein schlechtes Gewissen, weil ich sie zurückbringe, doch nachdem die erste Freude verflogen ist, hat sich ein neues Unbehagen eingeschlichen – wie wenn man nachts eine Stunde zu spät nach Hause kommt.

«Es tut mir leid, dass Ihr Geld weg ist.»

Thelma winkt ab. «Ach, mach dir keinen Vorwurf, Alex. Ich kann es schließlich nicht mitnehmen, oder? Außerdem finde ich immer noch, dass es gut investiert war. Wir haben bewiesen, dass du auch nicht besser im Tippen bist als dreibeinige Alte wie ich.» Sie lacht. «Alles in allem ein sehr gelungener Ausflug, finde ich. So ein Gerät würde ich mir auch gern zulegen. Hast du mitgekriegt, dass ich ein Extraleben gewonnen habe?»

«Ja, das habe ich gesehen.»

Die alte Frau kichert. «Zu schade, dass ich kein echtes gewinnen kann. Ich würde direkt an der Stelle von vorn anfangen, als ich noch alles konnte.» Sie hebt den Kopf und zwinkert mir zu.

Und dann passiert es.

16 DAS KLAVIER FÄLLT HERUNTER

Ich hatte damit gerechnet, dass uns irgendetwas erwischen würde und zum Beispiel ein steinerner Wasserspeier vom Dach fällt, ein Schwarm Killerkrähen uns angreift oder ein blutrünstiger Höllenhund …

Eigentlich hätte ich wissen müssen, dass die größte Gefahr in meinem Kopf lauerte, an den knarzenden Seilen zog und nur auf den richtigen Moment wartete.

Hätte man das Pech, direkt unter einem echten Klavier zu stehen, wenn es herunterfällt, dann müsste man schon sehr viel Glück haben, um zu überleben und von den erlittenen Schmerzen berichten zu können. Als mein metaphorisches, nicht reales Klavier runterknallt, ist die Wirkung ähnlich verheerend.

Wäre das hier ein Comic, würden bei dem Aufprall des Instruments alle Tasten durch die Luft fliegen und mir dann auch noch auf den Kopf fallen. Als zusätzlichen komischen Effekt würde man eine Melodie aus absteigenden Noten hören, die jeweils ein weiteres Puzzlestück verkörpern.

Boing! d: Ich, tot auf einer Bahre.

Knack! cis: Ich, nackt in der Leichenhalle.

c: Gerry, der salsatanzende Leichenbestatter, ganz

Zähne und Studiobräune. Und: *Trink das, dann geht's dir besser.*

h: *Du bist gestorben, Darling. Wie soll man deiner Meinung nach sonst hier landen?*

b: *Ich habe gesagt, dass du gestorben bist – von Totsein war keine Rede.*

a: *Ein Extraleben wie in einem Videospiel.*

gis: *Aber diesmal musst du versuchen, deinen Tod zu verhindern.*

g (noch ein Halbton tiefer, der drohendes Unheil andeutet): *Und wenn es mir kurz entfällt?*

fis: *Dann wirst du höchstwahrscheinlich genau das Gleiche tun wie vorher und das gleiche Ergebnis erzielen.*

Und so weiter …

Nacheinander donnern die Bruchstücke der Begegnung in der Leichenhalle wie ein ohrenbetäubender Wasserfall auf mich herab und enden auf einem letzten tiefen a, leicht schief, eher ein dumpfer Aufschlag als ein Ton. Lustig.

Allerdings ist mir nicht zum Lachen zumute.

Ich bekomme kaum Luft und halte mich an den Griffen von Thelmas Rollstuhl fest, um nicht auf die Knie zu sinken.

Am Wegrand liegt ein umgefallener Baumstamm. Taumelnd lasse ich mich darauf nieder. Thelma muss ihren Rollstuhl selbst so drehen, dass sie mich ansehen kann.

«Alex, Liebes, was ist denn?»

Ich kann nicht sprechen.

Nur den Kopf schütteln.

Es ist wie die Übertragung des Pferderennens vorhin – als würde ich von dem plötzlichen Schwall meines Wissens totgetrampelt.

Jetzt verstehe ich das – diese Bruchstücke, die Klänge und Gerüche … *Darum* ging es: Es war der Versuch, zu mir durchzudringen.

«Alex?»

«Geht schon!», keuche ich mühsam. Doch das ist gelogen und Thelma ist nicht dumm.

«Ich hole jemanden!»

«NEIN! Bitte!» Es ist verboten, hier draußen zu sein, das bringt uns in Teufels Küche!

Ist es nicht absurd, dass ich mir Sorgen mache, weil ich mich von der Arbeit fortgeschlichen habe – wo ich doch gerade herausgefunden habe, dass ich letzte Nacht in einer Leichenhalle mit meinem eigenen toten Körper konfrontiert war und mit einem Mann geredet habe, der mir ein Extraleben schenken wollte?!

Ich gebe ein Geräusch von mir, etwas zwischen Lachen und Schluchzen.

Thelma runzelt noch mehr die Stirn.

Ich lächle. «Alles okay!»

Das stimmt nicht. Ich meine … ich bin tot!

Nein, ich bin *gestorben*. Das ist etwas anderes.

«Alex?» So wie Thelma mich beobachtet, muss ich das wohl laut gesagt haben.

«'tschuldigung! Äh …» Wo soll ich mit der Erklärung anfangen? *Hey, Thelma, Sie glauben mir nie, was ich gestern Abend erlebt habe!*

Genau, sie würde es mir niemals abkaufen.

Wenn mir jemand so etwas erzählen würde, würde ich denken …

Oh!

Ich fange an zu lachen.

Plötzlich ist mir vor lauter Erleichterung und Albernheit schwindlig.

«Alex?»

Ich lache aus vollem Hals, schütte mich aus vor Lachen.

«ES WAR EIN TRAUM!», sage ich zu Thelma. «Nur ein blöder Traum.»

Prompt meldet sich Gerry zu Wort: *Echt? Ich hätte dich für klüger gehalten. Dieses Traumding ist ein blödes Klischee, Alex.*

Aber selbstverständlich war es ein Traum! Wenn das kein Traumszenario ist, was dann?

Thelma sieht mich an wie einen spinnerten Säufer auf einer Parkbank.

«Tut mir leid, ich habe mich gerade erst an das verrückte Zeug erinnert, das ich gestern Nacht geträumt habe. Einen Augenblick lang dachte ich, das wäre echt. Es hat mich total fertig gemacht!»

«Na ja, Träume sind manchmal so», sagt Thelma und nickt bedächtig. «Das erklärt vielleicht auch diese bösen Vorahnungen von heute.»

«Was meinen Sie damit?»

«Träume sind harter Tobak, Liebes. Auch wenn man sich nicht einmal genau daran erinnert, können sie einen den ganzen Tag lang verfolgen.» Thelma lehnt sich zurück und streicht die Decke über ihren Knien glatt. «Vorgestern Nacht habe ich geträumt, ich hätte mich mit unserer Mavis gestritten, und dabei habe ich in der Hitze des Gefechts ganz schreckliche Sachen gesagt. Bei uns ging's immer heiß her, aber so ist das unter Schwestern nun mal. Egal, ich habe mir immer wieder gesagt, dass es nur ein Traum war. Schließlich ist Mavis schon zehn Jahre tot! Aber ich hatte den ganzen Tag lang ein schlechtes Gewissen.»

Das macht echt Sinn. Ich habe auch gar nicht vorhergesehen, was *genau* geschehen würde, sondern hatte ein mieses Gefühl wegen der Dinge, die im Traum passiert sind.

«Worum ging es denn überhaupt in dem Traum?», fragt Thelma. «Du bist ganz schön durcheinander, das habe ich gemerkt.»

Ich zögere. «Sie werden mich für dumm halten, weil ich dachte, es wäre Wirklichkeit.»

«Ich habe nichts gegen ein bisschen Blödheit!» Sie lächelt. «Dann gibt's wenigstens etwas zu lachen.»

Während ich Thelma von der Begegnung in der Leichenhalle erzähle, sehe ich es alles wieder vor mir, spüre die Kälte und schmecke die bittere metallische Luft – wie real es doch war! Gleichzeitig streiche ich über die raue

Baumrinde, als hätte ich Angst, der Stamm würde sich unvermittelt in eine kalte Aluminiumtrage verwandeln.

«Ach, ich wünschte, meine Träume wären auch so aufregend», sagt Thelma am Ende.

Das ist die richtige Einstellung! So sollte ich das sehen, statt auszuflippen und den Panikknopf zu drücken. Ich denke jetzt einfach: *Wow, supercooler Traum!*

Denn Träume können einem nichts tun, weil man immer aufwacht, bevor es richtig schlimm wird, nicht wahr? So funktionieren Träume nun mal!

«Schon mal darüber nachgedacht, ob dein Unterbewusstsein dir damit einen Stups geben will?», fragt Thelma und sieht mir in die Augen, bevor ich wegschauen kann. «Träume zeigen uns an, worüber wir nicht nachdenken wollen und wovor wir uns fürchten. Wenn du träumst, du würdest sterben, siehst du deinen eigenen Tod. Aber dann gibt der Typ dir noch eine Chance. Ein Extraleben!»

«Und?»

Thelma seufzt. «Und vielleicht sollst du auf diese Weise begreifen, dass sich das Leben heute abspielt, in diesem Augenblick! Nicht morgen oder nächste Woche. Wenn du es immer weiter verschiebst, könntest du sterben, bevor du richtig gelebt hast.»

Es nervt, wenn etwas plötzlich so klar erscheint, nachdem jemand den Finger darauf gelegt hat.

«Sie glauben, es liegt daran, dass ich heute Abend lieber nicht zu dem Konzert gehen will?»

«Das hast du gesagt, Liebes. Es kommt alles aus deinem Kopf.» Sie zuckt mit den Schultern. «Was soll da eigentlich passieren?»

Jetzt könnte ich Thelma erzählen, was beim letzten Mal geschehen ist, als Tash und ich uns eine Band anhören wollten. Ich könnte ihr eine Liste der Worst-Case-Szenarien runterrattern, die mein Verstand in den vergangenen drei Monaten aufgestellt hat. Doch daraus ragt, wie eine riesige Werbefläche und eingerahmt von Neonlampen, ein einzelnes Bild heraus, das ich nicht ignorieren kann.

«Ich mache mir Sorgen um meinen Dad. Wenn mir etwas zustoßen würde, weiß ich nicht, was er tun würde.»

Thelma drückt meine Hand. «Man kann sein Leben aber nicht zugunsten anderer Menschen leben, Alex. Dein Vater würde bestimmt nicht wollen, dass du an einem Samstagabend allein dasitzt! Du bist sechzehn, das ist das richtige Alter, um dummes Zeug zu machen und sich zu amüsieren. Wetten, das hat dein Vater in dem Alter auch getan?»

«Keine Ahnung. Er hat sein Leben zum Großteil damit verbracht, zu Hause zu sein und mich großzuziehen.»

«Aye, weil er dich liebt. Das bedeutet: Er will, dass du glücklich bist. Jedes Mal, wenn du vor Angst einen Rückzieher machst, stirbst du ein bisschen, Liebes. Das Leben ist zum Leben da und nicht dazu, sich im Luftschutzkeller einzuschließen.»

«Aber wenn mir etwas passiert …»

«Und wenn dir nichts passiert? Wäre das nicht noch schlimmer? Wenn du neunzig wirst, aber zu ängstlich warst, um irgendetwas zu unternehmen? So ein Leben wünscht sich dein Vater sicher nicht für dich.»

Ich weiß, dass ihr Standpunkt vernünftig ist … Trotzdem. «Ich habe zu viel Angst vor einer neuen Panikattacke. Damit würde ich Tash das nächste Konzert versauen.»

«Und was wäre, wenn du wirklich Panik bekommst? Es würde dich nicht umbringen. Wenn du dir weiter solche Sorgen machst, wird ein Angstanfall nur immer wahrscheinlicher. Also hör auf damit!»

«Das hört sich so einfach an.»

«Weil es einfach ist. Wieso machst du es dir so schwer?» Thelma lächelt.

17 VERSPRECHUNGEN, VERSPRECHUNGEN

«Süße!» Tash rennt auf mich zu und schlingt die Arme um mich. «Ich habe das mit dem Aufzug gehört. Geht's einigermaßen?» Sie löst sich von mir und hält mich auf Armlänge von sich weg, als wollte sie nachsehen, ob ich noch vollständig vorhanden bin. «Wo warst du denn? Wir dachten, du wärst nach Hause gegangen.»

Sie wirkt müde und gestresst, und ihr Arbeitskittel weist zahlreiche fragwürdige Flecken auf ... Mir dämmert, dass jetzt nicht der optimale Zeitpunkt ist, um mit der lächerlichen Geschichte anzukommen und ihr entgegenzuschmettern: *Hey, ich hatte einen wahnwitzigen Traum, in dem ich gestorben bin und wieder auferweckt wurde.*

«Nach dem Beinahe-Unfall war sie ganz schön durch den Wind», sagt Thelma. «Ein bisschen Ruhe hat ihr gutgetan.»

«Wieso bist du nicht zu mir gekommen?»

«Ich habe dich gesucht, Tash, aber keiner wusste, wo du warst.»

Tash verzieht das Gesicht. «Das war bestimmt, als Marianne mich mit den Bettpfannen losgeschickt hat. Drei nacheinander! Drei!»

«Tut mir leid!»

«Du kannst doch nichts dafür. Aber was war denn nun mit dem Aufzug? Bist du sicher, dass du es verkraftet hast?»

«Mir geht's gut. Ich möchte lieber nicht darüber reden.»

Tash mustert mich mit schmalen Augen. «Das beweist nur, dass du total von der Rolle bist. Seit wann willst *du* über so etwas nicht reden?»

Ich muss lachen. «Vielleicht habe ich mich neu erfunden.» Ich werfe Thelma einen flüchtigen Blick zu. «Wenn man dem Tod nur knapp entronnen ist, bringt einen das zum Nachdenken. Man kapiert, dass wir nie wissen werden, wann das Klavier herunterstürzt.»

«Das Klavier? Ich dachte …»

«Das ist so eine Redensart. Es geht darum, dass wir alle jederzeit sterben können. Deshalb müssen wir jeden Moment nutzen und das Beste daraus machen.»

Ich kann mir nicht vorstellen, dass Tash ihre Augenbrauen noch dichter zusammenziehen könnte. «Du hörst dich wirklich sehr sonderbar an, Alex. Und bei dir will das echt was heißen.»

«Danke.»

«Gerne.»

Während dieses Gesprächs schiebe ich Thelma durch den Gang und sehe nur ihren gefleckten Scheitel, den der weiße Flaum spärlich bedeckt. Dennoch weiß ich, dass sie gut zuhört.

«Alex hat mir von dem Konzert erzählt, zu dem ihr

heute Abend geht», sagt sie. (Die Gute sticht aber auch in jedes Wespennest!)

«Konzert? Ach, Sie meinen den Auftritt von Tokyo Girl?» Tash lacht und schaut mich an. «Du kommst mit?» Sie wirkt überrascht und erfreut – glaube ich zumindest.

«Zu Tokyo Girl? Das kann man sich doch nicht entgehen lassen. Natürlich komme ich mit!» Mein Lächeln fällt zittrig aus, und ich bin nicht sicher, ob Tash mir das abnimmt. «Bis dahin geht's mir wieder gut», höre ich mich noch sagen.

«Und ob», sagt Thelma.

So dumm bin ich nun auch wieder nicht – natürlich merke ich, dass ich hier etwas verspreche, das ich eventuell nicht halten kann. Mein Problem löst sich nicht einfach in Wohlgefallen auf, nur weil ich im Garten spazieren war und mir gute Ratschläge von einer alten Dame im Glitzertop geholt habe. Bei der Zusage, dass ich mitkomme, wenn im Pandemonium Tokyo Girl auftritt, ist die Wahrscheinlichkeit nach wie vor am größten, dass ich als Erste die Grenze zur Panik überschreite.

«Was für eine schöne Überraschung!» Marianne erscheint mal wieder wie aus dem Nichts – der übliche Trick. «Ich hätte nicht gedacht, dass Sie aus dem Bett kommen und so quirlig unterwegs sind, Thelma. Und was für eine zauberhafte Bluse!» Als sie sich zu mir umdreht, wappne ich mich für die unvermeidliche Frage bezüglich meines Verschwindens. «Wir waren der Meinung, du wärst nach Hause gegangen, Alexandra! Wie geht es dir denn jetzt?»

Wie nett! Also doch kein Verhör ... Vielleicht nehmen die Dinge von nun an ja eine positive Wendung.

Ich antworte, dass es mir besser geht, was ja wohl auch stimmt.

«Prima», sagt Marianne. «Es wird langsam Zeit für den Nachmittagstee, meinen Sie nicht auch, Thelma?»

«Nun, ich bin immer für eine Tasse zu haben», antwortet Thelma mit einer deutlich damenhafteren Stimme als sonst.

«Dann wollen wir es Ihnen mal gemütlich machen», erwidert Marianne und macht Anstalten, mir heute schon als Zweite die Kontrolle über den Rollstuhl streitig zu machen. (Man könnte glatt Komplexe bekommen.) «Wir denken, ihr Mädchen könnt Tee kochen.»

Doch ehe Marianne sie fortschieben kann, nimmt Thelma meine Hand und drückt sie. «Du schaffst das, Alex», sagt sie entschlossen. «Ich glaube an dich. Na los, mach uns stolz.»

Marianne sieht sie verblüfft an. Vermutlich wundert sie sich, wieso Thelma mir so engagiert zuredet, Tee zu kochen.

18 DÜNNE GOTH-HEXE

Die Vorbereitung für den Nachmittagsimbiss in Ulmenblick besteht vor allem aus der richtigen Logistik, aber Tash und ich sind wie ein eingespieltes Formel-Eins-Team, wenn es um Tee und Kekse geht.

«Willst du später zu mir kommen, damit wir uns für heute Abend fertig machen können?», frage ich und hole die Teekannen aus dem Küchenschrank, während Tash so viele Schokoladenplätzchen aufreiht, dass man den Hadrianswall damit nachbauen könnte.

«Äh …, ja, super!» Da ist er wieder, der angedeutete Zweifel in ihrer Stimme.

Tash will mich bei dem Auftritt nicht dabeihaben. Sie erwartet, dass ich ihr mit meinen Panikattacken den Abend verderbe – wie beim letzten Mal.

Ich möchte keine klettige ehemalige beste Freundin sein, mit der Tash nicht ausgehen will, aber das bringe ich so nicht über die Lippen. Im Gegenteil, ich möchte Tashs beste Freundin sein, die sie dringend allen vorstellen will. Jemand, mit dem sie Spaß hat und an die sie als Erste denkt, wenn sie irgendwohin gehen will.

Mist! Das ist ja eine Beschreibung von Val.

Ich will VAL SEIN!

Neeeeiiiinn!

Na gut, vielleicht nicht Val persönlich, aber mehr wie sie und weniger wie ich. Das würde schon reichen.

Tash reißt eine Packung Linzerkekse auf. «Eigentlich wollte ich es dir erst später sagen.»

Jetzt kommt's.

«Ich habe dir doch erzählt, dass Val den Türsteher vom Pandemonium kennt, stimmt's?»

«Und?» Die Alarmglocken in meinem Kopf sind so laut, dass ich dabei Tash kaum verstehen kann.

«Val meint, sie kann uns vielleicht backstage bringen, sodass wir die Band kennenlernen können!» Als Tash sich zu mir umdreht, grinst sie und strahlt großäugige Emoji-Begeisterung aus. «Alex – wir treffen Kenji!»

Okay, damit hatte ich nicht gerechnet.

Das ist SUPER, unfassbar SUPER.

Doch mir fällt nichts Besseres ein, als sie zu fragen: «*Val* kommt mit?»

«Das macht dir doch nichts aus, oder?»

«Weiß *sie*, dass *ich* dabei bin?»

«Ja, klar.» Aber Tashs Stimme klingt ein wenig zu fröhlich.

«Ist ihr das etwa egal?»

«Du meinst, weil du sie letztes Mal als ‹dünne Goth-Ziege› beschimpft hast?»

«Genau genommen Hexe, nicht Ziege.» Ich bestücke die Kannen mit Teebeuteln. «Aber ehrlich gesagt, würden sich die wenigsten Leute aufregen, wenn man sie als dünn bezeichnen würde – oder als Goth. Schließlich zieht sie sich mit Absicht so an.»

Bei besagtem Zusammentreffen habe ich zum letzten

Mal Alkohol getrunken. Ich hatte Angst gehabt, auf die Party zu gehen und Val kennenzulernen, und geglaubt, ein Drink würde mich beruhigen. Gewirkt hat er jedenfalls, nur nicht ganz so wie beabsichtigt. Wenn es euch tatsächlich interessiert, gibt es sicher noch Videos auf YouTube. (Nein, schaut sie euch lieber doch nicht an, ich habe es mir anders überlegt.)

Tash verteilt eine Packung Kekse mit Feigenmarmeladenfüllung auf die Platten. «Ihr würdet merken, dass ihr euch mögt, wenn ihr einander noch eine Chance gebt. Das sage ich nicht nur dir, sondern auch Val.»

Also kann Val mich genauso wenig ausstehen wie ich sie. Das hat etwas angenehm Symmetrisches.

«Ich habe gesagt, ich, Quatsch, *wir* würden uns gegen acht vor dem Club mit Val treffen. Einverstanden?»

«Meinetwegen.» Der riesige Wasserkocher aus Edelstahl zischt und spritzt, während ich den Tee in den Kannen aufgieße.

Jetzt verstehe ich das alles. Tash dachte, ich kneife wie immer, und hat sich für den Auftritt mit Val verabredet. Als Tash heute Morgen sagte, sie würde auf jeden Fall hingehen, hatte sie also bereits vorgesorgt.

Ich mache ihr keinen Vorwurf. Wie oft habe ich Tash schon sitzen lassen? Aber jetzt ist genau das eingetreten, was ich schon immer befürchtet habe – und in meinem tiefsten Inneren habe ich gewusst, dass es eines Tages so weit sein würde.

Das ändert jetzt alles. Wenn ich mich nicht überwinde, heute Abend ins Pandemonium zu gehen, erlebt Tash einen weiteren DU-GLAUBST-MIR-NIE-WAS-PASSIERT-IST-ABEND mit Val. Wenn sie hinter der Bühne an Tokyo Girl herankommen, müssen die Emoji-Entwickler ein neues Symbol erfinden, das ausdrückt, wie unglaublich toll das ist.

Doch es ist noch nicht zu spät, ich kann immer noch etwas unternehmen. Dafür muss ich bloß mein Versprechen halten und hingehen.

Es ist nur ein Konzert, ein schöner Abend, an dem ich mit meiner besten Freundin meine Lieblingsband erlebe.

Ganz einfach, wie Thelma gesagt hat.

«ALEX!»

Ich höre Tash im selben Moment, in dem ich fühle, wie sich das kochende Wasser aus der überlaufenden Teekanne über meine Hand ergießt.

★

«Was ist heute mit dir los, Süße?» Tash hält meine verbrühte Hand unter den kalten Wasserhahn und schaltet voll auf zukünftige Krankenschwester um. «So eine Verbrennung kann eine Narbe hinterlassen. Du musst die Hand noch mindestens zehn Minuten unter das Wasser halten.»

«Tut mir leid, ich habe nachgedacht.»

«Du denkst zu viel! Sag ich doch die ganze Zeit.» Tash

lädt die Teekannen auf den Rollwagen, während sich meine Hand allmählich in ein Eis am Stiel verwandelt.

«Zehn Minuten, echt? Das Wasser ist eiskalt und tut mehr weh als die Verbrennung.» Ich krümme und spreize die Finger, damit das Blut weiter kreist.

«Da, man kann es schon sehen!» Tash prüft im Vorbeigehen meine Hand. «Ich habe dir doch gesagt, das gibt eine Narbe.»

Sie hat recht, denn auf dem Handrücken läuft die Haut rosa an, und der Fleck erinnert mich an einen Hasen. Ein Klecks fürs Gesicht und dazu zwei lange Ohren.

Nein …

UNMÖGLICH!

Die Küche schwindet aus meinem Bewusstsein, ich sehe nur noch den Fleck auf meiner Hand.

Aber jetzt beuge ich mich über eine Tote in der Leichenhalle und betrachte *ihre* Hand … Und da ist es. In meinem Traum.

In dem Traum, den ich *letzte Nacht* hatte!

«Alex? Geht's?»

Ich blinzle – und dann bin ich wieder zurück in der Küche.

Ich schüttle den Kopf, so schlecht geht's mir.

Wie kann man etwas träumen, das noch gar nicht geschehen ist?

Kann man nicht. Es ist unmöglich.

19 … UND WENN ES NOCH SO BLÖD ERSCHEINT

«Ich weiß nicht, ob es wirklich unmöglich ist, Liebes.» Thelmas Tasse klappert gegen die Untertasse auf ihrem Schoß. «Ungewöhnlich, das schon – aber unmöglich?» Sie schüttelt den Kopf.

Wir verstecken uns in der Mitarbeiterumkleide, nur Thelma und ich, nachdem ich sie im Aufenthaltsraum gefunden und mitgeschleift habe, während niemand hinsah. Ich musste *unbedingt* mit jemandem reden, und Marianne hat Tash zum Teeservieren abkommandiert.

Ich hole den gelben Post-it-Zettel aus der Tasche. «Der war auch drin, in der Hosentasche meines toten Ichs! LETZTE NACHT! In meinem verdammten TRAUM!»

Thelma nimmt mir das Stück Papier ab. «Was soll das sein?»

«Ein Vermerk wegen Nachsitzen von Derek. Er hat ihn mir gegeben, weil ich zu spät gekommen bin – HEUTE MORGEN!»

Ich habe die Jeanstaschen ausgeleert, und alles ist da, was ich in der Leichenhalle dabeihatte.

«Das ist in der Tat merkwürdig», sagt Thelma mit Blick auf die Gegenstände, die ich auf die Bank gelegt habe. «Und was ist mit diesem süßen Kerlchen?» Sie streckt die Hand nach dem Filzdrachen an meinem Schlüsselanhänger aus …

«NICHT ANFASSEN!» Ich packe ihr Handgelenk, ohne zu wissen, warum.

Thelma japst erschrocken.

«'tschuldigung!» Ich lasse sie los, aber erst nachdem ich den Schlüssel wieder an mich genommen habe. «Alles okay? Es tut mir wirklich leid, das war ein Reflex.» Ich starre den Drachen in meiner Hand an, mit seinen großen Augen und dem witzigen Lächeln. Alex? Geht's noch?

Thelma reibt sich das Handgelenk. «Mach dir um mich keine Gedanken. Die Zeiten sind längst vorbei, als ich noch geklaut habe.»

«So war das gar nicht gemeint. Aber …» Auch nach alldem, was bereits geschehen ist, wird sich *das* richtig blöd anhören.

Andererseits bin ich ihr eine Erklärung schuldig.

«Wissen Sie noch, was ich über den Mann in meinem Traum erzählt habe? Den in der Leichenhalle? Gerry.»

«Der Typ in Orange?»

«Ja.» Ich zögere, weil ich kaum glauben kann, was ich gleich laut ausspreche. «Es ist mir erst wieder eingefallen, als Sie die Hand nach dem Drachen ausgestreckt haben, aber … Also, Gerry hat gesagt, ich könnte mir jemanden suchen, der mich vertreten kann.»

«Wie, der dich vertreten kann?»

«Jemanden, der an meiner Stelle stirbt.»

Thelma reißt die Augen auf.

«Angeblich muss ich denjenigen nicht eigenhändig

umbringen, sondern ihm nur das hier übergeben.» Als ich die Faust öffne, grinst der Drache uns an. «Gerry meinte, es wäre das Zeichen. Ich weiß, das ist alles ganz und gar lächerlich, aber als Sie den Anhänger beinahe berührt haben, habe ich mich erschrocken.»

Thelma sieht zu, wie ich den Schlüssel in die Hosentasche meiner Jeans stecke, die am Haken hängt. «Du glaubst wirklich, ich würde sterben, wenn ich ihn anfasse?»

Ich lache, aber damit kann ich niemandem etwas vormachen. «Das ist verrückt, oder? Wahrscheinlich bin *ich* verrückt.»

«Das hast du nur geträumt, Alex. Du weißt doch, wie Träume sind.»

Ich zeige ihr den Wasserspeierring aus dem Bus. «Aber wieso habe ich in der Nacht von Dingen geträumt, die ich heute zum ersten Mal gesehen habe?» Allmählich habe ich das Gefühl, von dem unheimlichen Gesicht persönlich ausgelacht zu werden.

Thelma schlürft ihren Tee. «Möglicherweise kanntest du die Frau doch schon und hast es vergessen. Und Derek schickt ständig alle möglichen Leute zum Nachsitzen.» Sie nimmt den Schokokeks von der Untertasse. «Die Frau saß vielleicht früher schon einmal im Bus, und bei der Gelegenheit hast du den Ring wahrgenommen, ohne es so richtig zu merken, und im Unterbewusstsein gespeichert.» Nachdem sie den Keks eingetunkt und abgebissen hat, zittert ihr Kiefer beim Kauen.

Möglich wär's. Es würde zu meinem tückischen Verstand passen, mir diesen Streich zu spielen.

«Aber was ist damit?» Ich zeige Thelma die hasenförmige Verbrühung auf meinem Handrücken.

«Ui, das sieht nicht gut aus. Tut weh, was?»

«Ja, aber was mich mehr beschäftigt, ist die Tatsache, dass ich gestern davon geträumt habe, obwohl es doch eben erst passiert ist.»

Thelma mümmelt nachdenklich. «Hast du schon mal daran gedacht, dass du die Dinge vielleicht nicht ganz wirklichkeitsgetreu erinnerst? Kann es nicht sein, dass dein Verstand dir vor lauter Angst falsche Informationen vorspiegelt?»

«Sie meinen, ich habe gar nicht von dem Brandmal geträumt, sondern glaube das nur?»

Sie nickt. «Falls es wirklich darum geht, dass du dich vor dem heutigen Abend fürchtest. Wenn dein Gehirn dir erfolgreich einredet, du wärst letztes Mal bei dem Konzertbesuch gestorben, und die Geschichte mit all diesen Beweisen belegt …» Thelmas Hand fährt über die Gegenstände, die auf der Bank liegen. «Dann wäre das ja wohl ein aussagekräftiges Gegenargument, nicht wahr?»

«Könnte man sagen.»

«Das Unterbewusstsein kann ein fieses Kerlchen sein. Es kennt dich zu gut, es ist mit deinen Schwachpunkten vertraut und weiß, welche Knöpfe es drücken muss.»

Ich möchte ihr nur allzu gern glauben, aber ich

bezweifle, dass ich grundlos von diesen Dingen geträumt habe. So viele Zufälle gibt's doch gar nicht.

Ganz abgesehen vom Scrabble, das mir schon den ganzen Morgen durch den Kopf geht und das ich nicht länger ignorieren kann, sosehr ich es mir wünsche.

Es ist, wie wenn man als Kind sein Zimmer «aufräumt», indem man alles in einen Schrank wirft und die Unordnung nicht mehr sieht. Aber dann war es doch zu viel Zeugs, und das Schloss war aus dem Ein-Euro-Laden, und Dad hat es mit zu kurzen Schrauben montiert, und prompt – natürlich ausgerechnet, wenn Dad im Zimmer ist – platzt die Tür auf, und alles kommt in einer Riesenlawine herausgeschossen. Beladen mit schlechtem Gewissen.

«Ich muss einfach immer daran denken», sage ich mit einem schnellen Blick zu Thelma. «Wenn ich nun *wirklich* ein Extraleben geschenkt bekommen hätte und das alles tatsächlich zum zweiten Mal mache ... dann würde es erklären, warum ich wusste, welches Wort Nerys beim Scrabble legen würde ... *und* welcher Song im Radio gleich gespielt würde.»

Eigentlich hatte ich gehofft, es würde sich lächerlicher anhören, wenn ich es laut sage. Hat aber nicht ganz geklappt.

Thelma tunkt erneut ihren Keks in den Tee und merkt nicht, dass eine Ecke abbricht und hineinfällt. «Doch du hast nicht gewusst, welches Pferd das Rennen gewinnt.»

Einen Augenblick sehe ich einen Hoffnungsschimmer, aber dann –

«Das liegt daran, dass wir beim letzten Mal keine Wette abgeschlossen hätten. Dieses Mal hat es nicht funktioniert, weil ich wegen der Vorahnungen, von denen ich Ihnen erzählt habe, ausgerastet bin und Ihnen davon erzählt habe. Anscheinend kann ich nur die Dinge ‹vorhersagen›, die ich schon gemacht habe – weil ich mich dann daran erinnere.»

Sie nickt. «Aber diesmal machst du ein paar Dinge anders.» Plötzlich hellt sich Thelmas Miene auf. «Das ist doch was Gutes! Dieser Gerry hat gesagt, du sollst einiges verändern.»

«Stimmt, aber es reicht nicht. Ich habe trotzdem das gleiche Zeug dabei wie mein totes Ich in der Leichenhalle.»

Thelma steckt sich das letzte Keksstückchen in den Mund.

«Vielleicht gehen wir falsch an die Sache ran», meint sie und bespuckt mich beim Sprechen mit Krümeln. «Tun wir doch mal eine Minute so, als wäre das tatsächlich alles wahr. Wie du bereits sagtest, würde es eine Menge erklären.»

«Abgesehen davon, dass es unmöglich ist!»

«Ach ja? Sherlock Holmes hat einmal gesagt: ‹Wenn man alle Möglichkeiten ausgeschlossen hat, dann ist das, was übrig bleibt, die Wahrheit, und wenn es noch so blöd erscheint.›» Grinsend trinkt Thelma einen Schluck

Tee, prustet und wirft einen empörten Blick in die Tasse. «Was zum Teufel schwimmt denn da drin?»

«Sie wissen aber schon, dass Sherlock Holmes nicht wirklich existiert hat?»

Mit einem Stirnrunzeln winkt Thelma ab. «Ich habe immer daran geglaubt, dass es mehr Dinge auf der Welt gibt – und jenseits davon –, als wir alle wissen.» Sie kneift die Augen zusammen. «Nur die Menschen sind so arrogant und glauben, sie wüssten über alles Bescheid.»

Fasst das nicht zusammen, was Gerry gesagt hat?

Thelma steckt die Finger in die Tasse und holt sich die eingeweichten Kekskrümel.

«Man muss doch nur einen Blick auf die Geschichte werfen. Die alten Griechen zum Beispiel, die waren auch nicht dumm, aber sie glaubten, der Bauch könnte sich im Körper frei bewegen. Stell dir das mal vor!» Sie lacht. «Da kann man sich denken, dass sich in tausend Jahren die Menschen der Zukunft über uns kaputtlachen, weil wir bestimmte Dinge geglaubt und einfach nicht kapiert haben.» Sie leckt die Keksreste von den Fingern und schüttelt den Kopf. «Wenn du mich fragst, gibt es heute viel zu viele selbst ernannte Experten, die uns alles Mögliche weismachen. Ich habe mich immer lieber auf meine eigenen Augen und Ohren verlassen.»

«Das würde bedeuten …»

Thelma hebt die Hand. «Denk nicht darüber nach, was es bedeutet oder auch nicht. Ob es wahr ist oder nicht. Das kannst du sowieso nicht ändern. Es ist, was es ist, ob es dir nun gefällt oder nicht. Du hast im Augenblick nur die Wahl, wie du damit umgehst.» Sie gibt mir einen Stups vor die Brust. «Es geht darum, was du TUST, nicht, was du DENKST. Das ist alles, was am Ende zählt.»

«Und was soll ich jetzt machen?»

«Das, was dieser Gerry gesagt hat. Such dir einen Ersatz.»

Sie beliebt wohl zu scherzen.

Deshalb lache ich – so unspaßig, wie man es eben macht, wenn etwas überhaupt nicht lustig ist.

Doch Thelma meint es ernst. «Du hast es selbst gesagt, du musst nicht einmal persönlich jemanden umbringen. Du musst nur diesen niedlichen Schlüsselanhänger weitergeben. Wahrscheinlich wäre der Empfänger entzückt.»

«Bis er tot umfällt.»

«Aye, genau.» Thelma wendet den Blick ab.

Endlich fällt der Groschen, und ich begreife, was sie vorhat. «Sie leiten mich um!»

«Was ist das denn, Liebes?»

«So behandeln sie die dementen Bewohner im dritten Stock. Die Pfleger spielen jede Fantasie mit, um die Leute bei Laune zu halten. Und genau das machen Sie mit mir, Thelma, stimmt's? Sie glauben rein gar nichts davon!»

«Nein, ich habe dir doch schon gesagt, es spielt keine Rolle, was ich glaube. Und es spielt auch keine große Rolle, was *du* glaubst! Es kommt vielmehr darauf an, was du mit der Situation anfangen wirst. Du kannst dich dazu entschließen, gar nichts zu tun, aber auch das ist eine Entscheidung. Willst du dieses Risiko wirklich eingehen? Du könntest heute Abend sterben, wenn du nicht irgendetwas unternimmst.»

«Und jetzt wollen Sie, dass ich mir eine Stellvertreterin suche?»

Ich fasse es nicht, welche Wendung unser Gespräch genommen hat. Gleichzeitig habe ich doch selbst genügend daran geglaubt, um Thelma davon abzuhalten, den Drachenring zu berühren, oder?

«Ich spiele nur kurz den Advocatus Diaboli», entgegnet Thelma. «Also stelle ich dir mal eine Frage: Meinst du, unter den Tausenden von Einwohnern dieser Stadt gibt es niemanden, der seine Frau schlägt oder Kinder belästigt? Keine Mörder und Vergewaltiger? Es gibt wenig Gerechtigkeit auf der Welt, Alex. Unschuldige Menschen leiden und sterben, während die reichen Dreckskerle steinalt werden, weil sie die Leute ausbeuten und sogar mit Mord davonkommen!» Ihre Augen glühen.

«Kann sein, aber …»

«Und wenn du dich zwischen einem von denen und dir entscheiden müsstest und nur einer von euch am nächsten Morgen aufwachen darf, dann willst du mir doch nicht erzählen, dass nicht einer von diesen Kerlen an erster Stelle stehen würde – und nicht du, oder? Ich glaube, ich wüsste, wie dein Vater entscheiden würde, wenn er hier wäre …»

Dad! Allein der Gedanke an ihn schnürt mir die Brust zu. Wenn er morgen nach Hause käme und mich tot vorfände …

«Aber was heißt das genau? Ich kann ja nicht einfach zum nächsten Gefängnis gehen und mir einen aussuchen wie ein Hündchen im Tierheim.»

Thelma lacht. «Aye, da hast du wohl recht, Liebes.» Nach einem Blick in ihre Teetasse beschließt sie, dass davon nicht mehr viel Freude zu erwarten ist, und stellt sie auf die Bank. «Ich würde dir gern etwas anderes vorschlagen. Etwas, das leichter zu bewerkstelligen ist.»

Sie hat wieder dieses Funkeln in den Augen – wie vor ein paar Stunden, als sie dachte, ich wüsste, welches Pferd gewinnt.

Thelma wischt die Krümel von ihrer Decke und hebt den Kopf. «Wie wäre es mit mir? Ich melde mich freiwillig.»

20 ES IST KEIN MORD, WENN DAS OPFER SICH ANBIETET

Das hätte ich kommen sehen müssen. Habe ich aber nicht.

«NEIN!» Das Wort fliegt wie Husten über meine Lippen. «Kommt nicht infrage.» Ich sehe Thelma unsicher an und überlege, ob sie möglicherweise scherzt, obwohl ich die Antwort bereits kenne. «Auf keinen Fall!»

Thelma legt mir eine Hand auf den Arm und lächelt, als hätte sie genau das von mir erwartet. «Beruhige dich, Liebes. Hör mir doch erst mal zu, bevor du wieder durchdrehst.» Die Haut in ihren Augenwinkeln kräuselt sich, als sie grinst. «Stell es dir wie eins deiner anderen Experimente vor. Wie beim Pferderennen. Du gibst mir den Schlüssel und wir schauen, was passiert.»

«Aber …»

Thelma hebt einen gekrümmten Finger. «Wenn nichts geschieht, weißt du mit Sicherheit, dass die Begegnung in der Leichenhalle nur in deinem Kopf stattgefunden hat. Dann lebst du einfach so weiter.»

«Und wenn Sie tot umfallen?»

«Dann wissen wir endgültig, dass es kein Traum war!»

«Trotzdem wären Sie dann TOT!»

Sie lacht. «Du hättest mir einen Gefallen getan. Vielleicht hätten wir uns gegenseitig einen Gefallen getan.»

Thelma lehnt sich im Rollstuhl zurück und hebt die verschränkten Hände. «Sieh mich doch an, Alex. Es ist ja gut und schön, die Menschen auch nach ihrem Verfallsdatum in Gang zu halten, aber Leben kann man das nicht nennen. Jeden Abend, wenn ich ins Bett gehe, hoffe ich, dass es das letzte Mal war. Und ich bin immer noch hier und halte daran fest wie eine besoffene Oma auf einer Hochzeit.»

Wenn ich bedenke, wie glücklich und lebendig sie beim «Verhauen» in Rajs Gewächshaus war!

Doch die anderen Bilder gibt es auch: Thelma vornübergesunken in ihrem Rollstuhl, ganz allein im Aufenthaltsraum; oder ans Bett gefesselt und verzweifelt hoffend, dass jemand sie noch rechtzeitig zur Toilette bringt.

«Kannst du dir vorstellen, wie es ist, wenn man sich nicht mehr selbst waschen kann? Wenn man es nicht einmal allein auf die Toilette schafft? Ich will nicht irgendwann den ganzen Tag im Bett liegen müssen und warten, bis ein armes Mädchen wie du kommt und mich sauber macht. Heutzutage bin ich nur noch eine Last. Ich kann mich nicht daran erinnern, wann ich zum letzten Mal etwas Sinnvolles getan habe.»

«Heute zum Beispiel? Ohne Sie hätte ich das alles nicht durchgestanden.»

Thelma lächelt, und ich sehe ihr rosa Zahnfleisch und den verschmierten Lippenstift. «Und ich bin dir sehr dankbar, dass ich die Gelegenheit habe, mich noch einmal so zu fühlen, Liebes. Ehrlich gesagt, habe ich mich seit Jahren nicht so gut amüsiert.»

«Dann machen wir es nächsten Samstag genauso. Wir besuchen Raj und wetten aufs Neue. Oder wir schleichen uns in die Stadt, wie Sie gesagt haben.»

Thelma schmunzelt. «Das ist wirklich sehr nett von dir, Alex, aber ich habe mein Leben hinter mir und bin bereit zu gehen. Und wenn das bedeutet, dass du lebendig bleibst, was könnte besser sein? Du verleihst meinem Tod einen tieferen Sinn, und das können nicht viele von sich behaupten.» Sie grinst, aber jetzt ist auch ein Hauch von Verzweiflung in ihrer Stimme zu hören, und das schmerzt mich.

In ihren Worten liegt eine schauerliche Logik.

Zu neunundneunzig Prozent bin ich davon überzeugt, dass nichts passieren würde, wenn ich ihr die Schlüssel gebe.

Okay, vielleicht nur zu fünfundneunzig Prozent.

Warum tue ich es dann nicht einfach?

Dann wüsste ich es wenigstens, nicht wahr?

Und wenn sie sterben würde, hätte ich ihren Wunsch erfüllt und ihrem Frust und ihren Schmerzen ein Ende bereitet. Es wäre ein Akt der Gnade und Freundlichkeit. Schließlich kann man es nicht als Mord bezeichnen, wenn eine Sterbende ausdrücklich darum bittet.

Ich muss ihr nur den Drachen geben, das ist alles.

21 GENAU DAS GLEICHE WIE LETZTES MAL

Kennt ihr das: wenn man sich so sehr in Einzelheiten verliert, dass man das große Ganze – und das, was es bedeutet – nicht mehr im Blick hat?

Ich bin kurz davor, Ja zu sagen, aber dann …

Vielleicht liegt es daran, dass mir sechzehn Jahre lang der Unterschied zwischen Richtig und Falsch eingebläut wurde? Dass man Spinnen lieber fangen und aussetzen als mit dem nächstbesten Buch erschlagen sollte (wie Tash das macht)? Es ist etwas Körperliches, als würden alle Zellen schreiend die Zusammenarbeit verweigern, weil es falsch ist.

«Es tut mir leid, Thelma, aber ich kann das nicht!»

Während ich auf ein neues Gegenargument und eine Reihe vernünftiger Erwägungen warte, denen ich nichts mehr entgegensetzen könnte, lächelt Thelma nur traurig und sinkt in sich zusammen. Mit einem Mal wirkt sie erschöpft, ihr Blick verrät, dass sie Schmerzen hat. Selbst wenn ich nicht zugestimmt habe, ihr das Leben zu nehmen, habe ich offenbar ihren letzten Hoffnungsschimmer abgetötet.

Das ist doch verrückt. Wieso fühle ich mich schuldig, weil ich jemanden *nicht* umgebracht habe? Als wäre ich nicht so schon durcheinander genug.

«Was war noch mal die Alternative, wenn du dir keinen Ersatz suchen willst?», fragt Thelma und zerrt aus den Tiefen ihrer Enttäuschung noch ein Lächeln hervor.

«Tja, ich sollte wohl genau das vermeiden, was mich letztes Mal umgebracht hat.»

«Und was war das?»

«Ich kann mich nicht erinnern.»

«Du weißt gar nicht, wie du gestorben bist?»

Als sie das so sagt, rührt sich etwas in meinem Gedächtnis: Es ist dunkel und jemand sagt meinen Namen. Ich will reagieren, kann aber nicht, weil ich nicht genug Luft bekomme, um zu sprechen. In dem Moment, wo ich mich darauf konzentrieren will, ist es schon wieder verflogen.

«Ab und zu blitzt ein bisschen was auf, aber es reicht nicht, um etwas zu erkennen.»

«Es gibt also nicht den geringsten Hinweis darauf, was passiert ist?» Es hört sich an, als wäre ich faul und bequem und sollte besser aufpassen, wenn ich mich noch mal auf einer Bahre in der Leichenhalle wiederfinde.

«Dann ist das wohl so und wir müssen rausfinden, was du überhaupt alles gemacht hast, damit du es diesmal anders machen kannst. Nichts leichter als das!»

Ich wünschte, sie würde nicht ständig betonen, wie einfach alles ist.

«Erzähl mal, was du normalerweise tust, wenn du hier rauskommst.» Thelma lehnt sich im Rollstuhl zurück, als wäre sie Sherlock Holmes und würde eine Zeugin verhören.

«Ich fahre mit dem Bus nach Hause.» Als ich mich einen Augenblick lang aufgespießt auf dem Sitz sehe, läuft mir ein Schauer über den Rücken. «Und dann ist meistens Dad da und wir trinken zusammen Tee. Heute würde er mir erklären, wie es Hardacre Albion gelungen ist, ihr Heimspiel mit 0:3 gegen ein Team vom Tabellenende zu verlieren.»

Thelma zuckt zusammen. «Oh, ihr seid Albion-Fans? Das tut mir echt leid für euch, Alex.»

Es fühlt sich komplett fehl am Platz an, über Dad und Fußball nachzudenken – viel zu vertraut und normal für einen Tag wie diesen. Auf einmal überkommt mich eine tiefe Sehnsucht, und ich wünsche mir mehr als alles andere auf der Welt, dass Dad schon da wäre, wenn ich nach Hause komme. Wenn ich heute Nacht sterbe, sehe ich ihn nie wieder. Diese Vorstellung verstärkt die Dringlichkeit. Wenn mich irgendetwas antreibt, diese Sache durchzustehen, dann der Gedanke, wie es Dad ergeht, falls ich es nicht schaffe.

«Also fährst du nach Hause?», fragt Thelma.

«An diesem Wochenende muss Dad aber arbeiten. Das heißt, wahrscheinlich fahre ich zurück, trinke Tee und schicke ihm eine Nachricht. Dann ruft er mich an und erzählt mir, wie sich Hardacre Albion vor heimischem Publikum komplett blamiert hat und eine 0:3-Klatsche gegen einen Abstiegskandidaten kassiert hat.»

Thelma schenkt mir ein zahnloses Grinsen.

«Als Nächstes sehe ich nach, was es zu essen gibt, und schiebe zum Beispiel eine Pizza in den Ofen, während ich unter die Dusche springe.» Man merkt erst, wenn man jemandem sein Leben in allen Einzelheiten darlegt, wie unfassbar langweilig, um nicht zu sagen deprimierend es ist. Ich bin sechzehn und so sieht mein Samstagabend aus.

«Und dann isst du etwas und machst dich fertig, um rauszugehen?», fragt Thelma, die es eilig hat weiterzukommen.

«Nein! Heute habe ich doch Tash eingeladen, damit wir uns zusammen aufpretzeln können.» Ich zögere, weil mir etwas eingefallen ist. «Wobei ich nicht sicher bin, ob es beim letzten Mal auch so war.» Ich spüre geradezu, wie mein Gehirn arbeitet. «Tash hat damit gerechnet, dass ich mich rausrede und nicht mitkomme, und ich hätte andererseits nicht gewusst, dass Val auch hingeht. Normalerweise hätte ich mir tatsächlich eingeredet, dass ich wieder in Panik gerate, und hätte wie immer gekniffen.» Ich sehe Thelma eindringlich an, als mir die Tragweite bewusst wird. «Ich glaube nicht, dass ich zu dem Konzert gegangen wäre!»

Wir sind die ganze Zeit davon ausgegangen, dass ich dort gestorben bin, aber was ist, wenn das gar nicht stimmt?

Es fühlt sich an, wie wenn man das passende Wort in einem Kreuzworträtsel findet – plötzlich fallen einem alle anderen Lösungen auch ein. Je länger ich darüber nachdenke, umso mehr bin ich davon überzeugt.

«Es liegt nur an all dem Neuen, was heute passiert ist – also die Unfälle und die Gespräche mit Ihnen und all das andere –, dass ich nun meine, ich soll doch hingehen. Letztes Mal wäre das nicht so gewesen.»

«Dann bist du wohl zu Hause gestorben», sagt Thelma.

Mein Lächeln fällt in sich zusammen. Die Vorstellung ist grauenhaft, aber keineswegs ausgeschlossen. Schließlich verunglücken mehr Menschen in ihrer häuslichen Umgebung als woanders. Die Leute wähnen sich in Sicherheit, obwohl der Tod in Wirklichkeit in jedem Zimmer lauert.

In welche Todesfalle bin ich also gestolpert? Ist möglicherweise jemand eingebrochen und hat mich umgebracht? Oder habe ich mich selbst durch einen Stromschlag getötet? Einen Brand ausgelöst? Es ist viel wahrscheinlicher, dass ich an einem Apfelschnitz erstickt bin oder tot umgefallen bin, weil ich krank war, ohne es zu wissen.

Der Boiler!

Und wenn Dad recht hat und *wirklich* giftige Dämpfe austreten?

Die Erinnerung fällt mir wieder ein, wie ich keine Luft bekomme … und reglos im Dunkeln auf dem Boden liege … und jemand meinen Namen ruft. (Angeblich ist der Hörsinn der letzte, der im Tod versagt.) Ich bin davon ausgegangen, dass ich im Club war, aber wenn ich nun einer Kohlenmonoxidvergiftung zum Opfer gefallen bin? Die Stimme könnte von einem Nachbarn oder einem Sanitäter stammen – oder es könnte sogar Dads Stimme sein.

Alles passt zusammen, und ein solcher Tod wäre noch dazu typisch für mich – kein bisschen dramatisch, spektakulär oder heroisch. Nein, ich wäre gestorben, wie ich gelebt habe, im Schlafanzug vor dem Fernseher. Das öde, enttäuschende Ende eines verschwendeten und unauffälligen Lebens.

Ich teile Thelma meine grausige Theorie mit.

«Ihr müsst eurem verflixten Vermieter die Hölle heiß machen!», ruft sie. «Wenn ich so etwas höre, kriege ich wirklich zu viel. Dem könntest du doch den Drachen überreichen.» Sie schüttelt den Kopf. «Na, wenigstens weißt du jetzt, was du zu tun hast.»

Die Ironie ist mir nicht entgangen. Die ganze Zeit denke ich, meine schlimme Vorahnung sollte mich davor warnen, heute rauszugehen, während es jetzt so aussieht, als sollte ich genau das unbedingt tun.

Was meinte Thelma noch mal? Angst wäre auch ein Zeichen? Ich kann euch nämlich sagen, dass meine Angst im Moment greller aufleuchtet als eine Werbetafel auf dem Las Vegas Strip.

Es ist ja schön und gut, hier herumzusitzen, Pläne zu schmieden und sich wie eine Heldin zu fühlen, *weil das, was ich tun muss, «vom Schicksal bestimmt» ist*. Die eigentliche Frage ist aber immer noch nicht beantwortet:

Bin ich wirklich dazu in der Lage, die Stufen zu jenem Club hinunterzugehen, wenn es so weit ist? Oder setzt dann wie üblich mein Worst-Case-Szenario-Selbstverteidigungs-Mechanismus ein und überfällt mich draußen auf dem Bürgersteig vor dem Pandemonium – erstarrt in den Klauen einer neuen Panikattacke, während alle anderen in der Schlange mit ihren Handys den Moment für die Nachwelt festhalten? *Die Alexandra-Ernst-Show, Folge Vier.*

22 NOCH ETWAS, DAS ICH NICHT KOMMEN SAH

Gerade als ich Thelma in den Aufenthaltsraum zurückschieben will, kommt Tash herein.

«Hier habt ihr euch also versteckt!» Tash blickt von mir zu Thelma und wieder zu mir. (Wir dürfen die Bewohner nicht in die Umkleide mitnehmen.) «Ist dir eigentlich klar, dass es schon halb vier ist? Zeit, nach Hause zu gehen.»

Dass wir so lange fort waren, hatte ich gar nicht gemerkt. Ich fluche. «Der Tee!»

«Hab ich alles schon weggeräumt.»

«Ganz allein?» Auch zu zweit ist es eine Höllenarbeit.

Tash zieht den Arbeitskittel aus und stopft ihn in eine Plastiktüte. «Was sonst?»

«'tschuldigung, ich ...» Wie soll ich ihr das bloß erklären?

Tash holt eine Dose Körperspray aus der Tasche. «Du kommst doch heute Abend immer noch mit, ja? Oder hast du es dir anders überlegt?» Sie wirkt nicht gerade begeistert bei der Aussicht, doch ich mache mir klar, dass sie gerade eine lange Schicht hinter sich hat und ihre Ruhe haben will.

Thelma nickt mir aufmunternd zu.

«Yeah, auf jeden Fall, ich bin dabei!»

Tash hat den Blickwechsel beobachtet und wendet sich an die alte Frau. «Das haben wir Ihnen zu verdanken, nicht wahr? Wie haben Sie das geschafft? Ich rede schon seit Monaten auf sie ein.» Doch in ihrem Tonfall liegt etwas, das eine Alarmglocke schrillen lässt.

Vermutlich hat Thelma es ebenfalls gemerkt. Peinlich berührt, beginnt sie ihre Decke zurechtzuzupfen. «Ich? Gar nichts habe ich gemacht. Höchstens zugehört, das hilft manchmal auch schon. Wenn man das Ganze einmal durchspricht.»

Tash wirft die Dose in die Tasche zurück. «Worüber habt ihr denn geredet?»

«Über nichts!», antworte ich rasch. «Dummes Zeug, du würdest mich nur auslachen.»

«Ach ja?» Tash sieht mich an. «Nach dem Tag, den ich hinter mir habe, könnte ich etwas Lustiges vertragen.»

Anscheinend habe ich keine andere Wahl. Abgesehen davon, dass ich Tash die Wahrheit schulde.

Anfangs bin ich noch nervös und verlegen, doch je länger ich rede, umso mehr fühlt es sich wie eine richtig gute Geschichte an – zumindest besser als die von Val, wie sie sich in die Menge fallen ließ.

Zum Schluss warte ich darauf, dass Tash lacht und den Kopf schüttelt oder wenigstens schnaubt und die Augen verdreht.

Sie starrt mich an. «Du hast dich mit ihr rausgeschlichen, um auf ein Pferd zu wetten?»

Echt jetzt? Ist das das Einzige, was Tash dazu einfällt? Und das ist für sie das Wichtigste?

«Als Test, ob du wirklich die Zukunft vorhersagen kannst?»

«Na ja … ich meine – so wie du das sagst, hört es sich bescheuert an.»

Da ist es tatsächlich, das Schnauben. «Wie würdest *du* es denn sagen, Süße? Es würde mich interessieren, ob jemand das sagen kann, *ohne* dass es bescheuert klingt.»

Da hat sie wohl recht.

Tash schüttelt den Kopf. Jetzt fehlt nur noch das Augenrollen, doch ich habe das Gefühl, dass Tash dazu nicht in der Stimmung ist.

«Und *das* habt ihr den ganzen Tag gemacht? Während ich für dich eingesprungen bin und Ärsche abgewischt und vollgeschissene Laken gewechselt habe, hast du dich mit deiner neuen Freundin rausgeschlichen, hast dir ein Pferderennen angehört und mit dem Gärtner Tee getrunken!»

Allmählich frage ich mich, ob Tash so sauer auf mich ist, weil ich nicht *sie* um Hilfe gerufen habe.

«Wirklich, Alex, weißt du eigentlich, was du da sagst? Du willst mir weismachen, du wärst gestorben und würdest den heutigen Tag noch mal erleben! Was soll das heißen? Dass du plötzlich eine Zeitreisende geworden bist? Moment – dieser Typ in der Leichenhalle kam nicht zufällig aus einer blauen Polizeizelle?»

«Hab ich nicht gesagt, es würde sich blöd anhören?»,

erinnere ich sie. «Ich erwarte nicht, dass du mir glaubst. Schließlich bin ich mir nicht einmal sicher, ob ich mir selbst glaube!»

«Und darum hast du auch nichts zu mir gesagt, was?» Ihr Blick zuckt hinüber zu Thelma. «Erzählen Sie mir nicht, dass Sie ihr das abkaufen!»

«Ich erzähle dir, was ich Alex auch gesagt habe», antwortet Thelma achselzuckend. «In dieser Welt geschieht sehr viel mehr, als uns allen klar ist.»

«Das kann nicht wahr sein! Sie sind genauso schlimm wie Alex!» Da, jetzt verdreht sie auch die Augen. «Und was war das noch? Du kannst dir jemanden suchen, der dich vertritt? Und dafür musst du demjenigen nur deinen Hausschlüssel geben?»

«Ich weiß! Das konnte ich auch erst nicht glauben.»

«Aber jetzt schon?»

Was soll ich dazu sagen? Bevor Tash hereingekommen ist, fand ich es alles ganz schlüssig – irgendwie. Jedenfalls wusste ich, was ich tun würde, und jetzt bin ich wieder verunsichert.

Solche Zweifel kennt Tash nicht. «Das ist totaler Schwachsinn, Süße, und das weißt du auch! Du bist nur …» Sie verzieht das Gesicht, während sie nach dem richtigen Wort sucht. «Was weiß ich? Manchmal denke ich, du willst nur die Aufmerksamkeit und das ganze Theater. Glaubst du wirklich, dieser Quatsch würde dich irgendwie interessanter machen?»

«Was? Nein!»

«Du *weißt*, du bildest es dir nur ein, Alex. Den Mist hast du dir ausgedacht, weil du Angst hast, vor die Tür zu gehen. Wenn du nicht mitkommen willst, sag mir einfach die Wahrheit. Du musst dir nicht so eine beknackte Ausrede zurechtlegen.»

«Und was ist mit dem Busunfall und mit dem Aufzug? Meinst du, das hätte ich mir auch ausgedacht?»

«Zufall! So was gibt's. Trotzdem hat die Welt es nicht ausgerechnet auf dich abgesehen!»

Wie lange hat Tash das alles in sich reingefressen, statt mir zu sagen, was sie wirklich denkt?

«Wetten, dass du heute Abend nur mitkommen willst, weil sie gesagt hast, dass du nur so überleben kannst?» Tash zeigt auf Thelma.

«Ich wollte bloß helfen», sagt Thelma. «Das arme Mädchen war außer sich. Du machst es dir leicht, wenn du das einfach für Blödsinn erklärst. Dir sind diese komischen Sachen ja auch nicht passiert!»

«Es gibt keinen Grund, sie auch noch darin zu bestärken», brummt Tash frustriert und wendet sich wieder an mich. «Du weißt, dass es nichts mit der Wirklichkeit zu tun hat, Süße. Oder?»

Ich zögere.

Sie flucht und schüttelt den Kopf, «Na gut – dann beweise ich es dir eben.»

Als Tash zur Garderobe geht und meine Jeans vom Haken nimmt, halte ich es erst für eine Aufforderung, mich umzuziehen.

Ich bin so blöd.

Schließlich kenne ich Tash und hätte mir denken können, was sie vorhat.

Aber ich habe keine Ahnung.

«Also», sagt sie und sieht mir in die Augen. «Jeder, der deinen Drachenring berührt, stirbt an deiner Stelle, stimmt's?»

«Ja, jedenfalls hat das ...»

Endlich fällt der Groschen.

Zu spät.

Tash lächelt und steckt die Hand in meine Jeanstasche.

23 RESTLOS ERLEDIGT

«NEEEIIIIINNNN!» In meinen Gedanken dehnt sich dieses Wort zu einem langen, ängstlichen Schrei.

Nun könnte ich behaupten, es würde alles in Zeitlupe ablaufen, doch so ist es nicht, im Gegenteil: Alles geht ganz schnell. Mein Herz kommt nicht mehr mit.

In dem Wissen, dass ich zu spät komme, reiße ich Tash die Jeans aus der Hand, und durch diese Bewegung fliegt der Drachenring aus der anderen Tasche. Klirrend fällt er auf den gekachelten Boden und kreist dort weiter.

Unsere Blicke treffen sich.

Da ich weiß, was Tash tun wird, brauche ich nicht nachzudenken.

Ich schubse sie mit voller Kraft weg.

Sie flucht vor Schreck, während sie rückwärts taumelt und über die niedrige Bank stolpert. Schließlich bleibt sie in den Klamotten hängen, die sich an den Haken häufen.

Das ist mir ganz egal.

Ich bin schon am anderen Ende der Umkleide, hebe den Schlüsselbund auf und stecke ihn tief in die Tasche meiner Arbeitshose.

Erst danach drehe ich mich um und sehe nach Tash.

Sie liegt mit dem Kopf und den Schultern auf dem Boden. Die Beine haben sich in der aufgehängten Kleidung verheddert. Fluchend und tretend versucht sie, sich zu befreien. Unter anderen Umständen wäre das sehr lustig.

«Das wollte ich nicht!» Als ich ihr aufhelfen will, stößt Tash mich fort und reißt sich schließlich mit einem Ruck los. Dann steht sie auf und betastet ihren Hinterkopf und prüft, ob er blutet.

«Es tut mir leid, Tash.»

«Das kannst du dir sparen!», faucht sie mich mit zusammengebissenen Zähnen an und versucht dabei noch, ihre Wut zu zügeln.

«Ich … Also, das konnte ich nicht riskieren. Wahrscheinlich wäre dir nichts passiert, ich weiß, trotzdem …»

«… schmeißt du mich lieber um und riskierst, dass ich mir auf dem Boden das Genick breche.» Ihre Augen funkeln angriffslustig. «Weil mir *das* ja gar nicht wehtut, wie?»

«Entschuldigung! Ich bin in Panik geraten.»

Sie drängt sich an mir vorbei und schnappt sich ihre Tasche. «Ich bin raus.»

«Was?»

«Aus dieser Sache», gestikuliert sie in meine Richtung. «Es reicht mir mit dir, mit diesem SCHEISS! Es steht mir bis hier!»

«Tash! Bitte!»

«Du bist immer schon ein bisschen verrückt gewesen, Alexandra *Todernst*. Und ja, eine Zeit lang war das ganz niedlich. Du warst viel interessanter als die zickigen

Prinzessinnen, und wir hatten echt viel zu lachen. Aber mittlerweile …» Sie schüttelt den Kopf. «Es ist Samstagabend, Alex. Ich habe den ganzen Tag Scheiße und Pisse weggewischt. Auf noch mehr Theater kann ich verzichten. Ich will ausnahmsweise einfach nur Spaß haben und mir eine Band ansehen. Du lebst in einer Fantasiewelt, Süße.» Ihr Blick wird weicher. «Mir ist klar, dass du Probleme hast, aber du musst auch etwas dagegen unternehmen. Geh zum Therapeuten. Ich habe alles versucht, aber ich kann dir nicht mehr helfen. Und ich will nicht dein Psycho sein – ich will nur deine beste Freundin sein.»

«Genau das will ich auch.»

Sie zögert kurz, sodass ich wieder Hoffnung schöpfe, doch dann verhärtet sich ihr Blick erneut.

«Ich hab dich lieb, Alex, das weißt du, nicht wahr? Aber im Moment will ich gerade nichts mit dir zu tun haben, tut mir leid.»

Tash hebt die Arme als Zeichen dafür, dass ihr nichts mehr dazu einfällt, und verlässt die Umkleide.

24 DIE NACHT, ÜBER DIE WIR NICHT REDEN

Heute ist ja schon viel geschehen, aber das gibt mir den Rest.

Auch wenn ich tief in meinem Inneren möglicherweise wusste, dass Tash so denkt, doch wie sie das gesagt hat …

Mir ist übel.

Ich zittere.

Wie lange hat sie es in sich hineingefressen, nichts gesagt und es immer weiter mit mir ausgehalten? Kein Wunder, dass sie sich eine neue Freundin gesucht hat. Das werfe ich ihr gar nicht vor. Wenn ich mich am Hals hätte, würde ich mich auch nach etwas Besserem umsehen.

«Lauf ihr hinterher, Alex!» Fast hätte ich vergessen, dass Thelma noch hier ist.

«Das ist sinnlos.» Ich kenne Tash, die muss erst mal runterkommen, wenn sie sauer ist. Am besten lasse ich sie in Ruhe und gönne ihr einen schönen Abend ohne Theater – mit anderen Worten: ohne Alex.

Genau das wollte ich unbedingt verhindern.

Es war mehr im Spaß, als ich mir zuvor klargemacht habe, dass ich Val ähnlicher sein möchte. Doch seit ich weiß, was Tash von mir hält, ist es nicht mehr so lustig.

«Tut mir leid, Liebes, ich hätte mich nicht einmischen sollen. Aber ich wollte dir nur helfen.»

Ich senke den Blick auf die alte Frau im Rollstuhl. «Wir müssen hier weg. Bewohner sind in den Mitarbeiterräumen nicht zugelassen.»

Thelma nickt und nimmt ihre Teetasse von der Bank.

Auf dem Rückweg zu Thelmas Zimmer rekapituliere ich noch einmal, was gerade geschehen ist.

Unglaublich, dass ich Tash umgestoßen habe – sie hätte sich ernsthaft wehtun können!

Und das nach allem, was Tash für mich getan hat. Nachdem sie meine Paranoia und meine Paniknummern mit so viel Geduld ertragen hat. Oder auch, als ich betrunken ihre Freunde beschimpft habe – in der Nacht, in der sie angegriffen wurde.

Tash redet nicht darüber und hat mir auch nie Vorwürfe gemacht. Vermutlich fiel es mir deshalb leicht, so zu tun, als wäre nichts geschehen, doch damals hat es angefangen. Zwischen uns hat sich etwas verändert. Und wisst ihr, was das Witzigste daran ist? An dem Abend hat Tash auch noch Val kennengelernt. Ist das nicht eine super Pointe?

An jenem Abend hatte Tash mal wieder, wie so oft, versucht, mich zu überreden, ein normales Leben zu führen und nach Einbruch der Dunkelheit aus dem Haus zu gehen. Zu einer Party bei einem Mitschüler – ganz zwanglos, wie sie meinte.

Obwohl ich von Anfang an ein schlechtes Gefühl hatte, ließ Tash nicht locker. Sie kam sogar vorbei, um mich abzuholen. Im Auto ihrer Schwester. Tashs Schwester fährt, wie sie redet: hundert Meilen in der Stunde, mit dem Gesicht zu dir und mit wilden Gesten. Als wir ankamen, war ich schon kurz vorm Durchdrehen.

Das Haus war klein und vollgestopft mit Leuten, die ich nicht kannte. Ihre Korbballkumpels nahmen Tash sofort in Beschlag, und ich blieb allein im Hinterhof zurück. An einer Seite führte ein Tor auf die Straße hinaus. Ich wollte eine Runde spazieren gehen, nur um meine Nerven zu beruhigen und mich zu entspannen. Eigentlich war ich wild entschlossen zurückzugehen, doch schon nach zehn Metern hielt plötzlich ein Bus an, der Dreier, der direkt zu unserer Siedlung fährt. Ich stieg ein, noch bevor ich weiter darüber nachdachte, was ich da tat. Ich schrieb Tash eine Nachricht, dass es mir nicht so gut ging und ich deshalb nach Hause fahren würde. Schließlich hatte ich keine Ahnung, dass Tash ihr Handy im Wagen ihrer Schwester vergessen hatte.

Sie lief durch die Straßen, um mich zu suchen, als ein aufgemotzter Golf mit einer Horde Typen auftauchte, die sie belästigten. Tash hat sie zum Teufel geschickt, doch sie sind ihr weiter gefolgt. Als die Dinge aus dem Ruder liefen, erschien mit einem Mal Val wie eine Superheldin und hat sie gerettet. Im wahrsten Sinne des Wortes. Val ist Meisterin im Kickboxen oder so was. Nachdem sie zwei von den Typen ausgeschaltet hatte, beschlossen die anderen, sich lieber zu verziehen.

Versteht mich bitte nicht falsch, ich war heilfroh, dass Val gekommen ist. Ich leide immer noch unter Albträumen, in denen ich mir ausmale, was Tash alles hätte passieren können, wenn sie nicht aufgetaucht wäre. Ich wünschte so sehr, nichts von alldem wäre geschehen, zumal ich allein schuld bin.

«Ich würde mir Natashas Worte nicht zu sehr zu Herzen gehen lassen, Alex», sagt Thelma und zerrt mich zurück in meinen aktuellen Albtraum. «Das hat sie sicher nicht so gemeint.»

«Da kennen Sie Tash schlecht.»

«Kann sein, aber ich habe eine gewisse Menschenkenntnis. Außerdem sind wir im Grunde so verschieden auch nicht.»

Da hab ich sie also wieder – die Weisheit der Weißhaarigen. Ich hätte die Schnauze halten sollen. Hätte ich Thelma nicht ins Boot geholt, dann hätte ich nicht die Hälfte meiner Schicht versäumt und Tash wäre nicht sauer auf mich geworden. Vielleicht wäre es dann nicht so weit gekommen.

«Die Menschen bekommen Angst, wenn sie mit Dingen konfrontiert werden, die sie nicht verstehen», fährt Thelma fort. «Und aus Angst sagen sie dann Sachen, die sie eigentlich nicht so meinen.»

«Tash fürchtet sich nicht so schnell.»

«Da wäre ich mir nicht so sicher, Liebes. Es kommt mir so vor, als wäre Tash eher praktisch veranlagt, jemand, der sein Ding durchzieht. Du bist nachdenklicher. Und manchmal kommen die Macher nur schwer mit Situationen klar, die einiges Nachdenken erfordern. Sie würden lieber alles direkt regeln und werden nervös, wenn sie keine Lösung sehen. Und dann werden sie wütend.»

Ihre Worte wecken bei mir erneut die Zweifel, ob Thelma mir wirklich glaubt oder ob sie nur die Chance beim Wickel gepackt hat, einen öden Samstag aufzupeppen, indem sie den irrigen Wahnvorstellungen einer Helferin nachgab. Aber so läuft das nicht – man spielt nicht mit dem Verstand anderer Leute!

★

Thelmas Zimmer fühlt sich kleiner an als in meiner Erinnerung und sehr dunkel.

«Du kannst mich gerne schnell ins Bett packen, Alex. Ich glaube, ich mache ein Nickerchen und lade meine Batterien wieder auf.»

Vielleicht verschläft sie den restlichen Tag einfach.

«Sollen wir nicht vorher kurz bei der Toilette vorbeifahren?»

«Mach dir keine Sorgen, Liebes, dafür kann ich später jemand anderen anklingeln. Geh du ruhig nach Hause und mach dich schön für das Konzert.»

«Jep, so richtig sehe ich mich da nicht mehr.»

«Warum denn nicht?»

«Sie haben doch gehört, was Tash gesagt hat. Sie will mich gar nicht dabeihaben.»

«Du gibst also auf?»

«Ich gebe doch nicht auf! Ich verhalte mich … so, wie jeder vernünftige Mensch das machen würde. Mit anderen Worten: nicht wie die Verrückte, in die ich mich hier verwandelt habe.»

«Aber du kannst nicht zu Hause bleiben, weil du dann stirbst!»

«Quatsch! Tash hatte vollkommen recht. Ich fasse es nicht, dass ich mir eingeredet habe, an diesem Leichenhallenunsinn wäre wirklich was dran! Ich habe mich derart in das ‹Tun-wir-kurz-mal-So› hineingesteigert, dass ich den ‹Als-ob-Teil› ganz vergessen habe.»

Thelma hält meinem Blick stand, bis ich wegsehe. Ich glaube, ich habe sie beleidigt, und bekomme ein schlechtes Gewissen, aber schließlich ist es mein Leben, das hier auf der Kippe steht.

«Lassen wir das beiseite», sagt sie schließlich. «Aber was ist mit Natasha? So eine Freundin findest du nicht jeden Tag. Du kannst dich nicht zurücklehnen und hoffen, dass sich alles von selbst regelt. Für gewisse Dinge muss man kämpfen, also raff dich auf und tu was!»

Ich bin kurz davor, sie daran zu erinnern, dass nichts geregelt werden müsste, wenn sie sich nicht eingemischt hätte.

Andererseits weiß ich selbst, dass es nicht stimmt.

Sicherlich geht es Tash seit Monaten so, und heute ist eben alles übergekocht.

«An deiner Stelle», sagt Thelma, «würde ich zu diesem Club gehen und mich darum kümmern, dass ich meine beste Freundin behalte. Aber ich habe mein Leben ja schon gelebt.» Sie sieht mich streng an. «Es geht hier um *deines*, und du musst die Entscheidungen treffen. Ich sage dir nur eins: Falls du diesen Tag lebend überstehst, wirst du vielleicht eines Tages so alt sein wie ich und in einem Rollstuhl sitzen. Obwohl deiner dann vermutlich schweben wird wie in diesen Filmen.» Sie versucht sich vergeblich an einem Grinsen. «Dann willst du ganz bestimmt nicht in diesem Schwebestuhl über dein Leben nachdenken und bereuen, was du alles versäumt hast.»

Für einen Augenblick nehme ich ihr das beinahe wieder ab. Doch so was sagen die Leute ständig. Noch so ein motivierender Spruch auf einem Poster mit süßen Kätzchen, der sich tiefschürfend und bedeutsam und klug anhört, bis man wirklich darüber nachdenkt.

Viele Menschen bereuen Dinge, die sie gesagt oder getan haben. Ich auch. Ich bereue, dass ich Thelma überhaupt etwas erzählt habe. Hätte ich den Mund gehalten, würde Tash vielleicht noch mit mir reden.

Man macht es sich zu leicht, wenn man die Tatsachen so lange verdreht, bis sie einem in den Kram passen. Darauf falle ich nicht noch mal rein.

«Na gut. Danke für den Rat.» Ich drehe mich zur Tür.

«Alex, Liebes?» Thelma liegt im Bett und lässt mich nicht aus den Augen. «Danke, dass du mir heute Gesellschaft geleistet hast. Es tut mir von Herzen leid, wenn ich deine Lage noch verschlimmert habe, aber ich möchte mich trotzdem bei dir für einen der schönsten Tage meines Lebens bedanken. Und damit meine ich nicht erst die Zeit, seit ich hier gelandet bin.»

Am liebsten wäre ich sauer auf sie, aber es gelingt mir nicht. Mir ist klar, dass ich Thelma die Schuld in die Schuhe schieben will, weil es leichter ist, als meine eigenen Versäumnisse einzugestehen. Sie hat es nur gut gemeint. Auch wenn Thelma mich angestachelt hat, weil sie sich dabei amüsiert hat, wollte sie mir sicherlich nur helfen. Wahrscheinlich hielt sie es für das Beste, mir meinen Wahn nicht auszureden, bis ich das alles selbst verstanden habe.

Alles klar, jetzt fühle ich mich erst recht wie eine dumme Kuh.

Ich setze ein gezwungenes Lächeln auf und schlucke hinunter, was ich eigentlich sagen wollte.

«Das freut mich», sage ich stattdessen. «Schön, dass Sie einen guten Tag hatten, und wie gesagt, wir können es ja nächste Woche genauso halten. Vielleicht habe ich dann mehr Glück beim Wetten.»

«Lass uns einen Deal machen», schlägt Thelma vor. «Wenn du heute Abend zu der Band gehst und dich mit Natasha verträgst, gehen wir nächste Woche raus und suchen uns ein neues Abenteuer. Na, wie klingt das?»

«Wie Erpressung?»

Diesmal ist das Lächeln echt.

«Aye, aber versprochen ist versprochen?»

«Meinetwegen.» Doch ich kreuze die Finger hinter dem Rücken. Also gilt es nicht.

25 ZEIT TOTSCHLAGEN

Ich hätte gedacht, es würde mir schwerfallen oder wäre gar unmöglich, mit dem Bus zurückzufahren. Es hätte mich überhaupt nicht gewundert, wenn ich in Panik geraten wäre oder wie gelähmt auf dem Bürgersteig gestanden hätte, während der Bus mit offenen Türen wartet und die anderen Fahrgäste mir böse Blicke zuwerfen.

Doch so war es gar nicht. Ich bin eingestiegen wie ein ganz normaler Fahrgast und sitze jetzt hier, sonderbar entspannt. Weder habe ich böse Vorahnungen noch das Bedürfnis, mich alle zwei Minuten umzuschauen, ob jemand im Bus vorhat, mich zu ermorden.

Dennoch möchte ich jedes Mal, wenn ich an Tash denke, am liebsten die Stirn gegen die Scheibe schlagen. Aber ich rede mir ein, dass ich es wiedergutmachen werde, irgendwie, und sie im Moment am besten in Ruhe lasse, um ihr auf diese Weise meine wahre Freundschaft zu beweisen. Wenn man jemanden liebt, muss man loslassen, war das nicht so?

Außerdem bin ich enttäuscht, weil ich auf den Gig mit Tokyo Girl verzichten muss, was jedoch durch die Erleichterung, nicht in dieses Höllenloch von einem Club hinabsteigen zu müssen, wieder wettgemacht wird.

Während ich aus dem Fenster schaue, versuche ich, die schmerzhafte Verbrühung auf meinem Handrücken zu ignorieren, deren sanftes Pochen mich ständig daran erinnert, dass ich heute schon genug Zeit mit all dem eingebildeten Unsinn verschwendet habe. In der Zwischenzeit habe ich mir mein reales Leben durch diese Sache völlig ruiniert. Tash hat recht, ich muss professionelle Hilfe suchen. Oder mich vielleicht gleich einer hirnchirurgischen OP unterziehen und eine Lobotomie vornehmen lassen.

Ich konzentriere mich auf die Straße – die Autos, die Geschäfte und die Menschen auf dem Bürgersteig, die ihr Leben leben. Ich wünschte, meines wäre so leicht wie ihres. Ohne innere Stimmen, ohne Visionen. Aber vielleicht geht es den anderen ja auch so schlecht? Wir können einander nicht in die Köpfe sehen, deshalb haben wir keine Ahnung. Was weiß ich, vielleicht diskutiert der Jugendliche mit dem Kopfhörer auf dem Sitz vor mir gerade auch mit sich selbst. Was könnte seine innere Stimme ihm sagen? Meine fleht mich an, nicht in die Wohnung zurückzukehren, und labert die ganze Zeit etwas von kaputten Boilern und Kohlenmonoxidvergiftung.

Eigentlich *muss* ich ja auch nicht nach Hause gehen.

Vielleicht hatte Thelma recht? Es ist wichtiger, was ich tue als was ich glaube. Das hat mir eingeleuchtet, bevor Tash mich aus vollen Rohren mit der Wahrheit, wie sie sie sieht, beschossen hat. Insofern hat sich außer dem klaffenden schwelenden Loch in meinem Herzen nichts geändert. Ich muss Thelmas Rat nur so weit abändern, dass ich weder nach Hause noch in den Club gehe.

Aber wohin dann? Außer Tash habe ich keine «Übernachtungsfreunde», und ich darf wohl davon ausgehen, dass mir dieser spezielle Fußbodenplatz ein Weilchen nicht zur Verfügung steht. Wie wär's mit dem Hostel in der Stadt? Doch die werden einer Sechzehnjährigen kaum ein Zimmer geben.

Als der Bus plötzlich einen Satz nach vorn macht, zieht sich mein Herz zu seinem Schutz zusammen, aber der Fahrer hat nur an einer Haltestelle scharf gebremst.

Ein Mann in einem zerknitterten Anzug steigt ein und hält das Handy ans Ohr.

«Dafür habe ich jetzt keine Zeit!», schimpft er, ohne die Lautstärke zu drosseln. «Halt die Klappe und hör zu.» Natürlich setzt er sich in meine Sitzreihe auf der anderen Seite des Gangs und beglückt seinen Gesprächspartner und alle anderen Fahrgäste mit seinen Weisheiten.

Ich stecke meine Ohrhörer ein, um ihn auszublenden. Da fällt mir etwas ein …

In der Leichenhalle hing eine Uhr an der Wand, die gleiche wie bei Tash in der Küche. Der salsatanzende Bestatter hat wiederholt versucht, mir sein Konzept von Zeit zu erklären. Er zeigte auf die Uhr und meinte, wenn es bei uns fünf vor halb zwölf ist, dann wäre es in New York fünf Stunden früher. Der springende Punkt ist, dass ich letztes Mal um fünf vor halb zwölf bereits tot war. Das bedeutet: Wenn ich heute bis zu dieser Uhrzeit überlebe, bin ich in Sicherheit! Dann hätte ich das Richtige getan, um am Leben zu bleiben.

«Du hörst mir überhaupt nicht zu», schreit der Typ gegenüber – in einer Pause zwischen zwei Songs – in sein Telefon. «Ich habe dir gesagt, was du tun sollst.»

Ich überlege, im Bus sitzen zu bleiben und in der Innenstadt auszusteigen. Samstags schließen die Geschäfte erst um sieben, und ich könnte dort die Zeit totschlagen, Tee trinken oder mir eine Pizza gönnen. Vielleicht finde ich sogar ein schönes Versöhnungsgeschenk für Tash.

Außerdem gibt es ein Kino im Einkaufszentrum, in das ich gehen kann, wenn die Geschäfte zuhaben. Der letzte Film läuft sicher mindestens bis elf, und dann kann ich mir von Dads Geld ein Taxi leisten. Bingo!

Meine Worst-Case-Szenario-Stimme jammert, es wäre keine gute Idee, an einem Samstagabend mit all den Säufern und Spinnern in der Stadt herumzuhängen, aber ich entgegne, sie soll die Schnauze halten.

Leider sage ich das dann manchmal laut – so wie jetzt.

Der böse Blick von dem schreienden Handy-Typen brennt mir fast das halbe Gesicht weg – doch es kann auch die Hitzewallung meiner eigenen Verlegenheit sein.

Anscheinend ist es ein erstes Anzeichen von Verrücktheit, wenn man mit sich selbst spricht. Ich hätte zwar gedacht, es wäre ein klarer Hinweis auf mentales

Ungleichgewicht, wenn man glaubt, man sei gestorben und hätte von einem Bestatter mit Sonnenstudiobräune ein Extraleben geschenkt bekommen, aber was weiß ich?

★

Dad ruft an, als ich durch die Tür des «Einzelhandelspalastes meiner Träume» (nicht der wahre Name) trete, und ich freue mich schrecklich, seine Stimme zu hören. Gleichzeitig muss ich mich richtig anstrengen, meine in der Gewalt zu behalten.

«Geht's dir gut?», fragt Dad, der stets mit irgendeiner Hiobsbotschaft rechnet. «Du hörst dich ein bisschen erledigt an.»

«Stimmt», krächze ich. «Ich glaube, ich habe gerade … eine Fliege verschluckt.»

«Wie oft habe ich dir gesagt, du sollst nicht mit offenem Mund herumlaufen!» Er lacht. «Hast du die Fußballergebnisse gesehen?»

«Noch nicht.»

«Ist vielleicht auch besser.»

«Sag bloß nicht, dass wir null zu drei gegen das Team vom Tabellenende verloren haben!»

«Ich dachte, du wüsstest von nichts.»

«Hab bloß gut geraten.» Oder? Vielleicht habe ich mich auch vom letzten Mal an den Spielstand erinnert.

«Ja, leider ist es nichts Besonderes», sagt Dad mit einem bitteren Lachen. «Wir sollten Wetten abschließen, aber ich bringe es nicht fertig, gegen sie zu setzen. Abgesehen davon, dass die Quote mies sein dürfte.»

Ich erwäge kurz, ihm von meinem Wettabenteuer heute Mittag zu erzählen, entscheide mich dann aber dagegen.

«Und, wo bist du gerade?», fragt Dad. «Ziemlich laut da.»

«Im Einkaufszentrum, ich wollte ein bisschen bummeln.»

«Wie war es bei der Arbeit? Hattest du eine gute Schicht?»

«Normal.» Dad darf nichts von den Geschehnissen in Ulmenblick erfahren.

«Oh, wenn du schon in der Stadt bist, geh doch im Megastore vorbei», sagt er. «Sie haben mir heute Morgen eine Mail über den Verteiler geschickt. Offenbar gibt es ein paar signierte Scheiben einer neuen Limited Edition von der Band, zu der du heute Abend gehst.»

«Tokyo Girl?»

«Genau.»

«LIMITED EDITION? SIGNIERTE SCHEIBEN?»

«Ein geheimes Minialbum zur Tour, stand da.»

Wieso weiß ich nichts davon? Wahrscheinlich, weil ich in den letzten Wochen einen großen Bogen um alles gemacht habe, was mit Tokyo Girl zu tun hatte. Jedes Mal, wenn ich einen ihrer Songs gehört oder etwas über die Band gelesen habe, hat sich mein Sorgenapparat eingeschaltet.

Ein signiertes Limited-Edition-Album von Tokyo Girl! Also, das wäre wirklich ein super Versöhnungsangebot für Tash.

Aber da Val sie leider heute Abend schon backstage zerren will, lernt sie die Band wahrscheinlich direkt kennen und kommt mit signierter Unterwäsche oder etwas ähnlich Tollem nach Hause. Es sei denn, wie ich insgeheim denke und hoffe, Val hat einfach total angegeben.

Ach, zum Teufel, wenn Tash die Scheibe nicht haben will, behalte ich sie eben selbst.

«Hey, Danke, Dad. Das ist wirklich eine äußerst brauchbare Info.»

«Super! Schön zu hören, dass ich noch zu etwas nutze bin.»

«Immer.»

«Und, freust du dich auf die Band?» Ich höre, wie die Sorge in seine Stimme zurückkriecht.

«Klar, das wird bestimmt gut.» Ich bin kurz davor, ihm zu sagen, dass ich gar nicht hingehe, doch dann fragt er sicher, warum. Er würde sich Sorgen machen, weil Tash und ich uns gestritten haben, und mein neuer Plan für den Abend würde ihm mit Sicherheit nicht gefallen. Mein Vater macht sich Gedanken, ganz unabhängig davon, was ich tue, und deshalb belasse ich es bei dem, worüber er sich ohnehin schon Sorgen macht.

«Na ja, pass halt auf, ja? Und schreib mir, wie das Taxiunternehmen heißt, sobald ihr auf dem Heimweg seid.»

«Okay, mach ich alles, aber ich weiß nicht, wann der Gig zu Ende ist. Flipp nicht aus, wenn ich dir erst spät schreibe.»

Er lacht gezwungen. «Was soll das denn heißen? Ich flippe nie aus!»

«Wie du meinst, Dad. Ich muss jetzt mal aufhören. Danke für den Tipp mit dem Album.»

«War mir ein Vergnügen. Viel Spaß heute Abend und bis morgen. Hab dich lieb.»

«Ich habe dich auch lieb, Dad.»

Die Verbindung ist beendet.

Ich schlucke den Kloß in meinem Hals herunter und gehe zu den Aufzügen.

Natürlich sehen wir uns morgen. Wieso auch nicht?

26 LIMITED EDITION

Tash findet meine Vorliebe für CDs und DVDs verschroben, obwohl ich nicht glaube, dass sie dieses Wort benutzen würde. Sie versteht nicht, warum man etwas kaufen soll, wenn man es auch streamen oder downloaden kann, doch zu einer signierten Limited Edition würde auch sie nicht Nein sagen.

Ich dagegen stehe voll auf gute Plattenläden (schuld daran ist Dad), selbst wenn es ein seelenloser Megastore ist wie dieser hier. Mir läuft nach wie vor ein Schauer über den Rücken, wenn ich den Laden betrete und die vielversprechenden vollen Regale sehe. Es gibt immer eine Chance, dass meine neue Lieblingsband dabei ist. Oder ein Film, der mein Leben verändert. In so einem Geschäft kann ich Stunden verbringen, ohne etwas zu kaufen, doch das macht gar nichts. Zum Glück für meine Finanzen, um die es ungefähr so schlecht steht wie um mein Sozialleben, macht mir das Stöbern schon genug Spaß.

Aber heute will ich etwas Bestimmtes und muss mich beherrschen, nicht zu rennen. Als ich in das anheimelnde Neonlicht des Megastore eintauche, habe ich mir allerdings bereits eingeredet, dass alle signierten Tokyo-Girl-CDs schon seit Stunden ausverkauft sind und ich auf Tashs Freundschaftsdiagramm so tief wie nie zurückgeplumpst bin.

Auf der Suche nach dem Tokyo-Girl-Logo lasse ich

den Blick über die Regale schweifen, weil ich keine Ahnung habe, wie das Cover dieser CD aussehen könnte. Na, ich bin ein toller Fan! Leider habe ich vergessen, Dad nach dem Titel dieses Mini-Albums zu fragen.

Selbstverständlich ist es nirgends zu finden. Ich suche weiter, eher aus Verzweiflung als in der Hoffnung auf Erfolg, und natürlich steht nichts hinter dem kleinen Plastiktrennschild mit dem Aufkleber TOKYO GIRL.

Ich will schon auf die Knie sinken und enttäuscht die Decke anheulen, als ich ihn sehe – am Ende der vielen Ständer drückt er einen riesigen Stapel CDs an seine Brust und führt ein rotes Namensschild an einer Schnur um den Hals spazieren. Ein Verkäufer. Er ist groß, hat fettige schulterlange Haare und trägt eine schwarze Skinnyjeans und zerschlissene Converses. Sein pinkfarbenes T-Shirt, das er dazu trägt, schockt ein wenig, bis ich ihn von hinten sehe. Oben ist ein Logo draufgedruckt, und darunter stehen die Tourdaten.

Ein Wahnsinns-Tokyo-Girl-Tour-T-Shirt, ausgerechnet!

Volltreffer!

Falls es noch irgendwo signierte Exemplare der besagten Limited Edition gibt, der Typ wird es wissen.

«Äh, hallo?» Ich habe mal wieder Herzrasen.

Als er sich umdreht, sehe ich, dass er ein nettes Gesicht hat. Einer, der gern lächelt, das hatte ich zugegebenermaßen nicht erwartet. Doch da er ein Tokyo-Girl-T-Shirt trägt, muss er eine Seele haben, so viel steht fest. Sein Lächeln und, ja, auch seine Augen, die dazu passen, lenken mich allerdings von meinem Vorhaben ab (ich bin sozial unbeholfen, nicht tot – zumindest noch nicht).

«Äh.» (Ja, ja, ich bin eine Meisterin der Verführung.) «Sie haben nicht zufällig noch ein Exemplar der signierten Limited Edition, oder?» Den Bandnamen zu erwähnen ist überflüssig, außerdem merkt er auf diese Weise sofort, dass ich ein glühender Fan bin – als ob ich jemals über etwas anderes reden würde!

Er strahlt mich an. «Meinst du das TG-Live-and-Remixed-Album?»

«Genau.»

Als er auf die Regale im Buchstabenbereich T zeigen will, verlässt mich der Mut.

«Da habe ich schon geguckt, da sind keine.»

«Oh.» Sogar wenn er ein trauriges Gesicht zieht, ist es irgendwie herzerwärmend. «Eben hatten wir noch zwei hinter der Kasse. Ich schau mal für dich nach.»

«Danke!»

Als er den CD-Stapel auf eine Ablage stellt, sehe ich das T-Shirt zum ersten Mal von vorne.

LIVE FAST DIE YOUNG zieht sich in schwarzen Buchstaben im Sprühdesign über seine Brust.

Der Typ sieht meinen Blick und grinst. «So heißt die Scheibe!»

War klar.

Er redet weiter, doch seine Stimme klingt mit einem

Mal weit weg und verzerrt, als wäre ich unter Wasser getaucht.

Die Regale und der Lärm im Megastore treten in den Hintergrund und lösen sich auf, und an ihrer Stelle nehme ich kalte, weiße Kacheln und den Geruch von Desinfektionsmitteln wahr.

Nur das pinke T-Shirt bleibt. Leider lächelt mich jetzt nicht mehr der junge Mann an, sondern ich blicke auf mein eigenes totes Gesicht, mit geschlossenen Augen und einer Haut so grau wie schmutziger Schnee.

Ich falle, ich verschmelze mit dem Boden … Und dann macht jemand das Licht aus.

27 MEIN DATING-RATGEBER

«Geht's wieder?»

Ich schaue in zwei lächelnde blaue Augen.

«Möchtest du ein Glas Wasser?»

Ich nicke und erinnere mich, dass mir erst neulich jemand mit einem viel unattraktiveren Gesicht ein Glas Wasser gereicht hat.

«Ich würde sagen, du bist ohnmächtig geworden.»

Dafür gibt es noch ein Nicken, denn das passiert mir schon mal. Ich falle in Ohnmacht, ich gerate in Panik. Möchtest du gelegentlich mit mir ausgehen?

Ich glaube nicht, dass ich das laut gesagt habe. Hoffentlich nicht.

«Dieses T-Shirt?», frage ich, bis ich meine verklebten Lippen nicht mehr auseinanderkriege.

Der junge Mann mit dem Lächelgesicht lächelt. «Ich habe die Band letzte Woche im Koko in Camden gesehen. Da habe ich's her, das offizielle Tour-T-Shirt. Sie spielen heute hier im Pandemonium, da gehe ich noch mal hin.»

Ich nicke wieder. «Ja, ich auch.»

Wieso habe ich das gesagt?

«Cool. Da verkaufen sie dic T-Shirts. Du kannst dir eins holen.»

«Ich habe was gegen Pink.»

Sein Lächeln fällt in sich zusammen.

«Ich meine ... also ... Es steht mir nicht. Ich trage es nicht gern.» Die Farbe meiner Wangen würde mir sicher mit Freuden widersprechen. «Bei dir sieht es jedenfalls super aus.» Meine Haut wird brennend rot. Schon besser.

Sein Lächeln schleicht sich zurück. «Danke.»

In Pink möchte ich nicht tot überm Zaun hängen …

Es sei denn, es gäbe das Tour-T-Shirt meiner Lieblingsband nur in dieser Farbe.

Dann würde ich es natürlich auch anziehen.

Dann würde ich tot darin überm Zaun hängen.

«Äh, hättest du etwas dagegen, wenn ich mich in diesen Eimer übergebe?»

(Übrigens hoffe ich, dass ihr euch Notizen macht, denn das werde ich wohl veröffentlichen. Titel: *Mein Dating-Ratgeber*.)

Das ist ein Test. Wenn man sich vor seinen Augen übergibt und er trotzdem bei einem bleibt, kann man auf ihn bauen.

Das ist doch auch schon was, oder?

★

Okay, falls ihr auf die Idee kommt, ich würde jetzt mit diesem kuscheligen, lächelnden Typen, in dessen Gegenwart ich gerade ohnmächtig geworden bin und gekotzt habe, zum Gig gehen, muss ich euch leider enttäuschen. Nachdem er sich vergewissert hat, dass ich mich wieder erholt habe, hat Michael – so heißt er nämlich – mir das letzte LIVE-FAST-DIE-YOUNG-Mini-Album verkauft, die signierte Limited Edition mit Remixen und Livetracks von Tokyo Girl, und sich dann eilig verabschiedet. Er meinte, er würde später im Pandemonium nach mir Ausschau halten – aber bestimmt nur, damit er mir ausweichen und gehörig auf Abstand bleiben kann.

Mittlerweile habe ich das Geschäft verlassen und sitze auf einer der Bänke ohne Lehne, wie sie in jedem Einkaufszentrum herumstehen. Sie sind extra so gestaltet, dass sie einen vom Sitzen abhalten, doch ich lasse mich hier trotzdem nieder, trinke kleine Schlucke aus einer großen Wasserflasche und wehre mich gegen die aufkommende Panik.

Das T-Shirt hat alles verändert.

Es bedeutet, dass ich letztes Mal sehr wohl im Club war.

Und dort gestorben bin.

Das heißt, mit meiner bösen Vorahnung lag ich die ganze Zeit goldrichtig. Als SIEHST-DU-Nummer bringt mir das aber leider gar nichts.

Ich gehe diesem Gedanken bis zu seiner unvermeidlichen, scheußlichen Schlussfolgerung nach, die da lautet, dass heute Abend bei dem Tokyo-Girl-Konzert etwas passieren wird – bei einem Konzert, das Tash sich ansieht.

Als wollte es diese Einsicht noch unterstreichen, drängt ein Bild aus der Leichenhalle an die vorderste Front meines Bewusstseins, diesmal aus einer neuen Perspektive. Ich betrachte nicht mehr die entsetzlich vertraute Gestalt auf der Bahre, sondern richte meinen

Blick dahinter. Schließlich war ich nicht die einzige Tote, oder? Auf den Rollwagen in der Nähe lagen noch zwei Leichensäcke.

Zuvor hatte ich zu viel Angst, um nachzusehen, wer es war, doch jetzt glaube ich es zu wissen. Das ist *mein* Traum, *meine* Warnung, *meine* Vision, wie immer man das nennen mag, deshalb haben die anderen beiden Leichen ebenfalls etwas zu bedeuten. Ich war in der Vorstellung gefangen, es gehe um mich allein, und habe nicht eine Sekunde daran gedacht, dass andere auch in Gefahr sein könnten. Doch zweifellos lagen drei Leichen in der Halle, da wir zu dritt dort waren. Die Dreierfreundschaft, die Tash sich wünscht, sollte niemals fruchten, sondern war von Beginn an zum Scheitern verurteilt.

Obwohl ich noch immer nicht akzeptiere, dass ich gestorben sein soll und den Tag von vorn erlebe, überlege ich, ob an der Sache nicht doch *irgendetwas* dran ist. Ich bin zu erschöpft, um länger dagegen anzukämpfen, das Beweismaterial ist einfach erschlagend. Außerdem hatte ich recht, was den Bus und den Aufzug und das Scrabble-Spiel betrifft. Und wenn sich meine Ahnung nun ebenfalls erfüllt? Das Risiko darf ich nicht eingehen.

Mein Handy zeigt an, dass es schon fast sieben ist. Da Tash meinte, wir sollten uns mit Val um acht vor dem Club treffen, ist sie sicher noch zu Hause. Ich muss sie anrufen.

Und was soll ich genau sagen?

Wie könnte ich Tash dazu bringen, heute Abend nicht ins Pandemonium zu gehen? Wenn ich mir etwas ausdenke, stellt sie direkt einen Bezug zur Leichenhalle her, und was sie davon hält, hat sie klar gesagt.

Ich muss selbst hingehen und sie irgendwie davon abhalten, den Club zu betreten. Unterwegs kann ich mir immer noch überlegen, was ich sage.

Das ist zugegebenermaßen nicht der beste Plan, aber wir sind hier nicht im Film oder in einem Buch, wo die Heldin auf eine tolle Idee kommt und alle Probleme löst. Das hier ist das wahre Leben, in dem ich keinen Schimmer habe, was ich tun soll, wenn ich ankomme. Trotzdem gehe ich los, weil ich nicht einfach dasitzen und Däumchen drehen kann.

28 MAN SOLLTE NIE ZURÜCKKEHREN

Das Pandemonium – der Club, in dem Tokyo Girl heute Nacht auftritt – liegt recht verborgen in der Altstadt am Ende einer schmalen Straße hinter den Schienen. Tagsüber kann es leicht passieren, dass man an den Absperrgittern vorbeigeht und das dunkle Aushängeschild an der Mauer sowie die Stufen zu dem unterirdischen Eingang übersieht. Doch heute Abend ist das rote Neonschild hell erleuchtet und wirft ein dämonisches Licht auf die Menschen vorne in der Schlange, die darauf warten hinunterzugehen.

Angeblich soll man ja nie zurückkehren, zum Beispiel an einen Tatort, zu einem gezündeten Feuerwerkskörper oder zu einer alten Liebe und so weiter, aber ich bin trotzdem hier.

Stellt euch folgende Szene vor: Ihr seid bei einem Konzert und bemerkt auf einmal eine gewisse Unruhe im hinteren Teil des Saals. Ihr denkt, es geht um eine Rauferei oder jemand hat zu viel getrunken. Dann drängt ihr euch durch die Gaffer und seht ein Mädchen auf dem Boden, sehr jung, in Jeans und Lederjacke. Sie wirkt nicht betrunken, aber offenbar hat sie Angst. Ein Türsteher beugt sich über sie und versucht sich daran zu erinnern, was er im Erste-Hilfe-Kurs gelernt hat. Das Mädchen sagt, es habe Schmerzen im Brustkorb und könne nicht atmen und sich nicht bewegen. Sie glaubt, sie hat einen Herzinfarkt, während der Türsteher wünschte, sie wäre betrunken oder aggressiv – damit könnte er umgehen.

Dann kommen die Profis, richtige Sanitäter mit Rettungsausrüstung, deren Jacken mit den reflektierenden Streifen im Neonlicht verrückt spielen. Sie bringen das Mädchen durch einen Tunnel von Zuschauern, die das Ganze filmen, auf einer Trage hinaus. (Die Qual dieser YouTube-Videos wird sehr viel länger anhalten als ihr Unwohlsein auf der Trage. Das könnt ihr mir glauben.)

Hinten im Rettungswagen wird das Mädchen untersucht – ein unverhofftes Schauspiel für die Raucher, die vor dem Club stehen. Ihre Freunde halten sich im Hintergrund, voller Sorge und ein wenig verlegen.

Nachdem die Sanitäter sie untersucht haben, erklären sie ihr, dass alles in Ordnung ist. *Nur eine Panikattacke. Zu heiß, zu voll. Denk beim nächsten Mal daran, genug Wasser zu trinken – kein Wunder, dass dir in der Jacke zu warm geworden ist. Wo wohnt ihr?*, fragen sie. *Wir bringen euch hin.*

Damit ist der Abend für die Mädchen zu Ende. Als der Rettungswagen losfährt, hören sie noch, wie die Band, die sie hören wollten, im Club mit einer vollen Dröhnung loslegt.

Meine Arme und Beine werden steif, als ich die Straße überquere. Als wüsste mein Körper Bescheid und würde alles geben, um mich rein physisch davon abzuhalten, den gleichen Fehler noch einmal zu machen. *Siehst du, da hat der Rettungswagen geparkt, und über diesen Bürgersteig wurde ich getragen, vorbei an den vielen Rauchern.* Doch jetzt sehe ich hier nicht nur den Schauplatz, wo ich eine von vielen Peinlichkeiten erlebt habe, sondern einen Ort, an dem ich sterben könnte.

Tash fehlt mir mehr denn je. Wäre sie bei mir, würde sie mir erklären, dass das Gefühl der Leichenstarre, das sich in mir breitmacht, nur der Beginn einer Panikattacke ist. Sie würde mich ablenken und immer weiter reden lassen. Vor allem wüsste ich, dass Tash sich um mich kümmern würde, egal was geschieht. Sie würde mich sicher nach Hause bringen.

Doch Tash ist nicht hier.

Es ist gerade erst acht Uhr, und die Schlange zieht sich bis um die Ecke, sodass Tash und Val, wenn sie in den letzten Minuten gekommen wären, noch hinten anstehen würden.

Tokyo Girl begeistert eine wilde Mischung von Fans. Gepiercte Punks in Leder mit gefärbten Haaren warten neben Indie-Hipstern, die Strickjacken und Zahnspangen tragen, während dünne gothmäßige Val-Klone im Schatten posieren. Es gibt sogar ein paar eingefleischte Fans mit Gesichtsbemalung und Day-of-the-Dead-Ausstattung, wie sie die Band in dem «Revenant Romantic»-

Video getragen hat. Es ist eine Prozession der gestörten, demoralisierten und entrechteten Jugend unseres bemitleidenswerten Landes. Das sind wirklich *meine* Leute, bei denen ich mich erstaunlicherweise ungewöhnlich heimisch fühle.

Gleichzeitig ist mir peinlich bewusst, wie fertig ich im Vergleich zu ihnen aussehe. Ich trage immer noch die Jeans und das abgeranzte weiße T-Shirt, das ich heute Morgen zur Arbeit übergezogen habe. Mit Dads alter Bikerjacke darüber komme ich mir wie eine Zugabe aus *Grease! – The Musical* vor. Auch wenn dies meine Leute sind, lassen sie es sich nicht nehmen, mir abwertende Blicke zuzuwerfen, während ich auf der Suche nach Tash und dem Wundergirl an der Schlange entlanggehe.

Ungefähr auf der Hälfte spielen ein paar Mädchen einen Song von Tokyo Girl auf dem Handy und singen dazu. Als sie beim Refrain sind, grölt die Hälfte der Leute bereits mit. Es klingt grässlich und wunderbar zugleich. Ich bemerke das Lächeln auf meinen Lippen und bin mit einem Mal von leidenschaftlicher Hoffnung durchdrungen. Doch am Ende der Schlange kann ich immer noch keine Spur von Tash oder Val entdecken.

Ehrlich gesagt, bin ich auch ein bisschen erleichtert. Mir sind die magischen Worte noch nicht eingefallen, mit denen ich Tash erklären könnte, warum sie nicht mit ihrer besten Freundin zu einem Auftritt ihrer Lieblingsband ins Pandemonium gehen sollte. Ich hatte eigentlich darauf gesetzt, dass mir unterwegs schon etwas einfallen würde, doch die spärlichen Ideen waren wenig inspirierend. Dabei hätte ich den Mangel an Inspiration sogar gerne in Kauf genommen, wenn ich ihn mit den lächerlichen Lösungsmöglichkeiten vergleiche, die ich mir in meiner Verzweiflung aus dem Hirn presste.

Irgendwann dachte ich schließlich ernsthaft daran, mit einem Anruf einen Bombenalarm auszulösen. Immerhin würden dadurch alle, einschließlich der Band, gerettet werden. Das war eine Überlegung wert, fand ich.

Also überlegte ich an dieser Stelle weiter.

Glücklicherweise siegte die Vernunft, und ich sah ein, dass ich wahrscheinlich aufgespürt und festgenommen werden würde. Das hätte auf jeden Fall eine Geldstrafe, möglicherweise sogar Gefängnis zur Folge und würde einen Eintrag ins Vorstrafenregister nach sich ziehen. Was Dad dazu sagen würde, wollte ich mir gar nicht erst vorstellen. Doch entscheidend war vor allem, dass es wahrscheinlich nichts genutzt hätte. Die Veranstalter wären entweder dahintergekommen, dass es ein Bluff war, und hätten den Anruf als schlechten Scherz abgetan oder eben alles durchsucht, ohne fündig zu werden. Auf diese Weise hätte ich nur erreichen können, dass der Gig mit Verspätung begann.

An diese Idee verschwendete ich insgesamt fünf Minuten.

Die nächste Möglichkeit – okay, legen wir die Karten auf den Tisch: so ziemlich die einzige andere, auf die ich kam – hatte mit der ersten eine gewisse

Ähnlichkeit, war jedoch nicht so gefährlich. Harmlos war sie aber auch nicht, denn es ging genialerweise darum, Feueralarm auszulösen. Nachdem ich hierbei ebenfalls die Vor- und Nachteile gründlich abgewogen hatte, kam ich zu dem Schluss, dass alle wohl in den Club zurückkehren dürften, nachdem die Feuerwehr den Verdacht auf einen Streich bestätigt hätte. Wahrscheinlich hätten sie auch ein Überwachungsvideo, auf dem zu sehen ist, wie ich den Alarm auslöse, und schwupps, lande ich wieder in der gemütlichen Zelle auf der Polizeiwache.

Bleibt Plan C, der mir zuletzt noch einfällt: weniger kriminell, aber erfolgversprechender und trotzdem gefühlt ganz unten auf der Liste. Dafür müsste ich (scheinbar «zufällig») auf Tash und Val stoßen und so tun, als sei ich deswegen hier, weil ich mich entschlossen habe, ganz allein zum Konzert zu gehen. Drinnen würde ich dann eine Panikattacke vorspielen (oder wirklich eine bekommen, wenn man bedenkt, wie es mir zurzeit geht). Man würde mich raustragen, und Tash würde hoffentlich wie beim letzten Mal mitkommen.

Mir ist allerdings bewusst, dass diese Idee nur funktioniert, wenn ich das Höllenloch tatsächlich betrete und mich vor allen Leuten zum Affen mache. Außerdem würde ich so Tashs Treue und Vertrauen ausnutzen, und wenn sie je die Wahrheit darüber erfährt, ist das der letzte Nagel an dem Sarg, in dem dann die Reste unserer Freundschaft ruhen und begraben werden. Doch wenn mir bis zu ihrem Eintreffen hier keine bessere Idee kommt, wird es das wohl werden.

Ich sehe noch mal auf mein Handy. Mittlerweile ist es zwanzig nach acht. Wo zum Teufel bleiben die beiden?

Dann fällt mir etwas ein …

Mädchen wie Val stehen nicht Schlange.

Mädchen wie Val kennen den Türsteher.

Val und ihre Freunde gehen direkt rein.

Verdammt.

Ich habe die ganze Zeit am falschen Ende der Schlange gewartet, und während ich hier in der Dunkelheit wieder zurückgeschlichen bin, sind Tash und Val bestimmt nach vorne durchmarschiert und schon drin.

Ich kann gar nicht aufhören zu fluchen.

Und dann stelle ich mich hinten an.

29 ABSTIEG IN DIE HÖLLE

Ich höre das stumpfe Dröhnen der Musik durch die Ritzen im Asphalt. Es fühlt sich an, als wäre die Erde unter uns lebendig, als wäre sie ein wildes knurrendes Tier, das aus der Tiefe springt und oben die Menschenschlange mit seinem Feueratem zum Glühen bringt. Zugegeben, es kribbelt ein bisschen vor Aufregung, doch das Grauen überwiegt.

Ein kühler Hauch von Schicksal weht mich an. Obwohl ich mich redlich bemüht habe, Dinge zu verändern und nicht wieder die gleichen Fehler zu machen, stehe ich hier freiwillig Schlange, damit ich genau an jenen Ort komme, der mich letztes Mal umgebracht hat. Offenbar bin ich verrückt.

Doch so unsinnig das erscheinen mag und so wenig ich das Ganze verstehe oder erklären kann, besteht kein Zweifel daran, dass sich meine Vorahnung in Bezug auf den Bus und den Aufzug bestätigt hat. Das war echt, das ist passiert. Deshalb kann ich diesmal nicht erneut darüber hinweggehen.

Wie oft hat Tash mich «gerettet»? Sie war diejenige, die neben mir auf dem Boden in der Aula saß und meine Hand hielt, während die ganze Oberstufe nach der Versammlung an uns vorbeikam. Tash wusste, dass sie sich genauso über sie wie über mich lustig machen würden – einfach, weil sie zu mir gehörte. Ich bin wie eine Krankheit, mit der sie sich durch ihre Freundschaft zu mir angesteckt hat. Und dann die Nächte, in denen Tash bei mir übernachtet und mit mir blöde Filme geschaut hat, obwohl sie viel lieber auf eine Party gegangen wäre, vor der ich zu viel Angst hatte! Ich kann sie nicht mehr zählen.

Die Zeit ist reif, mich zu revanchieren und ihr etwas davon zurückzugeben. Falls Tash hier also auch nur minimal in Gefahr geraten könnte, muss ich sie rausholen. Tash ist wichtiger als alles, dagegen kommt auch das gemeine Worst-Case-Szenario nicht an, das in meinem Kopf herumspukt. Allerdings bereitet es mir gewaltige Probleme. Das schon.

Mein schreckhaftes Gedächtnis erinnert mich daran, was mich unten an den Stufen erwartet und wie heiß und schweißgetränkt es drinnen ist – vollgestopft mit Menschen, die einen antatschen. Die Luft ist so schlecht, dass man nicht atmen kann, und das macht mich besonders fertig. Luft zu bekommen ist mir so wichtig, dass ich davon geradezu besessen bin. Leider ist mein Körper in diesem Punkt willens, sich mit meinen Gedanken zu verbünden, denn schon beim ersten Anzeichen von Problemen drückt die unsichtbare Faust der Angst langsam zu, und meine Lunge schaltet in Panikmodus.

Wenn ich nur daran denke, fange ich schon an zu zittern. Es beginnt mit meinen Armen, aber kurz darauf schüttelt es mich am ganzen Körper.

Ich konzentriere mich auf die Atemübung, die Dr. Hiaasen mir beigebracht hat.

Langsam und regelmäßig.

Sanft und ruhig.

Aus … und … ein.

Die Schlange schiebt sich vorwärts.

Das Pärchen vor mir trägt die komplette Day-of-the-Dead-Verkleidung, die Gesichter weiß geschminkt. Der Mann hat sich für den klassischen Schädel mit schwarzen Augen entschieden, was ohne Brille deutlich furchterregender wirken würde. (Als ob ich nicht selbst eine hätte.) Aber das Mädchen hat kunstvoll verschlungene Muster in Blau und Grün auf ihre Stirn und Wangen gemalt und trägt wie in dem Video ein zerschlissenes Hochzeitskleid mit einem Strauß verwelkter Rosen.

«Weißt du, was Pandemonium bedeutet?», fragt er sie und zupft an dem roten Band seines Zylinders.

Das Mädchen gibt ein unverbindliches «Mmm?» von sich, ohne den Blick vom Handy zu lösen.

Ihr Freund merkt es anscheinend nicht. «Wörtlich übersetzt bedeutet ‹Pandämonium› *alle Dämonen*», sagt er und setzt den Hut wieder auf. «Als der Teufel vom Himmel fiel, brauchte er einen Ort zum Leben und baute sich etwas, wo er mit seinen Freunden abhängen konnte. Das hat er dann Pandämonium genannt.»

Das Mädchen schaut ihn an. «Und du sagst also, hier wohnt der Teufel?»

«Nein, so auch wieder nicht. Sie haben den Club nur danach benannt, wo er lebt.»

«Und wo ist das?»

«Keine Ahnung. Nirgends. Ich meine, den Teufel gibt es doch gar nicht, oder?»

«Das heißt, der Club ist nach jemandem benannt, der nicht mal existiert? Wie blöd ist das denn!»

Der Typ kann einem leidtun. Vermutlich wollte er das Mädchen mit seinem Wissen beeindrucken, und jetzt steht er wie ein Depp da.

Das bringt mich in Versuchung, ihm beizustehen. Gestern hätte ich ihm noch zugestimmt – klar, den Teufel gibt es nicht. Er wurde nur erfunden, um die Menschen in Schach zu halten. Kontrolle durch Angst. Sagt man den Leuten, sie würden für die Ewigkeit qualvoll in einer heißen Hölle schmoren, wenn sie sich nicht an die Gesetze halten, dann gehorchen sie in Nullkommanichts. Man könnte sich die Hände reiben, wie gut das funktioniert. Angst ist Macht, wer wüsste das besser als ich?

Das hätte ich wohl gesagt, als ich letztes Mal in dieser Schlange stand, doch jetzt bin ich mir nicht mehr so sicher. Gerry hat mir erklärt, dass es auf der Welt nicht ganz so zugeht, wie man es uns weismacht, und nach dem heutigen Tag halte ich alles für möglich. Am liebsten würde ich der Frau im Hochzeitskleid sagen, dass ihr Freund der Wahrheit möglicherweise näher gekommen ist, als er selbst weiß, doch solche Gedanken sind jetzt wirklich wenig hilfreich. Mich braucht man nicht daran zu erinnern, dass ich buchstäblich in die Hölle hinuntersteige – trotzdem Danke.

Die Schlange hat mich mittlerweile auf die oberste Stufe mitgeschleppt. Mein Herz flattert im Brustkorb wie ein Vogel im Käfig, und meine Glieder sind vor Angst so steif, dass ich wie eine Actionfigur laufe.

Als ich den Fuß auf die erste Stufe setze, spüre ich die live gespielten Bässe durch den Beton. Anscheinend steht die Vorband bereits auf der Bühne.

Ich hole mein Handy aus der Tasche und überprüfe mein Ticket. Da fällt mir etwas ein …

Während ich die ganze Zeit gedacht habe, dass ich gerne ein bisschen mehr so wie Val wäre, habe ich glatt vergessen, dass ich ja so tun soll, als wäre ich tatsächlich sie, wenn ich reinkommen will. Ich betrachte den Ausweis, den Tash mir gegeben hat – und, ehrlich, ich glaube fast, das winzige digitale Foto von Val grinst mich boshaft an.

Das *kann* nicht gut gehen. Tash hat gesagt, Val kennt den Türsteher, verdammt! Auch wenn ich die Brille abnehme, weiß er ganz genau, dass ich nicht Valentina Tereshkova bin. (Und würde ich mich nur durch die Brille und die Frisur von Val unterscheiden, hätte ich gewiss nicht solche Probleme.)

Also werde ich gleich wegen Angabe falscher Personalien verhaftet. Sie werden Dad anrufen, und wie ich ihn kenne, fährt er die Nacht durch, um möglichst schnell herzukommen. Er wäre nicht halb so sauer, wenn es sich nur darum handelte, dass ich verhaftet worden wäre und ihn von der Arbeit abgehalten hätte, sondern er würde sich vor allem darüber aufregen, dass ich ihm vorgelogen habe, der Gig sei für alle Altersstufen zugelassen. (Dad hält viel von Vertrauen.)

Am schlimmsten wäre aber, dass ich rausgeworfen würde, bevor ich überhaupt reingekommen bin. (Ja, ich weiß, streng genommen ist das gar nicht möglich, doch wenn es um Versagen auf der wichtigsten oder der höchsten unwahrscheinlichsten Ebene geht, bin ich hochbegabt, Leute!) Jetzt ernsthaft, das wäre absolut schrecklich. Wie soll ich Tash retten und sie rausholen, wenn ich vor der Tür stehe?

Ich werfe einen Blick über die Absperrgitter und sehe das Sicherheitspersonal unten an der kurzen Treppe – einen Mann und eine Frau. Vielleicht geht es doch gut, wenn ich an die Frau gerate?

Soll ich vielleicht mit Akzent sprechen? Mit Vals sexy Stimme, die nach russischer Spionin klingt?

Nein!

Was habe ich mir nur gedacht – das lasse ich schön sein!

Nur weil mich eine böse Vorahnung quält, plane ich, den Club zu betreten und Tash mithilfe eines Tricks nach draußen zu locken?

Sie wird mich hassen, denn sie wird begreifen, warum ich hier bin und was ich vorhabe. Es dürfte ihr nicht gefallen.

Doch es gelingt mir nicht mehr, das Bild der Leichensäcke in der Leichenhalle zu verdrängen.

Manchmal weiß man es einfach.

Selbst wenn es das Letzte ist, was man tun möchte. Selbst wenn einen niemand versteht und alle einen dafür hassen werden. Nichtsdestoweniger weiß man manchmal, was man tun *muss*, weil man sonst nie wieder in den Spiegel sehen kann.

Die nächste Stufe.

Was hat Thelma noch mal gesagt? Angst wäre auch ein Zeichen? Sie zeigt einem, was man tun soll?

Ich muss meine innere Thelma finden.

Ich zucke zusammen, als plötzlich der Lärm scheppernder, durchdringender Beckenschläge hinter der Tür ertönt, die für den nächsten Einlass geöffnet wird. Das herausdringende Licht ist rot und feurig. Ich spüre die Hitze, und ich sehe tatsächlich Rauch, der kräuselnd in die frische Luft zu uns hinausweht.

Das Problem ist: Ich bin nicht Thelma. Ich kann mir noch so sehr wünschen, dass ich mehr von ihr oder von Val hätte, doch das ändert nichts daran, wer ich wirklich bin.

Inzwischen habe ich die Hälfte der Treppe geschafft und bin mit meinen Schultern auf gleicher Höhe mit dem Bürgersteig. Die Wände rücken näher und schließen das Licht aus, während mir zur Begrüßung der Gestank von Urin und Erbrochenem aus dem Mauerwerk entgegenquillt. Von vorne und von hinten spüre ich den Druck der menschlichen Körper, und ich muss mich ermahnen weiterzuatmen.

Langsam.

Aus.

Und ein.

Aber ich kann nur den Mief der Treppe in meine Lungen ziehen.

Das Day-of-Dead-Pärchen nimmt eine weitere Stufe.

Ich zögere, weil ich den Druck der Anstehenden in meinem Rücken spüre.

Drinnen kann es nur noch schlimmer sein.

Es beginnt mit einem Gefühl, als ob sich meine Schultern in Beton verwandeln, dann breitet es sich bis zur Kehle aus, sodass ich nicht schlucken kann und die Zähne zusammenbeiße. Es schnürt mir die Brust zu, das Atmen fällt mir schwer. In meiner Panik hole ich flach und hastig Luft, mir wird schwindelig, und mein Kopf fühlt sich zu schwer für meinen Hals an.

Ich weiß, es ist nur ein Angstanfall, aber gleichzeitig bohrt der Zweifel in mir, und ich denke, dass es diesmal *doch* etwas anderes ist, dass ich sterbe, wenn ich hier nicht rauskomme.

Und zwar SOFORT!

Es ist, wie wenn mein Körper plötzlich das Kommando übernimmt. Ich kann mich nicht wehren, ich werde einfach mitgerissen. Mein Gehirn folgt einem Notfallprotokoll.

Ich kann nichts dagegen tun, ich stürme die Stufen wieder hinauf, dränge mich durch die Menschenmasse und schürfe mir bei meiner verzweifelten Flucht den

Arm an der Mauer auf. Es fühlt sich wie Ertrinken an, als würde ich mit brennender Lunge und weichen Beinen um mich treten, damit ich wieder an die Wasseroberfläche komme.

Ich werde es nicht schaffen …

Doch plötzlich entkomme ich dem Gedränge des Pulks und taumle auf den Bürgersteig. Ich stolpere und lande auf den Knien. Der Inhalt meiner Tasche ergießt sich unter dem Gejohle der Anstehenden auf den Boden.

30 ALEX ZWEI

Mit gesenktem Kopf sammle ich hektisch meine Siebensachen zusammen und fluche leise vor mich hin.

«Die ist dir runtergefallen.» Die Stimme gehört zu einem Paar abgelatschter blauer Doc Martens mit roten Schnürsenkeln.

Mein Blick wandert nach oben über eine gestreifte Strumpfhose und eine schwarze superkurze Jeans zu einem lächelnden Gesicht, das von grellgrünem Haar eingerahmt wird. Das Mädchen zeigt mir die signierte Limited-Edition-Tokyo-Girl-CD, die ich für Tash gekauft habe.

«Wo hast du *die* denn her?»

«Aus dem Megastore in der Stadt.»

Sie betrachtet die CD eindringlich und dreht sie in ihren Händen, als könnte sie nicht fassen, dass sie echt ist. «Die ist ja signiert!»

«Jep.»

Ein Typ in einem *Prayer-For-Halo*-T-Shirt beugt sich zu uns herüber. «Wo hast du die gekauft?»

«Im Megastore», antwortet das Mädchen für mich. «Sie ist signiert.»

Der Kerl flucht beeindruckt. «Wahnsinn! Lass mich mal sehen.»

Als die Schlange weiterrückt, schließt der Typ auf und nimmt dabei meine CD mit.

«Coole Jacke», sagt die Grünhaarige.

Das soll sicher ironisch sein, aber ihre Miene wirkt aufrichtig.

«Danke», erwidere ich argwöhnisch. «Hab ich meinem Dad geklaut.»

Das Mädchen grinst. «*Running home in stolen shoes,* was?» Das ist eine Zeile aus einem Song von Tokyo Girl.

«Uups, das ist mir noch nie aufgefallen!»

Da habt ihr's – meine Leute!

Die Anspannung weicht ein wenig aus meinen Schultern.

«Gehst du nicht rein?», fragt das Mädchen und erinnert mich daran, dass alle, die noch draußen stehen, meinen dramatischen, peinlichen Ausbruch aus der Schlange beobachtet haben.

Ich gebe ihr keine Antwort – weil ich noch nicht weiter gedacht habe.

«Unglaublich, dass sie hier sind!», sagt das Mädchen. «Tokyo Girl ist meine Lieblingsband, seit ewigen Zeiten!»

Der Typ verdreht die Augen. «Na ja, seit einer Woche.»

Sie schlägt ihm fluchend auf den Arm. «Als ob, ich stehe seit ihrem ersten Mini-Album auf sie.»

«*Permanent System Damage*», sage ich, ohne nachzudenken.

Ihre Miene hellt sich auf. «Mit *Speed Dial Junkie,* stimmt's?»

«Der beste Track!»

«Ich finde die ersten Sachen besser, aus der Zeit, als

sie noch keinen Plattenvertrag hatten», sagt ihr Freund. «Die findet man heute kaum mehr.»

«Meinst du *TG Zero Zero One?*», frage ich. «Mit Kenjis Bruder am Schlagzeug?»

Ihm fällt die Kinnlade runter – buchstäblich.

«Ha! Da hast du's!» Die Grünhaarige schlingt mir lachend einen Arm um die Schulter. «Wie heißt du, Schwester? Ich bin Kym.»

«Äh … Alex.»

«Ich auch», sagt ihr Freund und schaut sich erneut meine CD an.

«Merkst du was? Er ist wirklich kein bisschen originell», sagt Kym lachend. «Keine Angst, wir nennen ihn von jetzt an einfach *Alex Zwei*.»

Alex Zwei hört es entweder nicht, oder es ist ihm egal.

Mit einem Mal merke ich, dass ich erneut von der Schlange aufgesogen worden bin und bereits gefährlich nah wieder an der Treppe stehe.

«Äh, ich sollte jetzt wohl gehen, also …» Ich weise mit dem Kopf auf die CD.

Kym schnappt sie Alex Zwei aus der Hand. «Hey, kannst du noch eben deine Meinung zu etwas sagen, worüber wir uns nicht einigen können?», bittet sie mich und gibt mir die CD zurück. «Dieser Knallkopf hier meint, in *Go Go Girl* geht es um Kenjis Freundin. Ich sage die ganze Zeit, dass Kenji den Song über seine Schwester geschrieben hat, aber er glaubt mir einfach nicht.»

Es ist, als würde man einem ausgehungerten Hund

ein frisches Steak unter die Nase halten. Die Frage ist unwiderstehlich. (Falls ich jemals in einer Quizsendung auftreten sollte, was natürlich niemals geschehen wird, wäre Tokyo Girl mein absolutes Spezialgebiet.)

«Seine kleine Schwester ist gemeint, yeah. Er hat ihr den Song zum Geburtstag geschenkt.» Ich lächle Alex Zwei entschuldigend an. «Tut mir leid.»

«Entschuldige dich doch nicht!», sagt Kym und lacht.

Alex Zwei wirkt nicht überzeugt.

«Wenn du dir den Text anhörst, wird es eigentlich ganz deutlich.»

«Ja, genau, Alex Zwei», sagt Kym und stupst ihn an. «Wenn du *zuhörst.*»

Er zuckt mit den Schultern. «Glaubst du, dass sie die CD im Club verkaufen? Ich will die auch haben. Und ein T-Shirt.»

Bei dem Gedanken an das pinke T-Shirt läuft mir ein Schauer über den Rücken, und ich löse mich langsam aus der Reihe.

«Bei dir geht es immer nur um Klamotten», sagt Kym. «Du bist so ein Poser!»

Damit hat sie ihn getroffen. «Und wenn ich deiner Meinung nach kein richtiger Fan bin, wieso habe *ich* dann das Live-King-Tut's Bootleg?»

«Tokyo Wah Wah!» Es sprudelt unwillkürlich aus mir heraus. «Auf dem sie *Big Nothing* von Elliott Smith covern?»

Alex Zwei grinst.

«Hey, kennst du die KXFM-Session? Auf YouTube?», frage ich.

Er schüttelt den Kopf.

«Das musst du dir unbedingt anhören, es ist ein bisschen wie eine Akustikversion von *Fascist Killing Machine*. Man glaubt nicht, dass es funktionieren kann, ist aber so.»

Das Gespräch fesselt mich dermaßen, dass ich wieder auf den Stufen stehe, ohne zu wissen, wie ich dahin gekommen bin. Jetzt werden meine Beine steif – höchste Zeit, mich zu verkrümeln, bevor ich mich erneut blamiere.

«Hauptsache, sie spielen heute Abend *Home Song*», sagt Kym, ehe ich mich davonstehlen kann. «Den finde ich absolut fantastisch!»

«Dieser Satz über den Geruch, wenn man die Haustür öffnet», sage ich.

«Oh mein Gott, ja! Bei dem Song möchte ich immer weinen.»

Obwohl ich mich den beiden wirklich sehr nahe fühle, bedrängen mich die Wände. Ich muss hier weg.

«Und du?», fragt Kym. «Wenn ein Song heute Abend unbedingt gespielt werden muss, welcher wäre das für dich?»

Ich befeuchte meine trockenen Lippen mit der Zunge. Darauf antworte ich noch, dann bin ich weg. «Na ja, nachdem du dir *Home Song* bereits reserviert hast, würde ich *Smash Glass in Case of Emergency* nehmen.»

«Oh Mann, genau!» Kym sieht aus, als wollte sie mir um den Hals fallen, dreht sich dann aber um und boxt Alex Zwei auf den Arm. «Siehst du! Die kennt sich voll aus! Hör zu, da kannst du dir eine Scheibe von abschneiden!»

Ich merke, wie meine Gedanken versuchen, mich wieder wegzuziehen, und mit einer weiteren Panikattacke drohen, indem sie mir Bilder von den Schrecknissen vorgaukeln, die mich drinnen erwarten, oder mich mit meinem wertlosen Fake-Ausweis verhöhnen. Doch ausnahmsweise erscheinen die Stimmen weit entfernt und nicht wirklich wichtig – ich höre nicht hin, so gefangen bin ich von Tokyo Girl und dem, was Kym und Alex Zwei dazu sagen.

Auf einmal kommt keine weitere Stufe mehr, ich bin unten angekommen. Die Frau in der schwarzen Security-Jacke hält die Hand auf. «Ticket?»

«Äh … ja. Moment. 'tschuldigung!»

Während Kym und Alex Zwei ihre Eintrittskarten vorzeigen, mache ich mich an meinem Handy zu schaffen. Meine Hände zittern mehr denn je.

Sie wird merken, wie nervös ich bin, und sich zusammenreimen, dass mein achtzehnter Geburtstag noch vor mir liegt. Zu spät fällt mir auf, dass ich die Brille nicht abgenommen habe. Jetzt glaubt sie mir nie, dass ich Val sein soll!

Kym und Alex Zwei warten auf mich. Mir wäre es lieber, sie würden schon reingehen, damit sie meine

Demütigung nicht miterleben. Ich hätte wissen sollen, dass es so toll nicht weitergehen konnte. Auch wenn ich noch so sehr das Gefühl habe, dass dies meine Leute sind, ist mir doch klar, dass *ich* hier nichts zu suchen habe.

Die Frau scannt das Ticket auf meinem Handy und gibt es mir zurück.

Ich erwarte die Frage nach dem Ausweis.

«Ist noch was?», fragt sie, während die Menge mich von hinten schubst.

«Nein! Tut mir leid! Danke.»

Alex Zwei öffnet die Tür, und Kym zieht mich über die Schwelle.

Jetzt bin ich drin.

Geschafft!

31 GRANNY YODA

Ich weiß, dass mein Stolz auf diesen kleinen Erfolg in keinem Verhältnis dazu steht, was ich bisher erreicht habe. Schließlich bin ich nur eine Treppe hinunter und durch eine Tür gegangen. Andererseits möchte ich einwenden, dass es für ein Mädchen zwar nur ein paar Betonstufen sind, aber für die Alexheit ist das ein riesiger SPRUNG, das könnt ihr mir glauben – und das alles habe ich ohne Tash geschafft.

Offenbar war ich so in die Unterhaltung mit Kym und Alex Zwei vertieft, dass ich vergessen habe, wo ich bin. Hätte ich mit Tash in der Schlange gestanden, wäre es mir wahrscheinlich nicht gelungen, so sehr loszulassen. Ich hätte gewusst, dass ich im Notfall kneifen konnte und dass Tash mitgekommen wäre. Kym und Alex Zwei haben mich behandelt, als wäre ich ganz normal, und vielleicht fiel es mir deshalb auch leichter, tatsächlich normal zu sein. (Was immer das bedeuten mag.)

Selbstverständlich ist der Augenblick meines persönlichen Triumphs nur von lächerlich kurzer Dauer. Als Alex Zwei die Tür öffnet, die in den eigentlichen Club führt, fühlt es sich wie ein Sturz in den Abgrund an. Ich weiß wieder, wie das Pandemonium zu seinem Namen gekommen ist …

Wir werden in einen Hexenkessel aus Körpern gesogen, die sich im Rhythmus der rockigen Musik winden. Es ist dunkel, heiß und stickig. Die Luft schmeckt dünn und verbraucht, und die rot gestrichenen Wände schillern vor Schweiß. Falls der Designer oder wer auch immer wirklich eine Art Hölle schaffen wollte, ist ihm das meiner Meinung nach gelungen.

«Mann, ich liebe es hier!», schreit Kym und tanzt mit erhobenen Armen in die Menge.

Ich dagegen bleibe starr am Rande des Getümmels stehen und weiche dann wie ferngesteuert an die Wand zurück. Wie blöd von mir zu denken, ich könnte hier durchhalten!

«Alles okay?», fragt Alex Zwei und beugt sich vor, damit ich ihn verstehen kann. «Ich gehe nur schnell rüber und besorge mir eine CD, bevor sie ausverkauft sind.»

Ich sehe ihm nach, als er sich zu dem Tisch mit den Fanartikeln weiter hinten durchkämpft, während die Worst-Case-Szenario-Stimme mich innerlich anschreit, SOFORT ABZUHAUEN, bevor es zu spät ist.

Soll ich das wirklich tun, damit ich mich auch ja nicht vor Kym und Alex Zwei blamiere?

Ich stelle mir mein Zimmer vor: das saubere leere Bett, eine frische Brise weht durchs Fenster herein, die Ruhe ist himmlisch … Na ja, das ist übertrieben, aber der Lärm, wenn die Leute über uns sich anschreien und mit Gegenständen bewerfen, ist im Vergleich zur dröhnenden Musik im Pandemonium das reinste Grillenzirpen in einer lauen Sommernacht.

Wenn ich mich rühren könnte, würde ich mich in

der Tat umdrehen und zum Ausgang rennen, doch mein Körper hat sich anscheinend komplett verabschiedet.

Das ist nur so 'ne kleine Panikattacke, sagt Thelma, die plötzlich wie eine gespensterhafte Oma Yoda aus dem Star-Wars-Universum vor mein geistiges Auge schwebt. (Ich sag's euch, verabreicht Yoda nur ein bisschen Lippenstift, und schon könnt ihr die beiden nicht mehr auseinanderhalten.)

Ist doch ganz einfach, sagt sie. *Warum machst du es dir so schwer?*

Ich lasse den Blick schweifen – so viele tanzen, ganz rot im Gesicht.

Kym fällt mir ein, wie glücklich sie sich hineingeschlängelt hat.

Nur weil ich Angst habe, kann ich nicht weiter weglaufen. Was will ich überhaupt mit diesem Kampf beschützen? Ein Leben in meinem Zimmer, vor dem Fernseher, in dem ich mir alte Filme anschaue, die ich schon hundert Mal gesehen habe? Will ich wirklich den Rest meines Lebens als Alexandra (Tod-)Ernst verbringen? Wenn ja, kann ich auch gehen und auf dem Nachhauseweg ein paar streunende Katzen mitnehmen.

Ich glaube, ich habe Thelmas Geheimrezept endlich kapiert. Sie hat keine Angst vor dem Tod, weil sie bereits gelebt hat. Während ich mich bis in alle Ewigkeit fürchten werde, solange ich nicht den Mumm aufbringe, *irgendetwas* zu tun.

Oma Yoda nickt grinsend und schwebt über der

tanzenden Menge. Dabei rockt sie in ihrem Rollstuhl zur Musik, ich schwöre.

Soll das jetzt so weitergehen? Mein Worst-Case-Szenario im einen Ohr und eine Yedi-Rentnerin im anderen? (Wird man vielleicht so, wenn man ohne Mutter aufwächst? Müssen sich die Wahnvorstellungen auch noch blöderweise auf Star Wars beziehen?)

Worauf wartest du?, fragt Oma Yoda. *Ich glaube nicht, dass du nur hier bist, um Witze zu reißen.*

Sie hat recht, ich bin hier, damit meine beste Freundin die Halle nicht in einem Leichensack verlässt und ein Bestatter im Seidenhemd sie aufschneidet, während er zu Beatles-Hits auf Panflöten Salsa tanzt.

Ich muss etwas tun, bevor ich auch noch das bisschen Mut verliere, das Thelma mir verlichen hat.

Doch wie zum Teufel soll ich Tash hier finden? Wahrscheinlich hängt sie schon backstage mit der Band herum und findet alles ganz TOLL. Oder sie steht mit Val direkt vor der Bühne. Tash tummelt sich bei Konzerten am liebsten im Moshpit, nahe der Band, wo sie ausgelassen tanzt; nur aus Rücksicht auf mich bleibt sie normalerweise weiter hinten. Diesmal hält niemand sie zurück, und ich frage mich kurz, ob sie ohne mich nicht besser dran ist.

Doch jetzt geht es nicht um mich, sondern darum, ihr das Leben zu retten, auch wenn ich darin möglicherweise nicht mehr vorkomme. Nicht vergessen: Tash ist wichtiger als alles andere.

Ich löse mich von der schützenden Wand und werfe mich ins Gewühl.

Die Bühne ist weit weg zwischen zwei riesigen Boxentürmen aus übereinandergestapelten Lautsprechern, was vermutlich erklärt, warum ich jeden Beat bis in die Zähne spüre. Die Vorband kündigt den letzten Song an, während ich mich langsam nach vorne arbeite.

Der Besitzer des Clubs hat wirklich keine Kosten gescheut, das Pandemonium als Dämonenhaus zu gestalten. An den Backsteinsäulen der Bar hängen Satansmasken, und über dem Ganzen schwebt ein großer goldener Dreizack. Alle vorhandenen Flächen sind rot gestrichen, sodass die Besucher in ein teuflisches grellrotes Licht getaucht sind – wahrscheinlich ist das genau der Sinn der Sache.

Von den Spiegelsäulen blicken mich albtraumhafte Fratzen an, als ich mich durch die Zuschauer zwänge. Man kann unmöglich erkennen, was echt oder gespiegelt, wer vor oder hinter einem ist. Unter den vielen Menschen suche ich verzweifelt nach Tash, doch es ist zu dunkel und zu wild. Wahrscheinlich ist sie ja in der Nähe von Val. Man sollte meinen, jemand, der so toll ist wie Val, hätte ein eigenes Spotlight oder ein Reality-TV-Team auf den Fersen, damit man sie leicht erkennen kann – aber nein.

Sobald die Vorband den letzten Akkord rausgehauen und *Cheers* in die Mikros gemurmelt hat, entsteht ein Run auf die Bar. Ich werde von der Strömung erfasst und erst in die eine, dann in die andere Richtung mitgeschleift. Dabei bekomme ich Ellbogen in die Rippen, einige Leute treten mir auf die Füße, und ich werde von allen Seiten geschubst.

Als unverhofft eine Säule Schutz bietet, drücke ich mich mit dem Rücken an sie. Der Schweiß läuft mir unter Dads Lederjacke den Rücken herunter. Und genau davor hat mich der Sanitäter letztes Mal gewarnt …

Es ist der Wahnsinn. So finde ich die beiden nie, und selbst wenn – will ich Tash wirklich mithilfe eines Tricks hier rausbringen?

Und was ist mit all den anderen? Mit Kym und Alex Zwei? Mit Michael aus dem Megastore? Und was mit der blöden Val und den vielen anderen Menschen, die ich gar nicht kenne? Wenn ich tatsächlich davon überzeugt bin, dass hier heute Abend ein Unglück geschieht, muss ich doch eigentlich alle nach draußen bringen, oder?

Klar, und warum gehe ich nicht kurz zu Hause vorbei und zwänge mich in einen Superman-Anzug mit Cape? Ehrlich!

Manchmal muss man den Hintern hochkriegen, sagt Oma Yoda. *Jetzt UNTERNIMM endlich was! Hmm?* (Ja, ich weiß, dass Thelma nicht so redet, aber sie ist meine Vision, also haltet die Klappe!)

Ich treffe eine Entscheidung.

Besonders toll finde ich sie nicht. Nein, löscht das – ich finde sie grauenhaft. Sie könnte locker als schlechteste

Entscheidung durchgehen, die jemand in einer kurzen Zeitspanne voller mieser Möglichkeiten getroffen hat.

Doch wie die alte Dame schon sagte …

Also drücke ich mich von der Säule ab und unternehme etwas.

32 «SMASH GLASS IN CASE OF EMERGENCY»

Unglaublich, dass ich das ernsthaft durchziehe.

Nicht denken – handeln. Darum geht's, richtig?

Trotzdem läuft es darauf hinaus, dass ich verhaftet und des Clubs verwiesen werde.

Danach muss ich Dad in die Augen schauen und den enttäuschten Blick aushalten, den ich mir gut vorstellen kann. Wenn ich ihm erkläre, warum ich das tun musste, wird er mich verstehen. Vielleicht.

Doch nachdem ich mich nun entschlossen habe, etwas zu unternehmen (etwas unfassbar Dämliches, mit dem ich mich jedoch heldenhaft edelmütig aufopfere), finde ich das einzige Ding nicht, das ich dafür dringend benötige! Typisch. Wenn ich nicht so viel Angst hätte, würde ich mich über die Absurdität des Ganzen kaputtlachen.

Ich gehe durch die Tür in den vergleichsweise ruhigen Gang, der zu den Toiletten und zur Garderobe führt. Der Ausgang liegt direkt vor mir. Fünf Schritte, und ich wäre draußen in der frischen Abendluft – mit dem makellosen Status einer gesetzestreuen Bürgerin.

Aber ich bin damals von der Party abgehauen, und wir wissen, wie das ausgegangen ist. Damals habe ich

Tash böse im Stich gelassen. Und mich selbst auch. Aus Fehlern soll man lernen, nicht wahr?

Deshalb biege ich rechts ab und finde nach kurzem Suchen, was ich an der Wand vor den Toiletten vermutet habe: einen kleinen roten Kasten mit der fetten schwarzen Aufschrift FEUER und einer einfachen Anweisung. SCHEIBE EINSCHLAGEN – HIER DRÜCKEN. Das mache ich dann mal, schließlich tue ich nur, was da steht, nicht wahr?

Zunächst stelle ich mich in der Schlange vor der Garderobe an und überlege, wie ich das bewerkstelligen soll, ohne gesehen zu werden.

Wie wäre es mit einem Ablenkungsmanöver?

Das ist so ein Moment, in dem man gut noch jemanden gebrauchen könnte.

Ich versuche, Oma Yoda heraufzubeschwören. *Okay, du bist dran. Hast du eine brillante Idee für mich? Und komm mir ja nicht damit, ‹Gewalt zu gebrauchen›.* Aber Thelma spielt nicht mit – sie erscheint nur unaufgefordert.

Ich gebe Dads Lederjacke und meine Tasche an der Garderobe ab und stecke den blauen Abholzettel in die kleine Geheimtasche meiner Jeans. (Heute morgen in der Leichenhalle habe ich da nicht nachgesehen, oder?) Doch das ist gerade gar nicht so wichtig.

Kaum habe ich die Jacke abgegeben, da bereue ich es bereits. Ich zittere in meinem dünnen T-Shirt, doch vielleicht liegt es auch nur an der Angst.

Während ich darauf warte, dass es im Gang leerer wird, gebe ich vor, meine Handynachrichten zu checken, aber jedes Mal, wenn ich einen Schritt auf den Feuermelder zugehe, wird lärmend die Tür geöffnet, und jemand Neues kommt herein.

Je länger ich hier warten muss, umso mehr verlässt mich der Mut, und die protestierende Stimme in meinem Kopf wird lauter. Aber dann …

Ausnahmsweise – vielleicht sogar zum ersten Mal – lächelt mir das Schicksal zu.

Die Tür am Ende des Gangs wird mit einem Knall geöffnet, und ein vielbeiniges Ungeheuer stürmt aus dem Club herein. Mindestens fünf Jungs und zwei Mädchen sind ineinander verkeilt, doch es ist weniger eine ernst zu nehmende Auseinandersetzung als Gefummel und «Lass-dass!»-Rufe. Dennoch schauen alle hin.

Einige Sekunden lang bin ich ebenso überrascht wie alle anderen, bis mir wieder einfällt, warum ich hier bin. Mein Zeitfenster besteht aus einem winzigen Spalt, der jederzeit zugeschlagen werden kann. Ich muss JETZT zur Tat schreiten.

Während ich zu dem roten Kasten an der Wand schleiche, hole ich meinen Schlüssel heraus. (Darin liegt bestimmt eine gewisse Ironie.) Der Filzdrache sieht mich traurig und enttäuscht an, als könnte er nicht glauben, was ich vorhabe. Ich bin ganz seiner Meinung.

Und zögere.

Das Gekappel der Jungs und Mädchen entspannt sich bereits. Die Frau vom Einlass trennt die Gruppen mithilfe eines riesigen Türstehers und schickt die Streithähne in zwei gegenüberliegende Ecken.

Das ist meine letzte Chance …

Ich beschwöre die Erinnerung an die ausgefüllten Leichensäcke herauf und zwinge mich zu einem tiefen Atemzug in der kalten klinischen Luft der Leichenhalle mit ihrem säuerlichen Gummiaroma.

Nicht meine beste Freundin, denke ich – *nicht, wenn ich es verhindern kann.*

Ich ramme den Schlüssel durch die Scheibe.

Es hätte mich nicht erstaunt, wenn er abgeprallt wäre, doch das Glas zerbricht beim ersten Versuch.

Und dann …

Passiert gar nichts.

Nur mein Herz wummert so laut, dass ich es in der Kehle spüre.

Ich hatte mit Sirenen gerechnet. Oder mit Blaulicht … Ich wage es kaum zu sagen: Ich dachte, die Hölle bricht los.

Nada.

Die Musik dröhnt weiter durch die Wände, als ein Mädchen aus der Toilette kommt und mich sieht – mit dem Schlüssel in der Hand vor der zerbrochenen Scheibe des Feuermelders. Sie reißt die Augen auf.

Höchste Zeit zu verschwinden.

Ich warte nicht ab, ob das Mädchen meldet, was

sie gesehen hat, sondern gehe möglichst schnell an der Truppe der Raufbolde vorbei. Hinter ihnen reiße ich die Tür auf und kehre in den Club zurück.

Im Tumult meiner Gefühle – Ungläubigkeit, weil ich es wirklich getan habe; Angst, dass das Mädchen mich bei der Security verpfeift – herrscht vor allem Wut vor. Ich fühle mich betrogen! Da habe ich so mit mir gerungen, und was ist dabei herausgekommen? Nichts!

Wozu gibt es Feuermelder, wenn sie im Ernstfall nicht funktionieren? Ich wusste immer schon, dass dieser Club die reinste Todesfalle ist. Mir ist ganz danach, eine scharf formulierte E-Mail an die Behörde zu schicken, die für die Sicherheit und Gesundheit an diesem Ort zuständig ist. Und wenn jetzt wirklich ein Feuer ausgebrochen wäre?

Bei der Idee schleicht sich das Grauen eisig in meine Magengrube. Kann es sein, dass genau das heute Nacht passieren wird?

Da mich diese Vorstellung mindestens ebenso ablenkt wie die Angst vor dem Sicherheitspersonal, achte ich gar nicht darauf, wo ich hinlaufe.

Im nächsten Moment stoße ich mit Volldampf mit einem Typen zusammen, der von der Bar kommt.

Das dritte Newtonsche Gesetz besagt, dass es zu jeder Kraft (Aktion) eine gleich große Gegenkraft (Reaktion) gibt. Mit anderen Worten:

Unbeholfener Trampel + drei große Biere = mit eiskaltem Bier getränkte Alex.

Einen Augenblick lang verschlägt es mir vor Schreck den Atem.

Der Typ rastet total aus, was verständlich ist – obwohl ich doch betonen muss, dass er bis auf ein paar Spritzer auf seiner Jeans wunderbarerweise verschont geblieben ist. Ich dagegen stehe vom Hals abwärts kurz vorm Ertrinken.

«Sorry, sorry, sorry!», rufe ich und suche nach Kleingeld, damit er neues Bier kaufen kann. Der Typ nimmt es, hält mir noch einen Vortrag, dass ich in Zukunft besser aufpassen soll, und stapft davon.

Ich bleibe wie vom Donner gerührt stehen und nehme am Rande wahr, dass die Umstehenden mich anstarren und auslachen. Da packt jemand meinen Arm, und mir wird schlagartig wieder bewusst, warum ich es so eilig hatte …

33 IRGENDWIE UNVERMEIDLICH

So musste es kommen. Meine spontane Bierdusche ist ein passendes Finale für diesen katastrophalen Abend. Ich drehe mich zu der Person um, die mich geschnappt hat –

«Alex! Ich suche dich schon die ganze …» Kym macht große Augen, als sie sieht, in welchem Zustand ich bin, und flucht. Dann lacht sie und flucht noch mal.

«Hi!» Ich nicke Alex Zwei zu, der aus unerfindlichen Gründen rot geworden ist und meinen Blick meidet.

Ich erkläre den beiden, was geschehen ist, natürlich ohne die Sache mit dem Feuermelder zu erwähnen.

«Irgendwann bin ich bestimmt wieder trocken», sage ich, während das kalte Bier unter den Bund meiner Jeans rinnt. «Geht schon!»

«Ehrlich gesagt, nein, Alex.» Kym runzelt die Stirn. «Du hast wahrscheinlich keine anderen Sachen dabei, oder?»

Ich schüttle den Kopf.

«Dein T-Shirt ist jetzt nämlich ganz schön durchsichtig.»

Ah! Das erklärt, warum Alex Zwei mich nicht ansehen kann und ein Haufen anderer Jungs mich anstarrt. Und ich dachte, es liegt daran, dass es so was von out ist, sich mit Bier überschütten zu lassen.

Ich verschränke die Arme vor der Brust und überlege, ob ich meine Lederjacke von der Garderobe holen soll, aber die kann ich ohne etwas darunter auch schlecht tragen. Außerdem würde ich damit an den Tatort zurückkehren.

«Nimm doch das, wenn du magst.»

Ich ahne bereits, was es ist, noch bevor ich den pinkfarbenen Stoff in Alex' Fingern sehe.

«NEIN!» Eigentlich wollte ich nicht schreien. «Ich meine, das gehört dir, du hast es gerade erst gekauft.»

Alex Zwei weiß immer noch nicht, wo er hingucken soll. «Ich glaube, du brauchst es dringender.» Mittlerweile ist er dunkelrot im Gesicht.

«Alex!» Kym nimmt ihm das T-Shirt ab. «Du musst das anziehen, glaub mir!» Sie packt mich erneut am Arm und zerrt mich durch die Menge.

Dann erst kapiere ich, dass wir auf dem Weg zu den Toiletten sind, und bleibe ruckartig stehen.

Kym denkt, ich will einfach das T-Shirt von Alex Zwei nicht annehmen. «Wirklich, Alex, das ist überhaupt nicht schlimm. Ich gebe dir meine Adresse, und du schickst es zurück, falls das dein Problem ist.»

Wenn es doch nur das wäre.

Als wir schwungvoll durch die Tür gehen, stoßen wir beinahe mit dem riesigen Türsteher zusammen, der eben die Rauferei aufgelöst hat. Er sieht uns eindringlich an, und ich erwidere den Blick. Bestimmt hat mich das Mädchen, das mich am Feuermelder erwischt hat, genau beschrieben. Ich bin kurz davor, auf die Knie zu fallen und meine Hände für die Handschellen auszustrecken. Doch Kym geht weiter.

«Schwere Kleiderpanne», sagt sie und wedelt mit der Hand vor meinem klatschnassen T-Shirt. Der Türsteher knurrt etwas und lässt uns durch.

«Ich warte hier auf dich», sagt Kym und reicht mir vor der Toilette das T-Shirt.

Falls ich vorgehabt hätte, mich rauszuschleichen und die Biege zu machen, besteht diese Möglichkeit nun nicht mehr.

Ich schließe mich in einer Kabine ein und schäle mich aus meinem nassen Bier-Shirt.

Kann ich es nicht einfach auswringen und ein Weilchen unter den Händetrockner halten? Im Club ist es so heiß, da trocknet es sicher ganz schnell. Aber in der Zwischenzeit kann ich schlecht mit den Armen vor der Brust herumlaufen – ich fühle mich so schon nackt, wenn alle hinsehen.

Das erinnert mich an das letzte Mal, als ich im öffentlichen Raum nackt war …

Einen Augenblick lang betrachte ich wieder meinen toten Körper. Das Bild flackert nicht mehr undeutlich, es ist eine Erinnerung wie jede andere, klar konturiert; sie spiegelt etwas wider, das tatsächlich geschehen ist.

Und jetzt geschieht es von Neuem.

Ich sehe das pinke T-Shirt an, das letzte Puzzleteilchen, das nur darauf wartet, eingesetzt zu werden.

Wenn ich es anziehe, werde ich sterben.

Nach allem, was ich durchgemacht habe, nach all den Versuchen, den Dingen einen anderen Lauf zu geben, bin ich dennoch hier gelandet.

Am liebsten würde ich weinen, weil es so ungerecht ist.

Andererseits – soll ich vielleicht genau hier sein?

Um mich meinen Ängsten zu stellen. Meinem Tod.

Gerry hat gesagt, ich hätte – wie in einem Videospiel – ein Extraleben bekommen. Doch um ein höheres Level zu erreichen, genügt es nicht, am Leben zu bleiben, sondern am Ende muss der Big Boss besiegt werden. Es ging also von Anfang an nicht nur darum, dem Tod aus dem Weg zu gehen, mich irgendwo zu verstecken oder einen Stellvertreter zu finden. Ich musste in den Club gehen und mich damit konfrontieren.

Obwohl ich letztes Mal verloren habe, gibt es vielleicht noch die Chance zu gewinnen.

Die ganze Zeit habe ich mich darauf konzentriert, bloß nicht zu sterben. Und wenn man dem Tod nun dadurch ein Schnippchen schlägt, dass man lebt? Ich meine nicht nur die schiere Existenz oder das reine Überleben, sondern *echtes* Leben.

Thelma hat mir erklärt, dass der Tod umso weiter entfernt erscheint, je intensiver man lebt. Wenn man dem Tod zeigt, dass man keine Angst vor ihm hat – so hat sie mir versichert –, dann haut er wieder ab und sucht sich einen anderen.

Warum also nicht?

Eine bessere Idee habe ich sowieso nicht.

Nach kurzem Zögern ziehe ich das T-Shirt über den Kopf und atme den Geruch von neuem Stoff und Färbemittel ein.

Es ist nur ein T-Shirt, kein Zeichen für den Tod. Ich muss nicht automatisch sterben, nur weil ich es trage. Genau genommen ist vielleicht sogar das Gegenteil der Fall.

Wenn ich es anziehe, fange ich endlich an zu leben!

33 1/3 RICHTIG GUT ODER RICHTIG SCHLECHT?

Wisst ihr noch, was ich weiter vorne über Riesensprünge gesagt habe? Nichts in meinem Leben hat mir je mehr Angst eingejagt, als dieses T-Shirt anzuziehen. Auch wenn Gerry gesagt hat, es wäre nicht das Zeichen, fühlt es sich verdammt so an – vielleicht auch eher wie eine Zielmarke, ein Schild über meinem Kopf, auf dem steht: *Hier bin ich! Komm, hol mich!* Ich wusste immer schon, dass es einen Grund haben muss, warum ich Pink nicht mag, und dieses T-Shirt ist so was von pink, wie ein Neon-Leuchtstift, der im Dunkeln glüht und aus dem Weltall gesehen werden kann: PINK!

«Sieht gut aus!», sagt Kym, als ich endlich wieder auftauche.

Wieder sehe ich sie argwöhnisch an, ob sie sich über mich lustig macht.

«Dir steht es auf jeden Fall viel besser, als wenn er es anhätte!» Sie grinst. Als wir auf dem Rückweg im Gang noch zwei andere in diesem Band-T-Shirt treffen, geht es mir schon etwas besser. Vermutlich fühle ich mich weniger auffällig.

Doch in dem Moment, als wir in den Club und in die überwältigende Hitze zurückkehren, schrecke ich automatisch vor der Unmenge von Leuten zurück. Trotzdem folge ich Kym weiter nach vorn, versuche, ruhig zu bleiben und meine neuen Erkenntnisse im Blick zu behalten. Gleichzeitig frage ich mich, was nun wohl auf mich zukommt. Von wo schießt der nächste Baum durchs Fenster, wo taucht der nächste leere Aufzugschacht auf? In diesem Höllenloch droht von allen Seiten Gefahr.

Die Bühne ist fertig aufgebaut, alles ist für Tokyo Girl vorbereitet: das Schlagzeug, das im Schein der gedimmten Scheinwerfer glänzt; die Boxen mit dem TG-Logo auf dem stoffbespannten Lautsprechergitter und der breite, hohe Rückvorhang in Neonpink mit dem aufgesprühten schwarzen Schriftzug LIVE FAST DIE YOUNG. Ich gebe mir große Mühe, es nicht als persönliche Botschaft zu werten.

Der Saal bebt vor Aufregung. Vorfreude knistert in der Luft. Ich halte in der bebenden Masse ganz vorn Ausschau nach Tash und Val, doch ich kann sie nirgends sehen.

Wir sind noch relativ weit hinten, weil Kym tanzen möchte. Die DJane legt ein paar gute Platten auf, glaube ich jedenfalls; ehrlich gesagt, meine Nerven liegen dermaßen blank, dass ich eigentlich nur Lärm wahrnehme, kreischende Gitarren und unverständlichen Gesang, während jeder Basston wie eine Faust den direkten Weg in mein Herz findet.

Kym tanzt, als wäre sie allein auf einer Wiese oder auf dem Mond und als würde es sie nicht kümmern, wie andere das finden. Im Scheinwerferlicht wechselt ihr grünes Haar die Farbe, während sie um Alex Zwei herumwirbelt und lustige Grimassen schneidet, um uns zum Lachen zu bringen. Sie nimmt meine Hände, ich soll mitmachen.

Es ist komisch – sobald ich anfange zu tanzen, fühlt es sich gar nicht mehr an, als würde ich herumgeschubst, sondern vielmehr, als würde ich dazugehören. Allmählich dringt die Musik durch meine Angst zu mir durch, und ich erkenne die einzelnen Songs, die ich so liebe. Mit geschlossenen Augen konzentriere ich mich auf die Töne.

Irgendwann tanze ich mit – tanze *richtig* mit –, so wie ich es bisher nur zu Hause mit Tash gemacht habe oder allein und ungestört in meinem Zimmer, niemals in der Öffentlichkeit.

Mir ist heiß, ich schwitze und überlege bereits, Alex Zwei ein neues T-Shirt zu kaufen, weil er dieses sicher nicht zurückhaben will. Ich werde weiterhin geschubst, gestoßen und gedrückt, aber irgendwie fühlt es sich nicht mehr so schlimm an. Es hat ein Weilchen gedauert, bis ich das prickelnde Gefühl deuten konnte, aber ich würde glatt sagen, *ich finde gerade alles echt toll*. Endlich habe ich kapiert, was Tash mir so lange vorgebetet hat. Es fühlt sich abgedreht und bizarr an und viel intensiver als der Alltag. Unfassbar, dass ich es bisher verpasst habe. Und ja, es macht auch Angst, aber fühlt es sich möglicherweise gerade deshalb so fantastisch an?

So ist es richtig, mein Mädchen!, sagt Oma Yoda und wirbelt in ihrem Rollstuhl über der tanzenden Menge.

So sieht Gewinnen aus, Alex, Liebes. So besiegt man seine Furcht, hau rein und fang an zu leben, so RICHTIG! Und nicht nur heute, sondern dein Leben lang.

Sie hat recht, ich spüre es selbst. Erschrocken stelle ich fest, dass ich mir zur Abwechslung mal in Bezug auf ein *gutes* Gefühl ganz sicher bin. Aber ich weiß einfach, dass hier heute Abend nichts Schlimmes passieren wird. Es fühlt sich überhaupt nicht wie das Ende meines Lebens an, sondern im Gegenteil, als würde etwas Neues seinen Anfang nehmen – ein wahres Leben, voller Möglichkeiten, noch mehr Nächte wie diese zu erleben. Ich schäme mich für den Teil meines Lebens, den ich bis heute verschwendet habe, doch auch hier gilt: Besser spät als nie.

Thelma lag die ganze Zeit richtig. Die Geschichte mit der Leichenhalle, das war nur mein Unterbewusstsein, das mir einen Stups gegeben hat. Durch diesen Trick sollte ich endlich begreifen, dass ich *etwas unternehmen* musste, weil sich sonst nie etwas ändern würde. Es war sogar nötig, Tash so wütend zu machen, dass sie mir ein paar harte Wahrheiten an den Kopf geworfen hat. Es musste einfach richtig schlimm kommen, damit ich gezwungen war zu handeln. Es durfte keinen anderen Ausweg mehr geben als hierherzukommen, und ich musste am eigenen Leib erfahren, dass ich es ohne schreckliche Folgen tun konnte. Ich musste es fühlen und merken, was mir entgangen ist.

Das ist so Alex-mäßig, würde Tash sagen. Ich konnte

mich einfach nicht zu der Erkenntnis durchringen, dass ich mich meiner Angst stellen musste, wenn ich nicht immer nur zuschauen wollte. Dafür musste ich erst ein verwickeltes dramatisches Szenario erfinden, mit zweifelhaften Bestandteilen wie einem salsatanzenden Leichenbestatter und einem Extraleben. Egal! Immerhin bin ich auf diese Weise angekommen, nicht wahr?

Ich bin ganz schön stolz auf mich, das will ich gar nicht verhehlen. Thelma schuldet mir nächsten Samstag definitiv einen Ausflug (auch wenn ich selbst die Finger gekreuzt habe). Tash wird sich auch freuen … irgendwann. Wenn sie mir nicht mehr unbedingt den Kopf abreißen will, ist sie sicher auch stolz auf mich.

Plötzlich geht das Licht aus.

Mir rutscht das Herz in die Hose, dann erst wird mir klar: Es ist das Signal, dass die Band gleich anfängt. Als die Menge ruckartig näher an die Bühne heranschwappt, werde ich enger an Kym und Alex Zwei gedrückt.

«Komm, wir gehen weiter vor», schreit Kym und grinst.

Ich zögere. Es schnürt mir die Brust zu.

Aber ich will mit ihnen zusammenbleiben und mitkommen, und wenn ich noch so viel Angst davor habe.

Als Kym und Alex Zwei vorwärts drängen und ich ihnen gerade folgen will, meldet sich mein lebenslang geschulter Instinkt, und ich husche rückwärts, während andere gerne die entstandene Lücke füllen.

Kym dreht sich um und sieht, wie ich davondrifte. Sie streckt die Hand aus, doch ich bin schon zu weit weg.

Ich grinse gekünstelt und zucke mit den Schultern.

Einen Augenblick lang sieht es so aus, als käme sie zurück, aber gegen den Schub nach vorn kommt sie nicht an. Das Letzte, was ich sehe, ist der allzu vertraute Ausdruck von Enttäuschung, dann wird sie von der Menge verschluckt.

Ich taumle weiter rückwärts, mit Tränen in den Augen und Wut im Bauch, gepaart mit Scham und Frust. Ich kann keinen klaren Gedanken fassen, wohin ich nun gehen soll, außer auf und davon.

Doch dann …

Fette Bässe erklingen und nageln mich fest. Es ist das Eröffnungsriff zu «Revenant Romantic», Tokyo Girls' neuestem Super-Hit. Der Saal explodiert!

Ehrfürchtig schaue ich zu. Es sieht mehr nach Kampf als nach Tanz aus, wie sich die Leute schubsen und am T-Shirt packen – als würden sie miteinander ringen –, wie sie mit fliegenden Haaren und rudernden Armen aneinanderklatschen.

Tokyo Girl spielt laut und schnell. Die Wut in diesen Songs habe ich schon immer verstanden, habe die Frustration geteilt, die jedes einzelne gequälte Stück antreibt, doch ich war noch nie live dabei, habe noch nie mitbekommen, wie die Musik im Augenblick zum Leben erweckt wird. Keine Ahnung, ob mein Herz vor Freude oder vor Schreck so laut schlägt.

Es ist wild, aber seltsamerweise auch tröstlich. Ich habe es schon einmal gesagt und wiederhole mich gerne: *Musik rettet Menschen!* Wenn alles verloren ist und dein Leben sich anfühlt, als würde es rasend schnell die Porzellanschüssel runtergespült, ist Musik manchmal das Letzte, das dich vor dem Ertrinken bewahren kann – eine rettende Hand, die dich aus dem Strudel wieder herauszieht.

Diese Band – diese Songs: sie bedeuten mir alles. Ich fasse es nicht, dass ich wirklich im selben Raum mit diesen Göttern bin und dieselbe Luft atme! Noch in der schrecklichen Erkenntnis des Erstickens in meinem letzten Augenblick erfüllt mich diese Musik mit Hoffnung. Unvorstellbar, dass ich heute Abend beinahe nicht gekommen wäre!

«Weißt du, ich kann mich einfach nicht entscheiden, ob diese Band richtig gut oder richtig schlecht ist», sagt eine Stimme in meinem Rücken ziemlich nah an meinem Ohr. «Vielleicht ist sie auch einfach so schlecht, dass sie schon wieder super ist. Was meinst du denn?»

Mir bleibt das Herz stehen.

Diese Stimme.

Selbst über dem dröhnenden Gesang von Tokyo Girl …

… ist DIESE STIMME unverkennbar.

34 TANZ WEITER!

Es ist ziemlich dunkel. In der grellen Lightshow flackern die bunten Lichter über sein Gesicht, daher lässt sich schwer sagen, ob die Haut in diesem verräterischen Orangeton leuchtet. Aber der Ziegenbart und dieses Lächeln sprechen für sich …

«Hallo!»

Und diese *Stimme*!

NEIN! Ich schüttle den Kopf.

Das kann nicht sein! Unmöglich!

Nicht jetzt, nach alldem.

«Und, was denkst du?» Er weist mit dem Kopf auf die Bühne. «Diese Band, ist sie richtig gut oder richtig schlecht?»

Ich muss schlucken.

«Ich muss zugeben, ich neige dazu, sie schlecht zu finden.» Er lässt ein weiteres lebloses Lächeln aufblitzen. «So schlecht, dass ich sagen würde: *Bring mich fort von diesem scheußlichen Lärm!*»

Ich möchte etwas sagen, doch es bleibt mir in der Kehle stecken.

Ich muss atmen.

Schön langsam.

Aus …

… und ein.

«Sie ist richtig gut!», sage ich, drehe mich um und dränge mich in die Menge zurück.

Dann rede ich mir ein, dass er nicht wichtig ist, ein Niemand, nur ein irre unheimlicher Typ.

Doch mit dieser Lüge kann ich nicht einmal mich selbst täuschen.

Tokyo Girl spielt den Anfang eines neuen Songs, als er mich einholt. «Ooh, den finde ich toll, du auch?» Er fängt an zu tanzen.

«Haben Sie nicht eben gesagt, Sie finden die Band blöd?»

«Dieser Song gefällt mir!»

Ich will von ihm fort, doch er nimmt meine Hände und lässt es so aussehen, als würden wir miteinander tanzen und lachen. Um uns herum haben alle nur Augen für die Bühne, keinem fällt etwas auf.

«Zum Weglaufen ist es zu spät, Alex.» Er haucht seinen warmen Atem in mein Ohr. «Du hast deine Chance gehabt und sie nicht genutzt, sogar dann nicht, als die nette alte Dame sich freiwillig gemeldet hat!»

Mit diesen Worten löscht er die letzten glühenden Kohlen des Zweifels, und aller Kampfesmut verlässt mich.

«Ich wusste, dass ich Probleme mit dir bekomme», seufzt Gerry und schüttelt den Kopf. *«Ich bin bestimmt betrunken. Wahrscheinlich habe ich etwas Falsches gegessen. Träume ich etwa? Blablabla!* Du weigerst dich sogar zu glauben, was direkt vor deiner Nase ist. Du verschwendest Stunde um Stunde damit zu leugnen, was deine Sinne dir vermitteln. Ich könnte darauf wetten, dein Verstand hat den ganzen Tag alles dafür getan, dass du es vergisst und ‹vernünftige Erklärungen› findest. Na?» Als der Song zu Ende ist, johlt Gerry laut und lässt mich los, um zu klatschen und bewundernd zu pfeifen.

Ich erwäge wegzulaufen, doch wie schon so oft bin ich nicht in der Lage, mich zu bewegen.

«Ich habe dich davor gewarnt, dass es so kommen kann, Alex. Trotzdem bist du hier.» Er zeigt auf das pinke T-Shirt. «Und die Farbe steht dir *wirklich* nicht, Darling!»

Als ich ihn mit Schimpfwörtern bombardiere, lacht Gerry nur und tanzt weiter.

«Jemand muss sterben, Alex», ruft er mir zu, um die Musik zu übertönen. Dabei windet er sich um mich herum. «Das hast du gewusst.»

Ich fühle mich verarscht, und zwar viel schlimmer als in dem Moment, in dem der Feueralarm nicht losging. Schließlich dachte ich wirklich, ich hätte alles begriffen und müsste nur herkommen und mich meiner Angst stellen – um dem Tod zu zeigen, dass er keine Macht über mich hat. Das reicht aber nicht. Ich bin gescheitert.

Und nun muss ich sterben.

Eigentlich hätte ich mit mehr Angst gerechnet, doch jetzt, da es so weit ist, fühle ich mich nur wie betäubt und unglaublich müde. «Na los, bringen wir es hinter uns», sage ich zu Gerry.

Doch er grinst nur und tanzt weiter.

Er spielt mit mir wie Tashs Katze mit den Fröschen, die sie fängt. Einfach unerträglich.

Ich packe ihn am Arm und ziehe ihn zu mir heran. «Wenn Sie mich töten wollen, dann machen Sie schon!»

Er strahlt sogar noch mehr. «Dich töten? Ich töte nicht, Liebes. Ich sammle nur die Leichen ein.»

«Dann sammeln Sie mich ein.»

Er lacht.

«Warum haben Sie das überhaupt gemacht?», schreie ich Gerry an. «Wieso sollte ich es noch mal versuchen, wenn sowieso klar war, dass ich versage?»

«Oh, du hast nicht versagt, Darling. Im Gegenteil.» Endlich bleibt er stehen. «Du hast dich sehr gut geschlagen. Selbst wenn du am gleichen Ort gelandet bist, so bist du ein anderer Mensch geworden.» Als er grinst, leuchten seine Zähne im Scheinwerferlicht. «Du solltest mir dankbar sein, denn von nun an wird dein Leben eine andere Richtung nehmen.»

«Aber haben Sie nicht gesagt, dass ich sterben muss?»

«Nein. *Jemand* muss sterben, habe ich gesagt. Ich bin nicht deinetwegen hier.» Er schaut an mir vorbei in die wild stampfende Menge vor der Bühne. Dort sind Tash und Val irgendwo, Kym und Alex Zwei und wahrscheinlich auch Megastore Michael.

Plötzlich überkommt mich wieder diese Hitzewallung wie im Aufenthaltsraum von Ulmenblick, als wir Scrabble gespielt haben. Diesmal sehe ich alles genau vor mir …

In wenigen Augenblicken wird ein junger Typ mit verfilzten Dreadlocks auf die übereinandergestapelten Boxen neben der Bühne klettern. Ich sehe seine mageren Arme und das karierte Hemd, das er um den Bauch geknotet hat. Der große Türsteher, der die Rauferei beendet hat, ist jetzt für die Bühnensicherheit zuständig. Er packt den Jungen am Hemd und zieht es ihm versehentlich aus, während der Junge weiterklettert. Die Menge wird johlen, und er wird salutieren, weil er sich wie ein Held fühlt, und das nervt den Riesen vermutlich so sehr, dass er ihm hinterherklettert. Und von da an nimmt alles seinen katastrophalen Lauf.

Ich weiß es, weil ich mich vom letzten Mal daran erinnere.

Jetzt ist es natürlich zu spät für diesen Gedächtnisschub.

Es spielt sich vor meinem inneren Auge wie eine gespenstische Einblendung ab: Der Türsteher klettert auf die Boxen, um den Jungen zu verfolgen, doch er ist riesig und wiegt so viel mehr. Eine der Ketten, die den Turm sichern, reißt, und die fetten, schweren schwarzen Lautsprecher fallen auf die Menschen, die unten stehen. Das löst eine Panik und eine schreiende, wilde Flucht zu den Ausgängen aus …

Und so bin ich gestorben.

Diesmal bleibe ich aber – offensichtlich – am Leben.

Dennoch muss jemand sterben …

«Sie haben mich reingelegt!» Ich höre mich an wie ein schmollendes Kind.

Gerry lächelt nur. «Ich bin Gevatter Tod, Darling – der Name kommt nicht von ungefähr.» Er schmunzelt.

Ich will ihm seinen dämlichen Bart aus dem Gesicht ziehen. Ihm das boshafte Lächeln von den glänzenden Zähnen schlagen.

«Also, wer soll es denn diesmal sein, Alex? Denk dran, du spielst jetzt live, es geschieht hier und jetzt, und du hast die Macht.» Er grinst. «Aufregend, oder?»

35 TOTER PUNKT

Ich dränge mich durch die Menge in Richtung Bühne.

«Das würde ich an deiner Stelle nicht tun», ruft Gerry mir nach.

Ich schenke ihm keine Beachtung.

«Eben hast du dich noch so gut geschlagen!» Ich höre das Lachen in seiner Stimme.

Aber ich muss Tash und die anderen finden und sofort nach draußen scheuchen.

Mittlerweile sollte ich es jedoch wissen: Ob man nur einsieht, was man tun müsste, oder ob man tatsächlich in der Lage ist, es zu tun, sind zwei verschiedene Dinge; zwischen ihnen klafft ein riesiger Abgrund.

Obwohl ich noch nicht einmal in der Nähe des brodelnden Moshpits bin, fällt mir das Atmen bereits schwer. Ich weiß noch, wie es beim letzten Mal war, als die Boxen zusammenbrachen und alle zu entkommen versuchten. Da war ich in die kreischend laute Massenflucht geraten und wurde von der schieren Wucht der hinausstürmenden Menschenmenge umgeworfen, als die Leute in dem Gewirr der Gliedmaßen stolperten und übereinanderstürzten. Ich spüre noch das Gewicht derjenigen, die über mich hinwegtrampelten und mir die Luft aus den Lungen drückten.

Auch jetzt schnürt es mir die Kehle zu, und jeder Atemzug wird mühsamer und flacher. Mein Sichtfeld verengt sich, als die Panik das Kommando übernimmt. Die Band klingt verzerrt und unkoordiniert.

Nein!

Doch nicht jetzt!

BITTE!

Ich kann nicht schlucken.

Meine Glieder werden schwer und schwach, sie kribbeln, als wären sie eingeschlafen.

Wenn ich nicht ins Massengedränge geraten will, darf ich jetzt nicht den Boden unter den Füßen verlieren.

Ich muss an Gerrys lauernde Miene denken.

Und an Tash. Und an Dad. Und an Thelma.

Und daran, wie gut es sich anfühlte, dieses T-Shirt anzuziehen und den Entschluss zu fassen, mich meiner Angst zu stellen.

Daran, wie ich mit Kym und Alex Zwei getanzt habe und eine echte Möglichkeit für ein neues Leben gesehen habe.

Das macht mich mit einem Mal schrecklich wütend.

Mir reicht's, ich habe genug von – MIR! Von meiner Angst.

Das wird so nicht mehr vorkommen.

Und heute schon gar nicht.

Ich habe es satt, zu kneifen, Dinge zu verpassen und Menschen, die ich mag, im Stich zu lassen.

Schluss damit!

Plötzlich füllt sich meine Lunge wieder mit Luft, und ich kann erneut alles sehen.

Dann blitzen aus den ineinander verflochtenen Körpern vor der Bühne Dreadlocks auf, und der magere, affengleiche Junge springt seitlich am Lautsprecher hoch – es geschieht genauso, wie ich es bildlich vor mir gesehen habe.

Ich dränge weiter, doch die Menge ist wie eine Mauer, eine wirbelnde Masse verschlungener Glieder – ein toter Punkt. Ich schreie sie an, Platz zu machen, weil der Boxenstapel gleich umfällt! Doch bei der Lautstärke der Bandperformance könnte ich genauso gut stumm sein.

Der Türsteher beugt sich über die Bühne und packt den Jungen, der an den Boxen emporklettert, am Hemd, doch kurz darauf hält er lediglich den Stoff in der Hand. Die Zuschauer johlen, und der Typ salutiert.

«Nein nein nein nein NEIN!»

Und dann sehe ich sie auf einmal – Tashs Kopf, der im Takt mit der Musik auf und ab hüpft – direkt unter dem Lautsprecherturm und doch so weit weg.

Ich fluche vor Wut und Frustration. Meine Augen brennen, so hilflos fühle ich mich.

«WEG DA!» Ich reiße an den Armen der Leute, will sie aus dem Weg drücken, doch das klappt nicht.

Dann kommt mir eine Idee. Als ich getanzt habe, bin ich besser vorangekommen, weil ich den Widerstand aufgegeben und mich dem Flow der Menge anvertraut habe.

Deshalb höre ich auf, die anderen zu bedrängen, und

tanze. (Was schwerer ist, als es klingt, wenn man seine Freunde davor retten will, von einer herunterfallenden Box erschlagen zu werden.) Es funktioniert, doch das geht alles viel zu langsam, denn so komme ich niemals rechtzeitig hin. Und selbst wenn, wie soll ich sie davon überzeugen, dort wegzugehen? Und was ist mit den anderen Leuten? Irgendjemand wird darunterstehen, wenn der Stapel umkippt.

Von der Seite der Bühne weist der Türsteher den Jungen mit Gesten an herunterzukommen, doch der Typ winkt ihm nur zu und schaukelt wie ein dünner King Kong an der Seite der Box.

Tokyo Girl spielt einen neuen Song. Da passiert es, ich erinnere mich! Das ist genau das Stück, das ich mir im Bus angehört habe, als ich das Gefühl hatte, zerquetscht zu werden, und Bruchstücke der Geschehnisse vor Augen hatte, ohne die Bedeutung zu verstehen.

Es wird passieren, bevor dieser Song zu Ende geht.

Tatsächlich: Als ich wieder hinsehe, beginnt der Türsteher mit der Kletterpartie.

36 MEINE LEUTE

Es ist wie mit dem Hund im Garten von Haus Ulmenblick. Ich sehe das Geschehen auf mich zukommen und kann nichts dagegen tun.

Die Lautsprecher geraten ins Trudeln, als der Türsteher sich daran hochzieht. Der Junge ist schon ganz oben angekommen und reckt triumphierend die Arme. Er tanzt wie ein Idiot und ahnt nicht, in welcher Gefahr er schwebt. Ich bin die Einzige, die erkennt, was gleich geschehen wird. Die Einzige, die helfen könnte und sich dennoch nicht mehr rührt.

Ich habe mir etwas vorgemacht, als ich glaubte, die Dinge verändern zu können.

Schließlich bin ich nicht Thelma oder Tash oder Kym oder Val – ich bin keine Retterin. Ich steige aus. Ich laufe weg und verstecke mich. Ich erstarre zur Salzsäule.

Letztes Mal war Val zur Stelle, um Tash zu retten. Diesmal …

VAL! *Die tolle Val, die sich in die Menge schmeißt!*

Ha! Ich wusste doch, dass ich mir eine Scheibe von ihr abschneiden sollte!

Mehr wie Val sein!

Neben mir tanzen zwei Jungs und versprühen Schweiß, während sie ihre Köpfe von links nach rechts und zurück schleudern. Ich packe den einen Jungen am Arm.

«Ich muss da hoch!» Ich schreie und zeige nach vorn. «Auf die Bühne. Kannst du mir helfen?»

Seine Züge sind erschlafft, sein Blick ist verschwommen, und ich weiß nicht, ob er geistig anwesend ist, ob er mich überhaupt verstehen kann.

Ich starte einen neuen Versuch bei seinem Kumpel. «Ich will auf die Bühne! Und mich dann, du weißt schon, in die Menge schmeißen.»

Lachend schüttelt er den Kopf und tanzt weiter.

«Ich helfe dir.»

Als ich mich umdrehe, entdecke ich ein vertrautes, lächelndes Gesicht.

Megastore Michael grinst. «Du hast es echt geschafft! *Und* dir schon ein T-Shirt besorgt. Ich dachte, du hast was gegen Pink?»

«Das ist eine lange Geschichte!»

«Sieht gut aus – steht dir doch!»

Verdammt – flirtet der mit mir? JETZT? Echt, bleibt mir hier nichts erspart?

«Ich muss da hoch! Hilfst du mir?»

«Du willst auf die Bühne? Sicher?»

«Bitte!» Für Erklärungen habe ich keine Zeit – der Song ist schon am Refrain angelangt.

Michael nickt. «Okay, halt dich fest.» Er schlingt die Arme um mich. Die Menge teilt sich, als wir voranstürmen. Und schon werde ich hochgehoben, über die Absperrung gehievt, und ich krabble auf den Bühnenrand.

Mein Knie trifft auf etwas Hartes, doch ich ignoriere den Schmerz und rapple mich auf. Während ich vage die Jubelrufe von unten höre, konzentriere ich mich voll auf Kenji – den schönen, gequälten, begabten Sänger von Tokyo Girl. Er umklammert das Mikro mit geschlossenen Augen und ahnt nicht, dass ich hier bin – im Gegensatz zu der Bassistin Mica, die hochgegelte blaue Haare hat und mir böse Blicke zuwirft. Einen Augenblick himmle ich die Musiker nur an, weil ich es nicht fassen kann, dass ich ihnen so nah bin … Doch dafür ist jetzt keine Zeit.

Wie immer setze ich auf meine Intuition, was den Plan angeht – soll heißen, ich habe keinen.

Ich erwäge, Kenji das Mikro wegzuschnappen und zu verkünden, dass die Boxen gleich runterfallen, aber würde mir überhaupt jemand zuhören? Und wenn, würde ich damit nicht eine furchtbare Panik auslösen?

Die Beschreibung dieser wenigen Sekunden dauert viel länger als das eigentliche Geschehen. Sobald ich aufrecht stehe, merke ich, dass eine Frau in einem schwarzen Security-T-Shirt auf die Bühne rennt, um mich aufzuhalten.

Ich muss verhindern, dass der große Türsteher weiter an den Lautsprechern emporklettert.

Nachdem ich Mica entschuldigend angegrinst habe, flitze ich hinter Kenji und schlängle mich zu der Seite der Bühne durch, wo der Große sich langsam an den Boxen hocharbeitet. Falls *jetzt* alles zusammenbricht, bin ich in

Sicherheit, stelle ich unvermittelt fest und frage mich, ob ich auf diese Weise heute überlebe.

Aber jemand muss sterben, Alex …

NEIN!

Ich verliere kostbare Zeit, weil ich um aufgereihte Gitarrenständer herumgehen muss.

Der Türsteher ist bereits zwei Meter hochgeklettert, doch ich könnte ihn noch erreichen. Ich muss nur seine Aufmerksamkeit auf mich lenken und ihn überreden, wieder abzusteigen, damit ich –

Von hinten schlingt jemand seine Arme um mich und reißt mich weg, sodass ich mit den Füßen in der Luft hänge.

«NEIN!», schreie ich, gestikuliere und versuche, die Frau, die mich von der Bühne schleppt, zum Zuhören zu bewegen. «DIE LAUTSPRECHER KIPPEN GLEICH UM! WIR MÜSSEN IHN DA RUNTERHOLEN!»

Sie gibt keine Antwort oder versteht mich in dem Höllenlärm der Band vielleicht nicht.

In der Menge werden Buh-Rufe laut, aber ich weiß nicht, ob sie mir oder ihr gelten.

«BITTE!», schreie ich zappelnd. Mittlerweile weine ich vor Verzweiflung.

Und dann …

Aus dem Augenwinkel sehe ich, wie sich am vorderen Bühnenrand etwas bewegt.

Ich drehe den Kopf, und da bietet sich mir ein unglaublicher Anblick.

Wie eine Horde ausgehungerter Rentner, die zur Teezeit den Speisesaal stürmen …

… erobern die Zuschauer die Bühne.

Offenbar habe ich sie zu einer Masseninvasion angeregt.

Meine Leute.

Innerhalb weniger Sekunden sind mehr Zuschauer als Musiker dort oben. Mit einem Mal sind die Leute überall und tanzen, bevor sie sich in die Menge zurückwerfen, während gleichzeitig der Strom von Menschen anhält, der sich auf die Bühne hinaufbewegt.

Die Frau, die mich festhält, flucht.

Der große Türsteher hat es auch gesehen, blickt zu dem Jungen auf dem Boxenstapel hoch und zurück zu dem neuen Problem, das er wesentlich leichter erreichen kann. Dann springt er ab, und die Lautsprecher hören auf zu wackeln. Die Sicherheit ist wiederhergestellt.

Bevor ich in die Seitenbühne gezerrt werde, sehe ich als Letztes eine einsame Gestalt hinten im Saal, die Richtung Ausgang geht.

Gerry bleibt an der Tür noch einmal kurz stehen, schaut zu mir hoch und winkt. Er schüttelt den Kopf, aber sein Lächeln kann er nicht verbergen, denn es strahlt wie ein Suchscheinwerfer durch den Raum.

Ladies and Gentlemen, Gevatter Tod hat das Gebäude verlassen.

37 DAS ENDE, MIT DEM NIEMAND GERECHNET HAT

«Was zum Teufel wolltest du da oben?» Tash sieht mich an, als würde sie mich nicht kennen.

Ich zögere mit der Antwort. Auch wenn ich mich nach Anerkennung dafür sehne, dass ich ihr das Leben gerettet habe, ganz zu schweigen von den vielen anderen Leuten, die heute Abend möglicherweise getötet oder verletzt worden wären, lasse ich es lieber stecken. Wie soll ich ihr das auch nur ansatzweise erklären? Und wie groß wäre die Chance, dass sie mir glaubt?

«Weiß nicht. Ich glaube, ich war vor Begeisterung einfach hingerissen.»

Eine wahrhaft lahme Erklärung, die Tash wohl auch durchschaut, doch sie sagt nichts dazu. Wahrscheinlich hat sie auch keine Lust auf das alte Thema.

Stattdessen schüttelt sie den Kopf. «Ich habe meinen Augen nicht getraut!»

Ich habe das Gefühl, ausgeschimpft zu werden. Wenn Val sich in die Menge wirft und auf ihr surft: wieso ist es dann Stoff für eine DU-AHNST-NICHT-WIE-COOL-VAL-IST-Geschichte, während ich nur Missbilligung ernte, wenn ich etwas Ähnliches veranstalte? Noch dazu, um anderen das Leben zu retten (auch wenn es niemand weiß)? Wie witzig ist das denn? Antwort: Gar nicht!

Wir warten vor dem Club, in dem ich jetzt lebenslang Besuchsverbot habe, auf ein Taxi. Wirklich schade, ausgerechnet jetzt, da er mir gerade ans Herz gewachsen ist.

Dank der spontanen Bühneninvasion, die ich – ja, ich! – ausgelöst habe, ist der Boxenturm tatsächlich nicht umgefallen. Ich habe daher auch keinerlei Beweise und konnte dementsprechend keine Erklärung für meine Aktion vorlegen. Zum Glück haben sie weder die Polizei noch Dad angerufen.

«Und, hast du die Band kennengelernt?», frage ich Tash.

«Danny hat heute Abend nicht gearbeitet», antwortet Val, die natürlich nie um eine Ausrede verlegen ist. «Du bist näher an sie herangekommen als wir.» Als sie betrübt grinst, muss ich lachen.

«Yeah, sie fanden mich bestimmt super!» Dann hole ich die CD aus meiner Tasche und reiche sie Tash. «Oh, ich habe dir übrigens das hier besorgt.»

«Die ist ja signiert!» Obwohl Tash sich große Mühe gibt, weiterhin sauer auf mich zu sein, kann sie sich das Lächeln nicht verkneifen.

«Ja, im Megastore gab es ein paar davon.»

«Da war ich heute auch schon», sagt Val. «Mir wurde gesagt, sie seien ausverkauft.»

«Tja, ich kenne da jemanden ...»

«DU KENNST DA JEMANDEN?» Tashs Augenbrauen kriegen sich nicht mehr ein. «Wer ist dieser

Jemand, und was hat er bloß mit meiner Freundin gemacht?»

Ein Taxi fährt vor.

«Soll ich euch mitnehmen?», frage ich. «Dad ist nicht da, ihr könnt also gerne bei mir schlafen, wenn ihr wollt.» Ich sehe Val an. «Du natürlich auch.»

Sie zuckt mit den Schultern. «Klar, warum nicht?»

Heute sind einige sonderbare Dinge passiert, aber das schlägt alles, würde ich sagen.

38 EIN WUNDERBARES LEBEN

Ich kann mich nicht erinnern, dass ich es schon einmal so eilig hatte, zur Arbeit zu gehen. Aber ich freue mich schon die ganze Woche darauf, Thelma zu erzählen, was ich bei dem Gig erlebt habe.

Das Irre ist jedoch: Je mehr Zeit vergeht, umso weniger bin ich mir darüber im Klaren, was *wirklich* geschehen ist. Genau genommen habe ich mir ein Konzert angehört und zum Stürmen der Bühne angeregt. Zugegeben, was mich angeht, sind das aufsehenerregende Neuigkeiten, aber wen interessiert das sonst? Wäre die Box tatsächlich heruntergefallen und jemand zu Tode gekommen, wenn ich den Türsteher nicht abgelenkt hätte? Das werde ich wohl nie erfahren.

Es ist vielleicht nicht von Bedeutung, ob es die Leichenhalle und Gerry und all das wirklich gegeben hat und ob ich zuvor gestorben war oder nicht. Fest steht, dass ich genauso gut hätte tot sein können – so wenig, wie ich dem Leben bisher abgewonnen habe.

Doch das wird sich ändern. Heute Abend bin ich mit Kym und Alex Zwei verabredet. Ich habe ihm ein neues T-Shirt gekauft, das mir Megastore Michael aus Brighton mitgebracht hat. Er ist dorthin gefahren, um sich Tokyo Girl zum dritten Mal anzusehen. Er meinte, beim nächsten Mal würde er mir vorher Bescheid sagen, damit ich vielleicht mitfahren kann (vorausgesetzt, ich stürme nicht noch mal die Bühne). Und ehe ihr euch etwas dabei denkt: so ist es überhaupt nicht. Wir haben einfach den gleichen Musik- und Filmgeschmack, das ist alles. Wie gesagt, wenn man kotzt und der Typ dableibt, dann kann man auf ihn bauen, und das ist auch etwas. Also, yeah, ungefähr so ist es schon.

Aber wir wollen nicht vorgreifen. Bei mir ist keine magische Wunderheilung eingetreten, und es hat sich auch nicht alles einfach zum Guten gewendet. Sagen wir mal, ich arbeite daran. Es hat mich große Mühe gekostet, heute Morgen in den Bus zu steigen, kann ich euch sagen, und ich sitze auch ganz bestimmt nicht oben. Kleine Schritte, Leute.

Andererseits fühle ich mich wirklich anders. An diesem schönen Morgen hüpfe ich geradezu über den Kiesweg vor Haus Ulmenblick.

Diesmal ist Derek nicht zu meiner Begrüßung erschienen, aber Marianne steht am Empfang, als ich beschwingt hereinkomme.

«So früh warst du ja noch nie da», sagt sie voller Misstrauen.

«Das stimmt! Ich möchte noch zu Thelma, bevor wir mit dem Frühstück anfangen. Das geht doch, oder?»

Marianne runzelt die Stirn. «Oh, Alexandra. Ich fürchte, ich muss dir etwas Trauriges mitteilen.»

Ein Schauer läuft mir über den Rücken.

Ich weiß, was sie sagen wird.

«Thelma ist letztes Wochenende gestorben.»

Es ist wie ein Schlag in den Magen.

«Sie ist friedlich von uns gegangen», erklärt Marianne. «Sie ist einfach eingeschlafen und nicht wieder aufgewacht.»

Ich sehe sie an und höre, was sie sagt, unfähig, die Bedeutung ihrer Worte zu akzeptieren.

«Wann?», krächze ich.

«Am letzten Samstag. Carl war um halb elf bei ihr, um sie zu fragen, ob sie noch einen Kakao will. Er konnte sie nicht mehr aufwecken.»

Eine halbe Stunde, nachdem Gerry das Pandemonium verlassen hat.

Jemand muss sterben, Alex.

Ich weiß nicht, ob ich weinen oder jemanden umbringen will.

«Du hattest Thelma gern, sehe ich das richtig?»

Ich nicke und spüre eine Träne auf meiner Wange. «Ich habe sie letzte Woche erst kennengelernt, aber …»

Ich wollte heute mit ihr in die Stadt, das hatten wir vereinbart.

Andererseits hatte ich die Finger hinterm Rücken gekreuzt, wisst ihr noch?

Marianne nimmt meine Hand in ihre. «Es ist schwer, Liebes, ich weiß, aber ehrlich gesagt, war es bestimmt ihr Wunsch. Thelma war schon sehr lange bereit zu gehen. Sie hat jetzt ihren Frieden.»

Obwohl ich weiß, dass sie recht hat, frage ich mich, ob es meine Schuld ist. Ich habe eine Entscheidung getroffen – diejenige, mich selbst und meine Freunde zu retten, aber alles und jedes hat Folgen, manchmal auch unvorhergesehene.

«Übrigens hat sie dir etwas hinterlassen», sagt Marianne. «Es liegt in ihrem alten Zimmer auf dem Bett.»

Tash geht mit mir zum Zimmer Zwölf. Ich weiß noch, wie ich letztes Mal hier entlanggegangen bin und wie wütend ich auf Thelma war, weil ich sie für den Streit mit Tash verantwortlich gemacht habe. Und wie einsam sie aussah, als ich gegangen bin.

«Geht's, Süße?»

Ich nicke und wische mir mit dem Handrücken über die Wange. (Eine Lügnerin, nach wie vor.)

Obwohl ich weiß, dass sie tot ist, erwarte ich, dass Thelma in ihrem Zimmer ist, und es tut sehr weh, als es nicht so ist. Gemütlich war es hier nie, aber heute sieht es brutal karg aus. Ich versuche, Oma Yoda heraufzubeschwören – so gern möchte ich das zahnlose Grinsen und das gerissene Funkeln in ihren Augen sehen –, doch Thelma hat uns verlassen.

Auf dem Bett liegt ein alter Einkaufsbeutel. Tash geht hin und nimmt ihn in die Hand.

«Wieso hat sie dir etwas hinterlassen?» Sie runzelt die Stirn, als sie mir die Tüte gibt. «Glaubst du, sie wusste, dass sie stirbt?»

Auf den Gedanken bin ich auch schon gekommen, und es gefällt mir nicht, wohin er führt.

Ein Umschlag, auf dem in eleganten, krakeligen Großbuchstaben mein Name steht, ist mit Klebeband auf der Tasche befestigt.

«Meinst du, sie hat dir Geld geschenkt?», fragt Tash, als ich mit dem Daumen unter die Lasche gleite.

Ich schüttle den Kopf, weil ich Thelmas Geld nicht haben möchte.

In dem Umschlag steckt ein Brief in derselben zittrigen und zugleich feinen Handschrift.

Liebe Alex!

Wir haben eine Vereinbarung geschlossen, und ich halte stets mein Wort. Doch wenn du diese Zeilen liest, bin ich wohl leider für immer verhindert, was vielleicht eine legitime Entschuldigung dafür ist, dass ich mein Versprechen nicht halten kann. Hoffentlich verzeihst du mir. Allerdings wissen wir nun beide, dass der Tod nicht automatisch das Ende bedeuten muss, wie wir einst dachten. Im Gegenteil, dein Beispiel gibt mir Hoffnung, dass mit dem Tod ein neues Abenteuer beginnt! Bekomme ich womöglich noch mein Extraleben? Wäre das nicht großartig?! Und wie gesagt, wenn dies nun wirklich das Ende ist, blicke ich auf ein wunderbares Leben zurück. Danke, dass ich an meinem letzten Tag so viel Spaß mit dir hatte. Das ist wahrlich kein schlechter Weg, um zu gehen, oder, Liebes? Ich habe dir einen Ausflug versprochen, wenn du zu dem Konzert gehst. Wie wäre es also mit dem Trip nach New York, von dem du mir erzählt hast? Es tut mir wirklich leid, dass ich dich nicht persönlich begleiten kann, aber mit dem Beigelegten bin ich hoffentlich im Geiste dabei.

Deine gute Freundin,
Thelma

Ich muss mir erneut übers Gesicht wischen und stecke die Hand in die Einkaufstasche.

«Hilfe! Was ist denn da drin?», fragt Tash und schaut mir über die Schulter.

Ich fange an zu lachen.

«Alles okay?» Ich weiß nicht, was Tash mehr verstört: das Ding, das ich in der Hand halte, oder dass ich Rotz und Wasser heule. Und dabei lache, was im Übrigen echt wehtut.

Ich ziehe die Bluse aus der Tasche.

«Wow!», sagt Tash, was ehrlich gesagt die einzige angemessene Reaktion ist. «Wie viele Pailletten sind das denn? Versteh mich nicht falsch – das ist lieb gemeint und so, aber …»

Daraufhin fange ich wieder von vorne an.

Ich drücke die Bluse an meine Brust.

«Wieso hinterlässt sie dir so etwas? Ich meine, ich weiß ja, du stehst voll auf durchgeknallte Sachen, aber das geht ein bisschen zu weit – sogar für dich, Süße.»

Ich sehe Tash an und ziehe meine Jacke aus.

«Ernsthaft?»

«Keine Sorge, ich will sie nur anprobieren.» Ich ziehe die Bluse über mein T-Shirt und öffne Thelmas Schranktür, um mich im Spiegel zu betrachten.

Das Mädchen, das mir entgegenblickt, sieht genauso aus wie ich. Nein, noch besser, sie IST ich. Dennoch erkenne ich sie kaum. Der ängstliche Blick ist verschwunden, und das Mädchen lächelt. Da ist noch etwas … Ich warte und lausche, um mich zu vergewissern.

Nichts. Keine Stimmen. Kein Worst-Case-Szenario-Karussell. Einfach nur ich, in einer roten Glitzerbluse mit tausend Pailletten, die den Umriss von New York abbilden. (Es ist wirklich ein unfassbares Top.)

Während ich zwischen den beiden Schranktüren stehe, wirft jeder Spiegel das Bild des anderen zurück, und ich sehe mich in unendlichen Extraleben gespiegelt. Sie liegen in einer Zukunft mit grenzenlosen Möglichkeiten vor mir, wenn ich den Mut finde, sie zu nutzen.

Thelma hat mir ihr Leben angeboten, um meins zu retten, und möglicherweise ist schlussendlich genau das geschehen. Gerry hat mich am Leben gelassen und Thelma genommen. Oder eine betagte Frau ist an Altersschwäche gestorben, und ich bin zu einem Gig gegangen. Es ist wohl nicht so wichtig. Was zählt, ist nicht, was man glaubt, sondern was man tut, nicht wahr?

Ab jetzt werde ich mein Bestes geben, um mein Leben möglichst gut zu gestalten. Die Angst soll nicht mehr die Oberhand behalten, und auch kein Scheitern, kein Vorurteil oder der Mangel an Geld soll über mich bestimmen. Das bin ich Thelma schuldig – und allen anderen, die keine zweite Chance bekommen haben.

Wenn ich Glück habe, werde ich so alt wie Thelma. Dann sitze ich eines Tages in meinem Schwebestuhl und erinnere mich an ein gut gelebtes Leben und an alte Freunde, die mich gelehrt haben, keine Angst zu haben. Und dass man dem Tod am besten ein Schnippchen schlägt … indem man lebt!

★

DANKSAGUNG

Eine Geschichte zu schreiben ist ein einsames Unterfangen, aber man braucht ein ganzes Team, um daraus ein Buch zu machen. Ich möchte mich bei allen bedanken, die zu der Herstellung des Buches beigetragen haben, das ihr in Händen haltet.

Ohne Jean-Claude Lin und sein Team im Verlag Freies Geistesleben gäbe es dieses Buch erst gar nicht. Ich fühle mich geehrt und bin ihnen sehr dankbar für die Unterstützung, die sie meinen Geschichten zukommen lassen (und mit *Warten auf Gonzo* für das beste Buchcover der Welt!).

Große Wertschätzung und enormen Respekt für Anne Brauner, die meine Worte entgegennimmt und etwas Besseres daraus macht. (Einfach immer der dreifache Wortwert!) Tut mir leid, Anne, dass ich dir das Leben schwer gemacht habe, indem ich ein Scrabble-Spiel eingebaut habe. Danke für deine Geduld, Wortgewandtheit und Freundschaft!

Ich bedanke mich auch bei meiner Agentin Jenny Savill für ihre unermüdliche Unterstützung und Ermunterung, und dafür, dass sie an die Geschichte hinter *DEAD WEIRD* (so lautet der Titel des englischen Manuskripts) geglaubt hat – sowie daran, dass ich sie zu Ende schreibe! An meine Schriftstellerfreunde, die wie ich um Worte ringen: Sara Grant, Paula Rawsthorne und Tom Palmer – Danke für eure Gesellschaft und die klugen Worte in diesem oft einsamen Autorenleben.

Eine besondere Erwähnung haben die Bibliothekarinnen und Bibliothekare, Lehrerinnen und Lehrer, Buchhändlerinnen und Buchhändler, die Bloggerinnen und Blogger verdient. Vielen Dank, dass ihr anderen von diesen Büchern erzählt! Ohne eure Worte würden meine auf den Regalen versauern und niemals den Weg zum Leser finden. Und ohne Leser ist eine Geschichte nicht vollständig. Also danke ich EUCH und meinen Lesern in Deutschland – das rufe ich vor allem jenen zu, die ich zu meiner Freude bei Reisen über den Kanal persönlich kennengelernt habe.

Zum Schluss Liebe und Dank an meine Familie und Freunde. Ihr wisst, wen ich meine und was ihr für mich tut, aber vielleicht nicht, wie sehr ich euch dafür danke.

Mit den besten Wünschen für euch alle!

Barmouth, Wales, im März 2019 *Dave Cousins*

1. Auflage 2019

ⓔ auch als eBook erhältlich

Verlag Freies Geistesleben
Landhausstraße 82, 70190 Stuttgart
www.geistesleben.com

ISBN 978-3-7725-2841-5

Umschlaggestaltung & Satz: Bianca Bonfert
Foto: iStockphoto / billnoll
Druck: GGP Media GmbH, Pößneck
Printed in Germany

Dave Cousins
15 kopflose Tage

301 Seiten
Steifbroschur
ISBN 978-3-7725-2778-4

Willst du zwei verrückte Typen kennenlernen?
Das sind sie: Laurence, 15 Jahre alt und 1,85 groß. Sehr bald wird er sich als seine Mum verkleiden und einen Toten im Radio auferstehen lassen.
… und Jay, sein sechs jahre alter Bruder. Er sieht aus wie ein Engel, glaubt aber, er wäre ein Hund. Er beißt jeden, der sich ihm in den Weg stellt.
Heute ist Dienstag – und die nächsten 15 Tage werden das Leben der Brüder komplett auf den Kopf stellen …

VERLAG FREIES GEISTESLEBEN

Dave Cousins
Warten auf Gonzo

2. Auflage, 304 Seiten
geb. mit Schutzumschlag
ISBN 978-3-7725-2779-1

Oz ist immer für einen Lacher zu haben. Es ist wirklich nicht seine Schuld, dass manche Leute so humorlos sind … Doch bei einem seiner Scherze geht der Schuss nach hinten los, und er setzt eine Kette von Ereignissen in Gang, die in ein einziges Durcheinander münden. Man muss es tatsächlich erlebt haben, wie Oz versucht, den Schaden zu begrenzen – auf seine eigene, einzigartige Weise. Oder anders ausgedrückt: Jeder kann einen Fehler machen, aber um alles zu versauen, muss man ein Genie sein.
Auch seine größere Schwester Meg zieht Oz nicht aus dem Schlamassel. Und dann bekommt sie selbst ein Problem. Eines, das von Tag zu Tag größer wird …

VERLAG FREIES GEISTESLEBEN

Erna Sassen
Keine Form in die ich passe

224 Seiten
geb. mit Schutzumschlag
ISBN 978-3-7725-2863-7

Meine Coolness und meine komplizierten Gedankengespinste, meine Tricks und Ablenkungsmanöver, das alles verschwand wie Schnee in der Sonne. Und das blieb so. Wenn ich in P's Nähe war.

Wessen Erwartungen meint sie erfüllen zu müssen?
Warum glaubt sie sich eigentlich selbst nie?
Tess, theater- und empathiebegabt, rutscht in eine Krise, als der Traum zerplatzt, in dem sie restlos aufgegangen war: Kabarett und enge Freundschaft mit P. Aber Songs schreiben, das kann sie im Grunde viel besser selbst und allein.

Brigitte Werner
Crazy Dogs

480 Seiten
geb. mit Schutzumschlag
ISBN 978-3-7725-2648-0

Einfühlsam und ausdrucksstark erzählt Brigitte Werner den ungewöhnlichen Entwicklungsweg von Mirjam. Ein Roman über den Verlust der Kindheit und die schwierige Zeit des Erwachsenwerdens, über erste Liebe, Freundschaft und Vertrauen, Irrwege und Auswege. Und über die Erkenntnis, dass das Recht auf Individualität ein großes Geschenk ist, das man sich trauen sollte anzunehmen …

VERLAG FREIES GEISTESLEBEN